天生不是做官的命

上

目次

壹之章 ◆ 兩世拚搏轉頭空

卯時，一個大丫鬟走進內室，低聲喚道：「老爺、夫人，卯時了！」

過了幾息，帷帳中傳來略微低沉的中年男聲，道：「知道了，開始吧！」

「是。」丫鬟輕聲應道，同時將帷帳撩起，用白玉鉤勾住，然後小步出門，將門打開，對外面早已端著洗漱痰盂的丫鬟、僕婦說：「進來吧！」然後趕忙走回內室，先服侍夫人穿好衣服，待夫人穿戴妥當，這才親自動手服侍自己的夫君，並且一邊幫丈夫套上外袍，一邊說：「夫君這次又要去放鹽，這一走要兩個多月，可有什麼要囑咐妾身的嗎？」

林老爺伸開雙臂，讓妻子替自己整理衣服，笑著說：「文娘，妳素來持家妥當，我又有何要多囑咐的呢？」

李氏聽了心裡熨貼，說道：「這是妾身的本分。」

林老爺拍了拍李氏的手，「這些年我在外奔波，一年在家不到三四個月，妳卻把家裡收拾得井井有條，得此賢妻，是我林峰的福氣。」

李氏臉一紅，道：「今兒是怎麼了？嘴跟抹了蜜似的。」

林老爺哈哈一笑，轉了話題說：「這次放鹽我帶大郎出去，妳在家照顧好老么。」

李氏想到丈夫又要出門兩三個月，雖然不捨，不過這麼多年也習慣了和丈夫聚少離多，故而沒有太失落，又想著自己兒子，就笑道：「清兒那孩子素來是個省心的，又孝順。」

林老爺點點頭，小兒子確實從小懂事聽話，一直很讓人放心，不過就是有一點，這孩子實在太懶了，天天是能坐著不站著，能躺著不坐著，一天不睡夠五個時辰不睜眼，他在家的時候，還能把孩子提溜過來，給他醒醒盹，可他這一走，只怕小兒子就連床都不下了。

至於叮囑妻子不要讓小兒子天天睡覺，林老爺想想就搖頭，他夫人就這一個寶貝疙瘩，恨不得天天捧在手心上。在他夫人眼裡，這壓根兒不是事，他夫人只會找十個八個丫鬟小心伺候著，生怕小兒子睡得不舒服。

林老爺不由再一次慶幸，幸虧自己是鹽商，家貲豐厚，不用擔心小兒子因為懶而餓死。又自我安慰了一下，小兒子雖然懶，卻是個省心的，從不在外面吃喝嫖賭，也不想著在家裡爭權奪利，大不了以後分家的時候多置辦些田產鋪子給老么。

林老爺和李氏收拾好了便一起出去，看到候立在門口的長子林澤和長媳小李氏，還有自己的么女林淑，點了點頭，往後看卻沒看到小兒子，不由一愣，問道：「你弟弟呢？」

李氏看到小兒子沒來，心道：自己那寶貝疙瘩不會又睡過頭了吧？今天可是丈夫出門的日子，寶貝兒子可不能不出來送行啊！

李氏暗罵自己兒子身邊的丫鬟婆子不盡心，今天這麼重要的日子，卻不知道早點把少爺叫起來，正想找個理由糊弄，卻見一婆子急急跑過來。李氏見是寶貝兒子的奶娘，忙喝道：「慌裡慌張的幹什麼？二少爺呢？」

婆子來不及喘氣，急道：「夫人，小少爺夢魘了，怎麼都叫不醒？」

李氏聽了頓時一慌，顧不得旁邊的丈夫，直接就往寶貝兒子的西跨院跑。

林老爺也急，直接對一旁的大管家說：「快去請蘇大夫。」然後就急匆匆的追了去。

林澤一看，急忙跟上，跑了幾步，才發現妻子沒有跟上。回頭一看，大著肚子的妻子正被兩個丫鬟扶著往這邊趕，後面還跟著小妹。林澤趕忙轉回來，對妻子說：「妳身子重，先帶小妹去旁邊的廂房，她年紀小，不要把她也嚇著了。」

小李氏忙點點頭，她正懷著身孕，去旁邊照顧小姑顯然更穩妥些。

林澤緊趕慢趕跑到西跨院，一進內室，就看到坐在床邊的母親和站在床前的父親，兩人正小聲叫著自己弟弟的名字。床上的小弟一臉煞白，眉頭緊皺，嘴裡咕噥著什麼。他忍不住大驚，本能地想上前，又看到母親一邊叫著弟弟的名字，一邊摸著弟弟的頭和腳，知道母親在幫弟弟叫魂，便不敢上前打擾。

林澤扯過弟弟的奶娘，問道：「小弟怎麼啦？好端端的，怎麼夢魘了？誰嚇著他了？」

王媽正嚇得六神無主，小少爺可是老爺和夫人的么子，俗話說：大孫子小兒子，老太太的命根子。小少爺從小就聽話懂事，老爺和夫人簡直將小少爺當眼珠子看，而且小少爺身體一向好，如今卻在自己手裡出了問題，夫人還不剝了自己皮。

聽到大少爺問，王媽連忙倒豆子似的說：「小少爺昨天只是去了家學，下學就回來了，先去夫人那裡玩了一會兒，又在那裡吃了晚膳。小少爺回來後覺得無聊，就拿了本書讀，讀了半晌，讀到一首詩，突然停下來，然後說有些頭疼，要歇歇，奴婢就服侍小少爺睡了。今早奴婢知道老爺要出門，想早點叫醒小少爺，可叫了兩聲都沒叫醒小少爺，奴婢還以為小少爺睡得沉，輕晃了小少爺兩下，小少爺都沒醒。奴正要接著叫，卻發現小少爺變得很驚慌，好像在做惡夢，嘴裡還開始說胡話。奴婢想把小少爺叫起來，可小少爺怎麼都叫不醒。奴婢只好叫大丫頭梅香在這守著，便趕忙去請老爺和夫人來了。」

李氏怒道：「少爺昨晚就頭疼，妳們居然不來報，晚上沒人守夜嗎？一屋子死人啊！」她還以為兒子是無故做惡夢，或者不小心沾了不乾淨的東西才夢魘，這一聽，便怒了。昨晚就不舒服，竟然等現在夢魘了，還藏著掖著。

王媽嚇得撲通一聲跪下，說：「奴婢昨晚以為小少爺只是看書累著了。夫人，您也知道小少爺從記事起就討厭奴婢摟著，喜歡自己睡，晚上睡覺也警覺。奴婢有時候怕小少爺蹬被子，偷偷掀簾子，都會不小心驚起小少爺。小少爺極討厭睡覺時被打擾，奴婢幾個晚上守夜也只敢在外屋守著，夜裡更是一點動靜都不敢出。」

李氏也知道自己兒子淺眠的毛病，可這不單單是晚上睡覺的問題，昨晚就頭疼，身為奶娘卻大事化小小事化了，連報都不報，可見是個心粗的，而且現在出了事，還把責任往主子身上推。以前看著王媽是個忠厚老實的，才撥給兒子做奶娘，現在看來，人家是好日子過久了，開始倚老賣老了。

李氏心裡急著，只看著自己的兒子，也沒心思處置，心道：過些日子就免了這老貨！她轉頭對身邊的大丫鬟說：「還不快去看大夫怎麼沒來？」

丫鬟趕忙應是，快步走出去。

林澤關注的重點倒是和母親有些不同，問道：「昨夜弟弟看了什麼書，居然夢魘？」

王媽趕緊答道：「奴婢不識字也不清楚具體是什麼書，約莫是詩啊什麼的……啊，奴婢想起來了，小少爺在頭疼之前念的是一首詩，好像是什麼書，什麼黃金屋、玉呀的。」

「書中自有黃金屋，書中自有顏如玉？」林澤猛然想起，問道。

王媽連連點頭，忙說：「可不就是這句！」

林氏夫婦聽得一愣，他們剛才聽大郎這麼問，還在猜想兒子是不是看了什麼鬼怪的話本才嚇著，怎麼也沒想到是詩。

李氏雖然勉強算是出身書香門第，可她是庶女，僅略識幾個字，能看個帳本，對詩啊詞啊的從沒涉獵過，不過還是大約能明白這兩句話的意思。大約是誇書的，畢竟金呀玉的，都是好東西，只是還是有些不確定，不禁看向自己的丈夫，問道：「這兩句是不是誇書的？有什麼講究？」

林老爺也在想這兩句的意思，突然看到妻子期待的目光，頓時壓力極大。他當年是販私鹽出身的，等到新朝建立，藉著這股東風，再加上他會經營，這才成了鹽商。現在越做越大，可天地可鑒，他真沒讀過幾本書，肚子裡的墨水少得可憐，他夫人李氏好歹是舉人的庶女，說不定他識的字還沒夫人多。

當著眾人的面，身為一家之主的林老爺自然不能丟臉，於是淡定地咳了一聲，「大郎，你也讀過幾年家學，還不快給你母親說說這兩句詩是不是有什麼不妥的地方？」

李氏這才想起丈夫也是個大老粗，不由有些尷尬，連忙轉頭看著大郎。

林澤望著父母同時投來的目光，額頭冒汗。天可憐見的，他是讀了幾年家學，可他壓根兒不是讀書的料，再說他是長子，以後要繼承家業，他家又不是書香世家，他幹麼苦讀？

他不過是讀些書識些字，以後方便打理家業，剛才之所以能脫口而出，實在是這兩句詩太有名了，而且他也只記得這兩句，他家唯一讀書好的是他弟弟好不好？他弟是三歲背書，五歲吟詩，六歲作畫，要不是他弟極度厭學，每次上學三天打魚兩天曬網，並且爹娘慣著，說不定現在也能弄個秀才當當。

然而，這話不能說出來，林澤硬著頭皮東拚西湊，說：「這兩句大體上是誇讀書好，說的是讀書好，書中有黃金屋，有玉，嗯，反正就是讀書考取功名後，能得到很多財富。」

林澤本來還想解釋得更好些，可他學的那點大多還給夫子了，張了張嘴，沒詞了，正想說點別的轉移注意力，就見床上的少年突然睜開眼睛，淡淡地吟道：「富家不用買良田，書中自有千鍾粟。安居不用架高堂，書中自有黃金屋。娶妻莫恨無良媒，書中自有顏如玉。出門莫恨無人隨，書中車馬多如簇。男兒欲遂平生志，五經勤向窗前讀。」

「這首詩出自宋真宗的御筆親作《勸學篇》。『書中自有黃金屋，書中自有顏如玉』，指的是考取功名後，才能得到財富和美女，其中的『顏如玉』不是美玉，是美女。」少年輕咳了一下，嘆道：「多少讀書人為了這幾句話，傾家蕩產地科考，到頭來不過是一場空。」

「清兒，你醒了！」李氏驚喜地看著懷裡的小兒子睜開眼，忍不住把他摟得更緊，「娘的心肝兒，你可嚇死娘了！」

李氏看著寶貝兒子臉色有些蒼白，趕忙摸摸他的頭和腳，輕聲叫道：「清兒，回家了！清兒，回家了……」一直念了七遍。這是她向有經驗的老人學的，孩子嚇著了或是驚著了，一定要叫叫魂，要不然很容易起燒生病。

李氏幫兒子叫完魂，不知是心裡作用或心理安慰，覺得兒子的臉色好很多，不由放下心來，用手指點了點他的額頭，「你這孩子，讀書這麼拚命，讀到夢魘了，可嚇死娘了！」

林家大郎相當無語，拚命讀書讀到夢魘？家裡誰不知道弟弟雖然天資聰穎，卻最討厭讀書，平時去家學，三日能去上一日就算好的，怎可能讀書讀到夢魘？他娘也開始說胡話了。當然他弟弟讀書好是不爭的事實，畢竟家中能引經據典的，也就他弟弟一個了。

林清看著抱著自己的母親，還有站在床前擔憂的父親和大哥，勉強露出笑容，「娘，我沒事，只是做了惡夢，有些嚇著，讓爹娘和大哥擔心了。」

林父見林清雖然面色微白，但神色已經正常，也放下心來，問道：「可有什麼不舒服？等蘇大夫來了，讓他給你看看，怎麼好端端的就夢魘了？」顯然林父也不相信小兒子會讀書「辛苦」到夢魘，他更傾向於小兒子不小心驚嚇著才夢魘了。

林父剛說完，就聽到外面傳來大管家的聲音：「老爺，蘇大夫來了。」

蘇大夫是城裡最好的大夫，據說祖上是前朝御醫，林家有人身體不適都會去請他。蘇大夫年紀大了，故屋裡雖有女眷，倒也不用避諱。

外面的簾子一掀，管家引著一個六十多歲留著白鬍子的老者進來。

林父也沒客氣，直接說：「蘇大夫，小兒夢魘了，您幫忙看看可有什麼不妥當。」

蘇大夫對抱著林清的李氏說：「夫人，還請把小公子的胳膊拿出來，老朽給切個脈。」

李氏趕忙把兒子的胳膊從被子裡掏出來，大管家很有眼色地在床頭放了個凳子，蘇大夫坐上去，取出箱子裡的脈枕，將林清的手放上去，開始把脈。

過了一會兒，蘇大夫收回手，對林父說：「令公子並無大礙，只是因為驚嚇，有些心神不寧，老夫開副湯藥給令公子壓壓驚就好了。」

林父和李氏聽了，這才徹底放下心來，林父對蘇大夫說：「那勞煩您開藥了。」

蘇大夫拿起紙筆，刷刷幾筆寫下一份藥方，又叮囑了熬藥的方法和服藥的禁忌。林父收了藥方讓小廝去抓藥，又令大管家包了一個紅封，親自把人送了出去。

等蘇大夫走了，林父回來摸了摸林清的頭，說：「怎麼不小心嚇著了？」

「做了惡夢，夢到自己死了。」林清蹭蹭林父的手，心有餘悸地說。

「夢和現實都是相反的，別害怕。」林父安慰道。

林清不想提夢境的事，便轉移話題說：「爹爹，您今日不是要和哥哥去放鹽嗎？」

「還放鹽呢，都快被你嚇死了！」林父沒好氣地說：「現在感覺怎麼樣了？」

林清點點頭，看了窗外一眼，天已大亮，想起放鹽是整個家族的大事，趕忙說：「爹，我沒事，今天是放鹽的大日子，叔叔管家們八成等了許久，您快去吧，讓大家久等不好，何況商號也急著要鹽。」

李氏看兒子沒事了，也知道放鹽的重要性，就對丈夫說：「老爺放心去吧，清兒這裡妾身會看著，別誤了大事。」

林父點頭道：「那妳在家裡好好看著清兒，可別讓他出去招到不好的東西。」說完，就帶著大兒子匆匆去了外院。

林父走後，李氏便將整顆心都放到寶貝兒子身上，看到他因為夢魘出了一身冷汗，連忙吩咐丫鬟婆子去準備沐浴的熱湯。

林清整個身子泡在木桶裡，感受僵硬的身子在水中被熱氣慢慢泡軟，不由吐了一口氣，揮揮手，讓伺候沐浴的丫鬟出去，他微微閉上眼，嘆了一口氣。

書中自有黃金屋，書中自有顏如玉，想不到這兩句話居然勾起了他上兩世的回憶，還讓他在夢裡又體驗了一次上一世死亡的恐懼。

想起前兩世，林清嘴裡就有些苦澀，他現在真的太明白某個喜劇演員的話：「人生最痛苦的事情是，人死了，錢沒花完！」

而比這更痛苦的，不是人活著，錢沒了，而是人死了，兩輩子錢都沒花完！

他就是那個辛辛苦苦，掙了兩輩子都沒來得及花的人！

第一世，他辛辛苦苦做了十年高中物理老師，終於從一無所有的孤兒，混成了一個有車子有房子（貸款買的）的人，並且由於成績突出，還接到了教育局的調令，讓他補一個退休教研員的缺。他正幻想著去教育局混個小科長，結果半路上，他穿越了……

第二世，他倒不是孤兒，而是出身世家的公子，可這世家公子卻是個空架子，他雖是二房的嫡支，但他的父親是個屢試不中的秀才，不僅把家裡的積蓄都耗費在科舉上，還熬壞了身體。從他記事起，父親就不能下床，所以他從六歲開始就不得不走上魯迅先生的老路，在當鋪、醫館和學堂三點一線來回奔波。

他甚至為了滿足父親唯一的心願：考中舉人，光宗耀祖，不得不把自己一個標準的理科生強扭成文科生，還是古文科生，頭懸樑錐刺股地奮鬥十年，千辛萬苦，落榜兩次，第三次中了舉人，讓他那一直撐著一口氣的爹滿意地閉了眼，而他也鬆了一口氣，不用再考了，打算憑著舉人功名混個地主，老了補個官時，結果他在家裡被入侵的胡人一刀砍死了。

想到這裡，林清打了個寒顫，摸摸脖子：幸好，他的脖子現在沒有一個碗口大的疤！

想到他辛辛苦苦，努力奮鬥的兩世，最後卻竹籃打水一場空，一向好脾氣的林清，都忍不住罵老天。第一世穿越也就罷了，畢竟現代人都知道，穿越不需要理由，可第二世他坐在家中，被闖入的胡人砍，這算是個什麼事？他明明出生在太平盛世，為啥轉眼就國破家亡？

難道老天看不慣他努力上進？要不，怎麼偏偏在他成功後，打算享受成功的果實時，讓他不是穿越了就是橫死了？

於是，第三世還在他娘肚子裡的時候，林清不幹了。

奮鬥？奮鬥個屁啊！

林清決定，哪怕這一世投胎成乞丐，他也寧願拿著竹竿去乞討，天天蹲牆根曬太陽，絕對不再上進了。

林清沐浴出來，就看到母親、大嫂和胞妹在屋裡坐著等他。

他母親姓李，他嫂子姓李，他大哥去世的親媽也姓李，這當然不是什麼巧合，而是三者本來就有關係，更確切地說，她們三個出自一家。

他大哥的親媽是他父親的原配，也是他媽的嫡姊，而他媽是他大哥親媽的庶妹，也是他大哥的姨媽，更是他爹的繼室，故還是他大哥的後媽。他大嫂是他大哥嫡親舅舅的女兒，故他大嫂不但是他媽的兒媳，還是他媽的侄女。他嫂子不僅是他大嫂，還是他的表姊……

林清按按自己的額頭，努力把發散的思維拽回來。每次想到家裡這三個李氏，就會陷入詭異的邏輯思維中，最後把自己繞得暈頭轉向。

不過，林家的女人關係這麼複雜，倒不是因為什麼愛恨情仇，而純粹是利益的結合。

林家祖上在前朝是販私鹽的，鹽自古以來是國家專營，所以當時林家只是小打小鬧，畢竟這東西雖然利大，卻是掉腦袋的活兒。等到林清父親時，前朝滅亡，新朝初立，林父瞅準機會，和一個當時在鹽場的管事進行交易，獲得了鹽引，搖身一變，成了跟著國家幹的鹽商，而那個管事為了利益共享，就把自己的嫡長女許配給林父，成了林父的岳父。

從此以後，林李兩家成為姻親，李家靠著林家的錢財，在鹽場的官場上爬，而林家靠著李家的便利，不斷拿著鹽引，成為當地數一數二的鹽商。就在兩家勢力突飛猛進時，林父的妻子，李家的嫡長女，在生林家大郎時難產而死。

李氏這一死，給林李兩家投了一顆震撼彈。林家和李家本就是利益的結合，而李氏這一死，把這個紐帶給扯斷了。林家擔心官場上沒人扶持，李家擔心以後沒有錢財支援，於是，兩家一商議，林父的岳父就將自己的一個庶女給林父做了填房，也就是現在的李氏，林清的親媽，而林家為了區分兩個李氏，故稱大郎林澤的母親為大李氏。

林清的大嫂小李氏，也差不多是這個狀況。林清的大哥林澤是嫡長子，現在已經是林家內定的下一任家主，當然也娶了李家的女兒。

當初林清剛知道林澤要娶嫡親的表妹時，本來還因為他們是三代近親想要阻止，可等從他娘口中知道林家和李家的關係，他就歇了這心思，因為他知道事關兩個家族的利益，不是他空口幾句白話就能打消的。

再者，他身分敏感。他說了，別人只會以為他想破壞他大哥和李家的關係，想要謀取林家家主之位，所以他一旦說出口，除了給自己找麻煩以外，一點用都沒有。

看到林清進來，小李氏和林淑連忙站起來。

林清對小李氏微微頷首，說：「大嫂來了。」

小李氏笑著說：「看到叔叔大好，妾身就放心了。」

「嫂子快坐吧，妳身子重，站著累。」林清說道。小李氏如今懷孕已經八個月，肚子像揣了顆大西瓜，尤其她身材嬌小，更顯得肚子大了三分，看得林清心裡一顫一顫的。

李氏很高興寶貝兒子好了，便對小李氏說：「自家人哪用這麼客氣，妳快坐下。」

林淑身為小姑，又是林清的親妹妹，沒什麼好拘謹的，她直接跑到林清面前，說：「哥哥感覺怎麼樣了？可是大好了？」

林清笑著摸了摸她的包包頭，說：「已經好了。」

「哥哥，今早你可嚇死我了，娘聽說你夢魘，就直接往這邊跑，我和嫂子在後面追都追不上。」林淑有些害怕地說。

林清知道李氏一向疼自己疼得像眼珠子似的，心裡非常愧疚，說：「讓娘擔心了。」

李氏把林清拉過來，讓他坐在自己旁邊，「你沒事就好，沒事就好。來，這是我讓人給你煮的安神湯，快喝了，壓壓驚。」

林清把安神湯一口喝掉，又接過另一個丫鬟手中的茶水漱口。

李氏看著林清喝了安神湯，這才說：「這下我好歹能放心了。」然後對小李氏說：「妳照顧淑兒一早上，也累了，快回去歇著吧！」

小李氏知道婆婆定是有話想跟小叔說，故也不多留，就說道：「小姑今日起得也早，想必現在也乏了，我送小姑回去。」

李氏點點頭，又囑咐了女兒幾句，這才讓小李氏送林淑回去。

等人都走了，李氏就讓丫鬟都退下，攬過林清，心疼地說：「我的清兒可是吃苦了。」

林清已經十三歲，在外人眼裡已經算是大人，可在李氏眼裡仍然是個孩子。李氏在人前不好對兒子太親密，但在人後確實一直拿林清當孩子哄。

林清雖然三世為人，可第一世沒有母親，第二世母親在他很小的時候就過度操勞去了，所以這一世，林清極為珍惜這得之不易的母子之情，甚至會時不時地撒撒嬌。至於前兩世的年齡，在母愛面前，他直接無視了，反正他現在就只是個粉嫩嫩的十三歲少年。

李氏摸著林清的頭，說：「你都好些年沒有夢魘，你這一夢魘，我又想起了你小時候。你小時候經常睡覺嚇醒，我每次都要抱著你哄好久，你才能不害怕。」

林清上一世是被人砍死的，給他造成的心裡壓力非常大，所以這一世剛開始他幾乎天天做惡夢，每次都夢到自己被殺，感覺自己的頭掉了。

有一段時間，他幾乎精神快要崩潰，還好李氏一直在旁照顧他，哄著他。雖然他媽是把他當嬰兒哄，但他最後能克服恐懼，走出陰影，都是李氏的功勞，否則，他說不定早被逼瘋了。這也是林清一直與母親很親近的原因，因為在他眼裡，李氏就是他的母親。

「後來，我去天音寺的住持那裡替你求了一個平安符，你才慢慢好起來。明天你要不再去天音寺，去跟住持大師再求一個？」李氏問道。

林清想到當初他娘給他弄得滿屋子的平安符，嘴角抽了抽。那東西真不管用啊，他最後之所以好了，那是因為隨著時間的推移，他的恐懼慢慢減弱，他本身又是當老師的，懂點心理學的皮毛，又有多年為高三學生心理輔導的經驗，知道自己是心理問題，所以總是有意識地調節，才逐漸好起來的。

不過，這事解釋不清楚，而且他娘只是想去求平安符，不是去弄亂七八糟的符水，再加上他娘待在家裡也無聊，他就當陪她娘出去散散心，就點頭說：「那明天我陪娘一起去。」

李氏順嘴兒說：「正好明天幫你合八字。」

八字？

「娘，什麼八字？」林清驚訝地問道。

李氏笑著用手指點點林清的頭，「當然是你和王家姑娘的八字。」

「王家姑娘？哪個王家姑娘？」林清又是一驚。

李氏想到還沒跟兒子提過，就笑著說：「是王家布莊的嫡小姐，今年十七了。她家就她一個姑娘，氣質模樣都是極好的，要不是前些年她的祖父母接連去世，她守孝有些耽擱了，早就嫁出去了。」

林清可沒管是誰，他只知道他現在才十三啊，他這麼早就要成親了！

林清趕忙說：「娘，我現在才十三，會不會太小了點？」

「十三？你不是連自己的生辰都記錯了吧？你今年十五啊！」李氏疑惑地說。

林清差點咬到了自己的舌頭，他怎麼把自己習慣的年齡說出來了？古代的年齡指的是虛歲，出生算一歲，過年算一歲，他偏偏生在臘月，所以他生了沒幾天就兩歲了，可這兩歲，他壓根兒就沒長啊！就算他說自己是十五歲，身體的實際年齡也才十三。現在就讓這副身子去給他傳宗接代，他實在下不了手……

林清想了想，決定實話實說，「娘，我雖然十五，可我是臘月生的，出生就虛了兩歲，現在也才不過長了十三年，我這麼小，能給您生孫子嗎？」

「哈哈哈……」李氏一聽兒子的話，頓時樂了，「你這個臭小子，毛還沒長齊，就開始想給我生孫子了！」

李氏止住笑，解釋道：「傻孩子，你以為合八字就是成親啊？這合八字只是其中一步，成親要經過『納采』、『問名』、『納吉』、『納徵』、『請期』和『親迎』。納采是男家請媒人到女方家提親。若女家同意議婚，則男家正式向女家求婚。正式求婚時要攜活雁為禮，使人納其採擇之意。問名是男家託媒人詢問女方的姓名和八字，以準備合婚。男家通過占卜測定吉凶，如果男女八字相合，再進行下一步。納吉是把占卜合婚的好消息告知女方，你娘我早就打好首飾，用來給你下定。納徵是男家將聘禮送往女家。請期是男家擇定結婚日子，備禮去女家，告知成親的日子。最後親迎，這才是迎娶新娘。這一套下來，沒一年半載可不成。等你成親時就十六七歲了，那時身子自然長開了。」

「等等，娘，咱家已經遣媒人提過親了？」林清這才反應過來，納采可是在問名前面，他娘既然說合八字，那就說明已經提過親了。

「當然了，要不，王家怎麼可能把姑娘的生辰八字給咱家？女兒家的生辰八字可是極為貴重的。」李氏理所當然地說。

「可是，我怎麼不知道啊？」林清有些抓狂。

李氏奇怪地說：「你一個小孩子，知道這個幹什麼？」

「這是我成親啊！」林清簡直不知該怎麼表示內心的崩潰了。

「你只要等最後去把新娘接回來就好了。」李氏拍拍兒子的手，說：「放心，你大哥成親就是我操持的，有你大哥的經驗，娘一定把你的親事辦得漂漂亮亮的，你等著接漂亮的新娘回來就好了。」

「可是……」我不知道啊！林清剛要把話說出口，突然反應過來。古代講究盲婚啞嫁，父母之命，媒妁之言，他不需要知道。他大哥結婚的時候，好像也是最後被通知去迎親。

林清只能換個問法，說：「娘，那提親，我怎麼沒聽說？」

「你這孩子傻了嗎？提親哪有大張旗鼓的？婚要等定下才能說，萬一提親不成，或者合八字不行，說出去豈不壞了兩家孩子的清譽？這哪是結親，這是結仇！」李氏說道，想了想又囑咐林清：「在定下之前，你可不要出去亂說。我想著你年紀小，就沒告訴你，怕你不小心漏出去，顯得咱家家教不好。」

林清：……

所以，這才是他和大哥一直到訂婚才知道自己有對象的原因嗎？

林清頭一次經歷古代的盲婚啞嫁，還是親身上陣，這衝擊絕對是巨大的。

不過，也就是震驚，倒沒什麼反感，畢竟在古代生活了這麼多年，他已經明白了跑到古代談戀愛是多麼的腦殘，因為在古代，凡是有點身分的姑娘，都是待字閨中，別說談戀愛，見都見不著。人都見不著，談什麼戀愛啊？

林清在古代兩世見過的女人屈指可數，大體可分為幾類，第一類是他媽，這個絕對不能談，否則是亂倫。第二類是他妹，包括堂姊妹，這個也不能談，理由同第一類。第三類是表姊妹，這個倒可以談，可他不敢啊，他不敢去賭他家族有沒有遺傳病。第四類是丫鬟，這個倒是可以談，也不用擔心近親問題，可他要是想娶，明天他娘就能讓這個所謂的「狐狸精」丫鬟永遠消失。所以，凡是他能見著的女人，都是他不能娶的；凡是他能娶的，都是他見不著的。他除了盲婚啞嫁，真的別無選擇。

當然，盲婚啞嫁也是有差別的，挑一個溫柔賢淑的，就算婚後可能無法恩恩愛愛，相敬如賓也還不錯。於是，林清開始向李氏認真打聽這位王小姐。

李氏對此倒是沒有避諱，畢竟是兒子將來要娶的妻子，兒子先做些了解還是必要的。

「這位王小姐是王記布莊的千金，你知道王記布莊吧？那是咱沂州府最大的布莊，甚至連臨近的兗州府、青州府、徐州府，都有他家的鋪子。王家自前朝就是有名的布莊，家族底蘊可想而知。」

「王小姐是王家家主的嫡長女，按理說應該做宗婦的，可不巧兩年前她的祖父母去世，她不得不守孝，這才耽擱了。人家一出孝期，就有不少上門提親的，可人家父母不願意女兒低嫁，這才拖了下來。前些日子，你父親知道了，就找媒人幫你提了親。咱兩家都是知根知底的老交情，人家也知道你雖然性子靜，卻是個能守得住的，所以王家就許了。」

林清總結了一下母親說的，就是兩家門當戶對。他家是鹽商，雖是豪富之家，但底蘊弱些，而王家布莊雖然沒有他家鹽號的暴利，可底蘊深厚，所以家世上兩家正好互補。至於他和那位王小姐，他是嫡次子，這是個弱項，畢竟他以後要分出去，而那位王小姐也有一點瑕疵，就是因為守孝年齡大了點。兩人倒也算是半斤八兩，整體看來很登對。

李氏見兒子沒有反感，就接著說：「這位王家姑娘是從小被王夫人手把手教出來的，聽說前幾年已經開始管理自己的嫁妝，打理鋪子、盤帳、管理內務都是極為妥當的。你是我生的我又不是不知道，你不愛管這些，有個替你操心的，我也放心。」

林清有些訕訕，他大概是林家唯一不通財務的，但這不能怨他，他第一世學的是物理，第二世滿腦子都是策論等科考題，壓根兒沒接觸過財務。再說，他第一世每個月還完車貸房貸後就是月光族，第二世他天天想著去當鋪當東西買藥買米。沒有財，談什麼理財？

至於這一世，他被前兩世刺激得一點也不想奮鬥，只想做一個米蟲，等著他老爹分家時給他分上一大筆財產，畢竟他家這麼多錢，他是嫡子，雖然家主肯定是他哥的，鹽號肯定是他哥的，可財產可是諸子均分。他家只有兩個兒子，他怎麼也能分一半吧？他這輩子只要不賭，怎麼吃都吃不完，還學什麼理財？

萬一老天看他理財理得太好，覺得他成功，又讓他穿越了怎麼辦？

因此，聽到母親說王家姑娘很會打理財務，林清忍不住高看對方。在任何時候，技術人才都值得尊重的。

李氏湊到兒子耳邊，有些取笑地小聲說：「最重要的是，為娘替你見過王姑娘，人家王姑娘落落大方，一看就很大氣。臉是鵝蛋臉，長得也端莊秀麗，你肯定相得中。」

林清眼睛一亮，他雖然不是顏控，可也怕找一個歪鼻子斜眼的。既然他娘說長得端莊秀麗，可能美貌算不上，畢竟婆婆看兒媳婦都不喜歡太漂亮的，覺得是狐媚子，可起碼說明五官端正，那他就放心了。

李氏見兒子心裡大致有底，就不再多說什麼。兒子喜歡不喜歡，還得看婚後相處，她多說也無益，就又道：「我剛才讓人燉了金絲燕窩粥，你等會兒記得喝。」

林清知道他爹出門了，家中肯定有不少事情等著他娘忙，想到他娘也還沒吃早飯，一忙起來說不定就忘了吃，便道：「娘，您也還沒吃早餐，要不，在兒子這裡一起用些？」

李氏確實急著回去處理中饋，只是兒子開口了，她就陪兒子吃了碗粥，這才回正房。

第二日，林清難得起了個大早，先收拾好自己，用過飯，然後領著小廝去正院接他娘。

李氏早已用過飯，正帶著小李氏和林淑在處理事務。

「娘，我讓管家準備好馬車了。」林清說道。

「我這快好了，你先坐一會兒。」李氏一邊說，一邊把牙牌遞給下方侍立的婆子。

林淑扔下手中的帳冊，跑到林清跟前，說：「二哥，咱們今兒要去上香？」

「是啊，妳昨日不是知道了嗎？」林清笑著說。

「那我們上完香，去楊記銀樓好不好？」林淑睜著水靈靈的大眼睛，期待地問。

李氏聽到女兒的話，說：「妳的首飾不都是在楊記銀樓訂的嗎？想要什麼樣的，直接讓丫鬟去不就好了？」

「可是，聽說楊記最近出了很多新的式樣。」林淑轉身抱著李氏撒嬌。

「讓丫鬟去楊記拿新出式樣的圖冊，妳喜歡哪個就圈出來，讓丫鬟去打。大熱的天，何必多跑一趟？」李氏隨口說道。

林清聽了覺得好笑，他家最不缺的就是鹽和錢，林淑身為林家的嫡幼女，又有李氏這個親媽照看，楊氏銀樓的首飾雖然是整個沂州府式樣最新，價格最貴的，可他妹妹隨便一件首飾就是楊記銀樓的新款，又怎麼可能稀罕？之所以鬧著要去銀樓，不過是想去逛逛。

林清插嘴道：「淑兒既然想去銀樓玩，那我先送娘去天音寺找大師合八字，再帶淑兒去最近的那個楊記銀樓看看。」

楊記銀樓是老字號，沂州府有好幾處分店，林清記得離寺廟不遠就有一處分店。

「好啊，好啊！」林淑拍手附和。雖然只是分店，可比起去了好多次的寺廟，還是逛銀樓更有趣。

「妳呀，看看有點女孩子的樣子沒有？」李氏無奈地戳戳女兒的鼻子，又轉頭對兒子抱怨說：「你就天天慣著她吧！」

「妹妹這麼乖巧可愛，小叔怎麼可能不疼？」在旁邊幫著理帳的小李氏笑著說道。她心中有幾分羨慕，她也有嫡親的兄長，可他的兄長沒像小叔疼小姑這樣關心過自己。

「娘……」林淑對著李氏撒嬌。

「好好好，去去去。」李氏被磨得沒辦法，只好答應，又囑咐說：「妳要去也行，可是要好好跟著妳哥哥，不許亂跑。」同時又對林清說：「你好好盯著她，萬不可讓她亂跑，一定不能讓她撞到什麼不該撞的人。」

林清知道時下對女子，尤其是對閨閣女子的苛刻，認真回道：「我不離妹妹寸步。」

李氏知道自己的兒子性子雖懶些，做事還是靠譜的，便也不再說什麼，轉而叫身邊的大丫鬟準備上香的東西。

小李氏指揮丫鬟把桌上的帳本收了，又親手倒了一杯茶遞給婆婆，說：「娘，您累了一早上，喝口茶吧。」

李氏接過茶啜了一口，說：「等會兒我帶清兒和淑兒去天音寺上香，妳身子重就不必去了，在家裡歇著，我替妳求個安胎符和生子符，到時肯定能生個大胖小子。」

小李氏本來就想請婆婆替她求生子符，天音寺的符向來出名，她身子重不敢出門，聞言頓時大喜，忙說：「辛苦娘了！」

林清等李氏準備妥當，就扶著李氏，把李氏和林淑送到馬車裡，然後翻身上馬，帶著一幫丫鬟家丁小廝，簇擁著馬車，浩浩蕩蕩直奔天音寺。

一行人到了天音寺所在的冠山腳下，抬出早已備好的軟轎，林清下馬來到馬車旁，對李氏說：「娘，上山的路不平，坐馬車太顛，不如換轎子吧。」

「還是我兒想得周到。」李氏欣慰兒子貼心，扶著林清的手下了馬車，上了軟轎。

林清把李氏送進轎子，轉身又去把妹妹扶出馬車，也送到轎子裡。

至於他自己，沒有騎馬，也沒有乘轎子，而是徒步走在轎子旁邊。

「哥哥，你怎麼不騎馬？」林淑掀開轎窗的擋布，好奇問道。

林清笑了笑，說：「外面風景不錯，我正好走路活動活動。」

林淑很驚奇，放下擋布，轉頭對身邊的李氏說：「哥哥不是向來最討厭走路的嗎？」

李氏搖搖頭，笑說：「傻孩子，妳哥哥哪裡是勤快了？他是看著上山的人多，怕有人衝撞了咱們娘倆，在外面護著轎子呢！」

林淑聽了趕忙掀開轎窗的布，果然看到前面的山路上摩肩接踵，熙熙攘攘的都是人。剛才在山腳下地勢開闊看不出人多，如今一到這裡，確是看得分明。

林淑看著帶著家丁護在轎外的哥哥，心中微有暖意。

約走了半個時辰，林清一行人才到達半山腰的天音寺。

李氏帶著林清和林淑先去正殿拜了各路神仙，捐了一筆香油錢，才在小沙彌的帶路下，去了後院住持的住處。

林清從第一世起就信奉牛頓三大定律，熱愛天體運行，對於所謂的玄學完全不感興趣，所以把母親和妹妹送到住持的客房，就自個兒在寺裡晃悠了。

天音寺始建於前朝初年，至今已有三百年的歷史，後院有不少古樹，林清想起上次來見到的一棵枝葉繁盛的銀杏樹，心中一動，打算去摘幾片葉子回家做書籤。

他按照記憶找到那棵銀杏樹，卻發現那棵銀杏樹早已被占了，許多頭戴方巾的讀書人，正席地而坐，好像在銀杏樹下開文會。

林清猶豫著要不要過去摘葉子，就聽到其中一個文人說：「咱們這次鄉試的主考官，聽說是翰林院的王學士。」

「王學士好像是南人吧？」穿著講究的士子皺眉道。

另一個士子附和道：「王學士是江浙人。」

「唉，看來這次鄉試的題目難了！」穿著講究的士子感嘆道。

第一個說話的人聽了點點頭，說：「可不是？每次只要南人出題，都極為難答，不過，汪兄家學淵源，定然是沒問題的。」

穿著講究的汪姓士子搖搖頭說：「我家雖然自前朝就是耕讀世家，在前朝更是出過不少舉人，可前朝末年，匈奴犯境，前朝皇帝耽於享樂，對邊關告急無動於衷，甚至為了過好自己的壽辰，居然不讓臣下上奏一切不吉利的事。」

「結果，邊關被破，匈奴長驅直入，直搗京師。前朝皇帝見勢不妙，竟是直接帶著大臣逃到長江以南，棄了北地。北地全部陷於匈奴鐵騎之下，北方的世家更是遭到毀滅的打擊，及至新朝建立，北方世家幾乎十不存一。」

「我們汪家也在那場劫難中幾乎沒有倖免，要不是我家當初有一支在南邊做官，新朝建立後才回來，我汪家早就沒了，可就算如此，汪家的書籍也大多毀於那次的戰火之中，哪裡還有什麼家學淵源？而南方由於長江天塹阻隔，沒有遭受戰火波及，現在的世家大多是前朝傳下來的，這底蘊豈是我們能比的？」

旁邊的士子也嘆氣道：「就是。咱們北方本就底子弱，居然還讓南人來主考，還讓不讓咱們中舉了？」

「這也是沒辦法的事，鄉試主考必須出自翰林，可咱這些年凡赴京趕考的，就沒幾個入翰林的，怎麼可能有北方的考官？」汪姓士子感慨道。

旁邊一個士子氣憤地說：「雖然聖上在會試規定了南北榜，可殿試卻是一起考的，咱們北方的士子怎麼可能考得過南人？」

「慎言！」他旁邊的好友連忙捂住他嘴，其他的士子也連忙互相提醒。大家在一起抱怨不要緊，可要是涉及上位者，那就是大忌。

樹下的氣氛頓時僵滯，汪姓士子見狀，連忙緩頰地說：「雖然咱們考進士確實難了，可考秀才、舉人卻比南人要容易得多。」

旁邊一直跟著他的士子也說：「就是就是。方讀書人多是從前朝積累下來的，前朝重文輕武，當時無論是南北方，聽說科舉最簡單的縣試都是百裡挑一，考個秀才比咱現在北方的舉人都難。在南方雖然沒到這種程度，可也差不了多少。要是在南方，說不定咱連秀才都考不上，更別說舉人了，還談什麼進士？」

其他士子想到南方讀書人的恐怖人數，再想想自己府的讀書人數，頓時覺得有理。雖然鄉試由南人出題難度確實比較高，可錄取名額卻是固定的，影響不大。相比較而言，還是在北方考鄉試容易，至於殿試，起碼也得等考到舉人再去想這個問題。

汪姓士子看到眾人都緩過來了，就笑著說：「諸位明天就啟程去濟南府，願諸位一路平安，心想事成。」

……

林清想不到自己只是心血來潮想摘幾片葉子，便碰到一群將要趕考的秀才。想到現在已經五月末了，鄉試是在八月，而從沂州府到濟南府大約有六七百里路，要想趕考，確實該出發了，畢竟七月太熱，不適合趕路。

想到剛才那位汪秀才的話，林清忍不住為自己的上一世擼一把同情淚。

他到底是什麼運氣，居然碰到那麼不靠譜的皇帝？

林清慢悠悠地回到住持的客房，一臉喜意的李氏看到他進來，立刻拉著他說：「清兒，住持大師剛剛親自為你們算過了，是天作之合！」她順手從袖中掏出一個平安符，放在林清腰間的荷包裡，「娘還替你求了平安符，你可要好好帶著。」

李氏像是完成任務似的鬆了一口氣，「我去後面的禪室休息，你帶淑兒去玩吧！」

林淑早就等不及了，他娘忙著合八字，求平安符，求生子符，求各種符，她不敢打擾，如今李氏准了，她忙讓丫鬟給她戴好斗篷遮面，對林清說：「哥哥，咱們快去吧！」

林清對林淑說：「我帶妳騎馬？」

林淑眼睛一亮，連連點頭。他哥的騎術很好，比她坐馬車在山路上走舒坦多了。

讓小廝牽了馬，林清先把妹妹扶著坐上去，這才翻身上馬，帶了幾個騎馬的小廝，直接朝楊記銀樓奔去。

一盞茶的功夫，林清停在楊記銀樓門前，自己先下來，再抱林淑下馬。看著剛一著地就活蹦亂跳的妹妹，他笑說：「妳這丫頭夠大膽的，我騎得這麼快妳也不害怕。」

林淑笑嘻嘻地說：「哥哥騎術那麼好，我才不怕呢！」

林淑一進銀樓，就輕車熟路地往二樓走。林清雖然很少來銀樓，卻是知道銀樓裡好的首飾一般都在樓上，於是就跟著林淑往上走。

到了二樓，林淑沒有去看首飾，而是帶著林清往三樓的包廂走。

林清問道：「妹妹，妳不看看二樓的首飾？」三樓的包廂是用來試戴首飾或者休息的，類似於現代的試衣間，只不過隱蔽性更好，可你得先挑才能試啊！

林淑拉著林清上了三樓，找了個靠南帶窗戶的包廂，把林清拉了進去。

林清見林淑神神祕祕的，皺眉道：「到底什麼事？」

林淑小聲問：「哥哥，你想不想知道王姊姊長什麼樣？」

「咦？」林清驚訝地看著妹妹。

「昨天下午我去看你的時候，你不是說不知道嫂嫂長什麼樣就成親很遺憾？」

林清有些尷尬，昨天他娘走後，他就一直想著自己的盲婚啞嫁的事，下午他妹妹過來看他，他隨口感嘆了兩句。

「哥哥，你究竟想不想見嫂嫂？」林淑著急地問。

林清一驚，忙問：「妳不會把她約來這裡吧？」

林淑翻翻白眼，說：「我是這麼不講究的人嗎？我只是來之前，讓丫鬟給王姊姊去了口信，說我們今天要來上香，還要來這裡的銀樓。」

「那……」這和他說的有區別嗎？

林淑一邊把正對著大街的窗戶打開，一邊說道：「銀樓斜對面是王記布莊的鋪子，王姊姊今天會坐在三樓理帳。」

林清被妹妹的急智驚呆了，想不到她居然為他製造相親的機會。

林清從窗戶向斜對面的布莊的鋪子窗臺望去，果然看到窗裡有個窈窕的身影，而由於角度的關係，也不用擔心被下面的人看到，再者這條街只有楊記銀樓和王記布莊有三樓。

林清驀然想起當初高中學的一首詩：「你站在橋上看風景，看風景的人在樓上看你。明月裝飾了你的窗子，你裝飾了別人的夢……」

可能斜對面的人感受到這邊注視，竟然緩緩轉過身來。

林清頓時有些緊張，忍不住整整衣服，然後就見對方抬起頭，可是等他想仔細看時，卻崩潰地發現：誰給我來個望遠鏡，我看不清臉啊！

「怎麼看不清楚？」林淑驚訝地說：「應該能看得清啊，我們明明試過的！」

林清轉頭看妹妹，疑惑地問：「試過？」

林淑不好意思地說：「我和王姊姊是交情好，去年我跟著娘來天音寺上香的時候正好遇到王姊姊和她母親，她們就邀我和娘去她家的店鋪歇歇腳。當時我們在三樓正好看到這個包廂的窗戶，所以我才想出這個辦法。」

王家和林家是故交，兩家子女多有來往，當然由於男女有別，林清認識的都是王家的少爺，林淑認識都是小姐，所以林淑和王小姐關係不錯，林清倒是不覺得奇怪。

林淑用手碰了碰林清的胳膊，「哥，你能看清嗎？」

林清無奈地說：「妳都看不清，我怎會看得清？」他倆都沒近視，視力是一樣的。

林淑頓時急了，她和王嫣是好姊妹，對王嫣做自己嫂子，她還是非常開心的，畢竟王姊姊溫柔賢淑，和哥哥是良配，所以在知道哥哥有些鬱悶不知道對方長什麼樣就成親時，才想辦法讓兩人見上一面，讓哥哥心安，也是給王姊姊一個機會。明明一切都很好，哥哥明顯對王姊姊感興趣，就等王姊姊抬頭，兩人一見鍾情了，誰知居然看不清臉。

「對面為什麼這麼暗？明明剛才關著窗，我都能看到窗上的窗花。」林淑很鬱悶。

林清心中一動，認真朝對方的窗子看了幾秒，頓時哭笑不得，咕噥了一句：「我今兒可算知道學物理的重要性了，居然被『黑體』坑了一次！」

「哥哥，你說什麼？」林淑問道。

「沒什麼。」林清搖搖頭，「妳王姊姊關窗了！」

林淑立刻轉頭，看到斜對面一個丫鬟正要關窗，急得就要張口叫住。

「淑兒！」林清趕忙提醒。

林淑一驚，反應過來，不能叫，被別人聽到就不好了。

林淑眼睜睜看著對方關了窗，不禁跺了跺腳。

「怎麼就關窗了，還沒看清呢！」林淑抱怨道。

「人家一個姑娘，能讓我看一下就不錯了，還能讓我一個勁兒地看不成？」

林淑也知道是這個理，無奈地嘆道：「我還想著讓哥哥和未來嫂子一見鍾情呢！」

林清哭笑不得，「哪裡就這麼容易一見鍾情？」一個虛歲十七，週歲十五六的小丫頭，他要是能隨便一見鍾情，那可真是奇怪了，要知道第一世他教的可是高中，班上每個女學生都是這個年紀，他一直當她們是小屁孩。

林清見林淑頗為失望，反而安慰她說：「好啦，別悶了，反正等成親以後就能天天見，也不差這點時間。」

這又不是真的相親，要好好看看長得什麼樣，性格好不好，以決定成不成。現在反正好不好都得成親，既然結果已經確定，那過程的重要性自然大打折扣。

林淑也明白這個道理，所以鬱悶了一下也就放開了，急急忙忙跑去二樓看首飾，畢竟她能出來逛街的機會太少了。

李氏從天音寺回來後，就讓管家親自去王家一趟，告知了合八字的結果，並知會對方李家打算兩個月後上門下定。

之所以要兩個月後下定，那是因為林父到時就回來了，讓他出面更能顯示出兩家重視親事。不過，林管家回來時帶了個消息，說王家希望能盡快下定，最好能在年前完婚。

「盡快完婚？我們這邊的聘禮沒問題，王家的嫁妝趕得及嗎？」李氏皺著眉頭。男方的聘禮只要一些首飾加上金銀財物就可以，可女方的嫁妝還有家具，打家具是需要時間的。

「小的問過王老爺了，王老爺說，他家小姐的嫁妝是從出生就開始攢的，前幾年就準備妥當了，至於家具，王老爺說下定後他家就立刻來量屋子，王老爺已經雇了咱沂州府最好的幾家木匠，家具兩個月就可以打完晾乾。」林管家是個妥當人，這些問題早打探清楚。

李氏點點頭，「以王家的財力，兩個月趕出嫁妝確實不是問題，但王家怎會這麼急？」

林管家提醒道：「王家姑娘過年就十八了！」

李氏恍然大悟，「是我考慮不足。」

李氏想了想，問道：「王家有說這幾日有什麼好日子沒？」

「王老爺說五天後正是好日子。」林管家躬身回道。

李氏算了一下時間，覺得可以準備妥當，就點頭說：「你再去一趟王家，就說五日後，我帶清兒去王家拜訪。」

「是，小的這就去。」

林管家退下後，李氏讓丫鬟把早先準備下定的禮單拿出來，準備查看是否妥當。

林清看著他娘忙活，有些不解地問：「娘，為什麼王家這麼急？」

從媒人上門到成親，一般要一兩年的時間，並且拖得越久越顯得重視，王家就這一個姑娘，怎麼會這麼急匆匆地趕婚禮？

「他家姑娘過年就十八了，怎麼可能不急？」李氏一邊看著禮單又添了幾樣貴重物件進去，越急越要顯示出重視，一邊回覆兒子的問話。

「十八怎麼了？」林清奇怪管家和他媽幹麼一直強調十八，就算姑娘是大點，可明年成親也就十九，十八和十九差別很大嗎？

李氏聽到兒子的話，抬起頭來看著林清，一臉古怪地問：「清兒，難道你不知道，朝廷有規定，除服喪者，女子十八不嫁者，繳銀一兩，男子二十不娶者，繳銀二兩。」

「呃……知道。」林清愣了一下，這才想起朝廷好像確實有這個規定。

「雖然王家肯定不會在意這點錢，可一旦真被罰，王家姑娘的名聲肯定會受影響，所以王家寧願趕一點，反正咱兩家也是老交情，不會因為這事受影響。」李氏解釋道。

「原來是這樣。」林清點點頭，心裡卻是想：原來在古代想做單身貴族也是不行的！

五天後，林清四更天就被丫鬟叫起，穿了一身預先準備好的吉服，就到正院找李氏。

李氏看到林清進來，忙說：「快先用碗粥墊墊，等會兒祭祖！」

林清三兩口喝完粥，就整整衣服，帶著李氏準備的十二禮直奔祠堂。

林清頭一次知道，原來古代提親不是拿著聘禮去提親就行了，而是要先在家裡行祭祖儀式，將納采所用之「盒仔餅」或大餅，上香祭告列祖列宗，告訴列祖列宗自己將要上女方家去提親，請示列祖列宗保佑這段姻緣美滿幸福。

林清祭完祖，林管家指揮下人將所有的聘禮搬上馬車，林清與李氏也一同上車，同時帶著媒人前往王家。

「到了王家，記住，一定不要先下車，要等王家大郎來開車門。王家大郎一掀車簾，你就要送上見面禮，還有，會有女方家裡的人端洗臉水給你，你要記得給見面禮……我說的你都記住了嗎？」李氏透過馬車的車簾，看著快到王家了，最後一遍叮囑道。

「記住了，記住了！」林清連連點頭，訂婚這麼大的事，他怎麼敢出錯。

林清又檢查了一遍身上帶著的三十多個荷包，這些荷包等一下都是紅包，要在不同場合發給女方的親友。

王家和林家離得不算遠，古代的住宅都是身分相近的住在一起，林家這一片都是各大行業的富商，王家自然也住這邊。

大約兩刻鐘，馬車停了，外面響起一個青年男聲：「可是林家賢弟？」

林清趕忙答道：「正是。」

馬車的簾子被掀起，林清定眼一看，正是王家大郎王蔚。

林清連忙把一個精緻的大荷包雙手奉上，「有勞王家哥哥！」

王蔚認真地看了他兩眼，才收下荷包，「不勞煩。」然後對車裡的李氏行禮說：「家母正在門裡等候嬸娘。」

林家和王家是世交，王老爺大林父兩歲，故王家小輩稱呼李氏為嬸。

李氏笑著說：「有勞嫂子相候。」

林清這才起身扶李氏下了馬車，跟著王蔚進府。

王母果然在正院前等候，林清扶著李氏上前。

李氏鬆開林清的手，快走幾步到王母前，李氏笑著說：「讓嫂子久候，是我的不是。」

「哪裡，哪裡，我今兒看喜鵲叫得歡，就知道妳要來，結果我在這一等，妳可不是就來了嗎？」王母熱絡地說。

王母說完，又轉頭看林清，把林清仔仔細細地從頭看到腳，這才笑著說：「妳家二郎幾日不見，可又長大了不少，越發俊了。」

林清被看得滿臉通紅，連忙行禮，「見過王伯母，王伯母謬讚了。」

「哎喲，這還害羞了！」王母笑著對李氏說：「咱姊妹好久不見，妳可要陪我聊聊。」

「我也在家悶得慌，能出來鬆快鬆快自然好。」李氏道。

王母和李氏兩人有說有笑地直奔後宅，林清傻眼了。

娘，您把我送到門就不管啦？這才第一關呢！

林清的準大舅子王蔚適時出聲道：「家父正在前院的客廳。」

林清知道這時候只能靠自己了，於是，硬著頭皮說：「正好有些事要請教王伯伯，還請王大哥帶路。」

王蔚帶著林清向正廳走去，剛到正廳，還沒進門，就看到一個二十多歲的青年，林清知道這是王家的老二王莘。旁邊幾個丫鬟捧著銀盆，裡面盛著清水。
林清聞弦歌而知雅意，上前遞了紅包。
王莘看了林清幾眼，笑著收下，這才讓丫鬟伺候林清洗臉。
林清洗了臉，又隨手打賞了幾個丫鬟荷包，才跟著王家大郎和二郎進了正廳。
王父坐在主位上，僕人看到林清進來，趕忙在地上擺好蒲團。
林清撩起袍子跪在蒲團上，行了一個見長輩的大禮，「王伯伯安。」
「快起來，好孩子。」王父站起來親手扶林清起來，仔細看了他兩眼，笑著說：「你小時候抓周老夫還抱過你，想不到一轉眼的功夫，你就長大了。」
林清嘴角微抽，他小時候李氏養得好，長得白白胖胖的，像個人參娃娃似的，這些長輩就愛抱著他用鬍子蹭他，他故意哭了好幾次，那些長輩才放過他，眼前這位就是當初讓他裝哭的幾個罪魁禍首之一。
林清跟王父見禮後，就在王父的左下方坐下，王蔚和王莘陪坐在右邊。
王父喝了一口茶，明知故問地道：「不知賢侄有何貴幹？」
林清放下茶杯，站起來拱手說：「晚輩前來，確有一事相求。」
王父拈拈鬍子，「不知賢侄所說何事？」
林清臉一紅，結巴地說：「聽聞王家有女，溫柔嫻淑，持家有道，晚輩特來求娶。」
王父手中的茶杯一頓，說道：「老夫只有一女，平素愛若珍寶。」
林清趕忙說：「晚輩如若可以娶王家小姐，一定待若珍寶。」
王父看著林清，彷彿要把林清看透，一字一頓地說：「你真會好好待她？」
「是。」林清堅定地說。

「你若以後不好好待她，我可讓她哥哥們打上門。」王父淡淡地說。

林清一聽大喜，知道這是許了，忙順著竿子向上爬，「岳父大人放心。」

王父這才露出笑臉，「好好好！來，見見人吧！」

林清轉過身，對著王蔚改口道：「見過大舅兄。」同時奉上禮物。

王蔚接了禮，「見過妹夫。」同時送上一份回禮。

林清又轉身對王莘見禮，「見過二舅兄。」奉上禮物。

王莘也同樣受了禮，說：「見過妹夫。」也給了他一份回禮。

如此，兩家親事正式定下。

正事說完，下面就是入席吃酒了。兩個大舅哥可能是報復林清娶走了他們的寶貝妹妹，所以兩人一起灌林清酒。林清身為新女婿，不能不喝，所以等酒席結束後，李氏成功撿到一個醉鬼兒子回家了。

◆ ◆ ◆

「少爺，這刀您拿穩了。」林管家小心地將一把砍刀遞給林清。

「放心，我會守好窗戶的。」穿著一身大紅衣袍的林清接過砍刀，站在窗外。

窗裡正不斷傳來小李氏的慘叫：「啊……好疼……娘，我真的好疼……」

「生孩子都會疼，忍忍，等會兒等宮口開了，妳用力就生出來了。來，先咬著布，不要咬著舌頭。」李氏鎮定地叮囑小李氏，同時吩咐身邊的陪房說：「讓廚房送熱水來，把參湯也熬上，再做些好消化的麵食備著。」

李氏說完，又隔窗吆喝林清：「清兒，在外面嗎？」
「娘，我在窗戶外。」林清答道。
「提刀了嗎？」
「提了！」
「要是看到什麼不乾淨的，就拿刀砍。你哥哥不在家，你要替你哥哥守好你侄子。」
「知道了，我會一直守著的。」
林清站在窗外，看著外面忙碌卻不慌亂的丫鬟婆子，心裡默默想：「別管是侄子還是侄女，只要平平安安生下來就好！」
林清轉頭問身邊的林管家：「給爹爹和哥哥送信的人可派去了？」
「少夫人剛發動就派人去送信了。」林管家恭敬地答道。
「唉，爹爹和哥哥怎麼都快兩個月了還沒放完鹽？」林清說道：「爹爹不回來，都看不到長孫了。」
「老爺聽到長孫出生，一定會盡快趕回來的。」林管家心中估算著林父的行程。
「嗯，你先去看看有什麼要幫忙的，這裡我守著就行了。」林清道。
「是。」林管家讓旁邊的丫鬟給林清打著遮陽的傘，「那少爺您自己注意身子，外面日頭大，千萬別曬著，小的去看看夫人有什麼吩咐。」
林管家安頓好林清，這才透過窗戶問屋裡的李氏有什麼要準備的。李氏吩咐幾項，林管家趕忙去準備。林管家剛走，林清正想著怎麼裡面沒動靜了，就突然聽到慘叫聲：「啊……好疼，娘，我忍不住，真的好疼……」
「忍不住就別忍了，不過別使勁兒喊，留著力氣，等宮口開。李媽過來，攙著少奶奶的手，讓她使力。」

「啊……疼……好疼，大郎……」

「疼，我不生了……」

「胡說！哪有生到一半不生的？」

……

「我受不了了，娘，我是不是難產，啊……」

「沒有，就快出來了，妳再用力！」

……

「娘，我沒力氣了，我好疼……」

「使勁，快！來，用力，就快出來了！」

……

林清聽著裡面不斷傳來的慘叫聲，有些腿軟，旁邊正忙前忙後的林管家看著林清臉色發白，連忙要人搬凳子讓林清坐下，又拿出扇子親自搧風。

林管家小聲問：「小少爺，您感覺怎麼樣？」

林清現在真是顧不上自己怎麼樣，他拉住了林管家的手，焦急又怕裡面聽到，小聲地詢問：「嫂子怎麼樣了？是不是難產？怎麼生了這麼久還沒生出來？」

林管家畢竟是過來人，也見過多次孕婦生孩子，所以比林清要了解，搖搖頭說：「少夫人胎位很正，生得應該還算順利。」

「那怎麼這麼久還沒生出來？」小李氏是早晨發動的，現在都正午了，還一點沒聽著要生出來的動靜。

林管家淡定地說：「女人生孩子本來就費時間，少夫人這是第一胎，慢一點正常。」
「那大約要多長時間才能生出來？」
「順利的話，最快也得今天晚上吧。要是慢，明天大概能生出來。」
林清一聽，差點給跪了。這樣痛死痛活生上一兩天，還不給疼死？這還是順產，要是難產……我的天，還要不要活了？哦，難產確實活的不多！
林清頭一次覺得，剖腹產真是人類最偉大的發明之一。
知道這還早著呢，林清就拿著刀安穩地坐著，打算保持體力。
之所以拿刀，這裡面有個講究。據說從前有戶人家的妻子正在生產，他的丈夫在窗外焦急地等著孩子降生，等著等著，突然看到一個黑影從窗上偷偷往裡鑽，丈夫一驚，順手拿起地上砍柴的砍刀砍去，結果聽到淒厲的慘嚎，定睛一看，發現居然是一條黃鼠狼。後來有人說，女人生產時氣息弱，容易招精怪，這些精怪會趁著孩子降生時，偷偷附在孩子身上，所以日後凡是女人生產，丈夫都會提刀站在窗外，保證妻子和孩子的安全。
林清對這個說法嗤之以鼻，他覺得之所以有這個習俗，不過是為了強調在妻子生產時丈夫陪伴的重要性，畢竟古代女人生孩子實在太危險，有丈夫在旁邊守著，肯定更好些。
這次小李氏生產，本來應該是林清的大哥林澤提刀在窗外守著，可林澤沒能趕回來，因此身為家裡唯一的男丁，又是避邪的童子身，林清自然被拉來頂替他大哥的工作。
想到林澤，林清嘆了一口氣。他大哥一出生就是嫡長子，看著比別人得到更多的權利，可相應的，也付出了比別人更多。
林清知道林澤對於妻子這胎是極為重視的，畢竟成親兩年多，這是大嫂懷的第一胎，他哥本來還打算這次放鹽不去了，在家等兒子出生，可他爹這兩年身子骨大不如前，精神多有不濟，他哥不得不跟著去，從旁協助。

想到這裡，林清站起來，他哥為了這個家陪著他爹，那他就得讓他嫂子平平安安地生下孩子來，否則對不住他哥。

「林伯。」

「小少爺，什麼事？」

「你派人去把蘇大夫請來。」林清看著產房說。

「請大夫？這……大少夫人這是生孩子，不是生病！」林管家很驚訝。

林清當然知道這是生孩子不是生病，可比起這些無證照的穩婆，還是御醫後人的蘇大夫更讓他有安全感，「你先去請。我聽說蘇大夫祖上是前朝御醫，既然是御醫，那手裡肯定有不少方子有利於生產，再說，有個大夫在這裡，我們也能安心點。」

林管家聽了覺得有道理，雖然他不認為找個大夫真能幫上忙，不過想著等會兒孫少爺出來，讓大夫給孫少爺請個平安脈也是好的。

「我這就讓人去請。」林管家匆匆出去安排人。

林清想了想，蘇大夫是男的，他娘、他嫂子不會讓他進產房，可大夫畢竟會開藥，有藥總比沒藥要保險吧？

……

天已經完全黑了，產房突然傳來李氏的聲音。

「快用力啊，宮口開了，使勁啊！」

「娘，我不行了，我沒力氣了……」

「說什麼胡話，娘都看著孩子頭了，妳快用力！」

「我，我……」

突然沒了聲音，裡面頓時傳來幾聲驚呼：「少夫人！」

「少夫人快醒醒！」

「快點把參湯端來！」李氏立刻說。

幾息之後，才聽到小李氏微弱的聲音又響起，林清頭一次聽到他娘那麼慌，她說：「就快出來了，快用力！」

「娘，我不行了，媳婦真的沒有力氣了……」小李氏斷斷續續的聲音從裡面傳來。

李氏恨鐵不成鋼地說：「妳再使點勁兒，孩子的頭就出來了！」

「我真的不行了，大郎，我要死了，我要死了……」

「胡說！什麼死不死的，老大馬上就回來看妳和孩子了！來，再用力！」

林清聽到裡面的對話，知道他嫂子由於長時間疼痛，現在只怕脫力，連忙轉過身對坐在旁邊的蘇大夫說：「老大夫，可有什麼湯藥能加快生產？」

蘇大夫撫了撫鬍子，「有，只是有些傷身子。」

「具體怎麼傷身子？有沒有稍微好一點的？」是藥三分毒，是藥就有副作用，所以林清倒是沒有放棄，反而問得更詳細。

蘇大夫想了想，說：「倒是有一種比較好的催產藥，只不過藥材精貴些，傷身子小，只要生產後一年內不要懷孩子就行，否則有滑胎之險。」

林清一聽覺得不錯，只是一年內不能要孩子，他嫂子這次生得這麼艱難，肯定得好好養養，他哥大約也不會在一年內又讓他嫂子懷上。

不過，他沒有直接答覆，而是叫來丫鬟，讓她把這件事給他娘和他嫂子仔細說說，畢竟用不用，還得當事人說了算，否則到時他裡外不是人。

丫鬟進去不久，屋裡就傳來小李氏焦急的聲音：「讓大夫開藥，什麼藥我都吃，只要讓我快點把肚子這塊肉生下來，啊……」

林清聽了，對蘇大夫拱手道：「還請您開藥。」

蘇大夫點點頭，快速寫了一個藥方，林管家趕忙拿著叫人去抓藥煎藥。

一盞茶的功夫，藥被送進了產房。

很快，屋裡終於傳來小李氏的慘叫聲，以及嬰兒的啼哭聲。

一臉疲憊的李氏從產房裡走出來，對林管家說：「去門外掛張弓。」

林管家大喜，忙說：「恭喜夫人，喜獲金孫！」

李氏也露出笑意，「母子均安，主家大喜，今兒林家的下人賞三個月的月錢。」

院子裡的丫鬟婆子皆喜不自勝，紛紛拜謝李氏。

林清鬆了一口氣，上前扶住李氏說：「娘累了一天了，兒子送您回去。」

「好。」李氏扶著林清的手，吐了一口長氣，「終於生出來了。」

林父和林澤一直等到小李氏出了月子的第五天傍晚，才姍姍歸來。

「這次怎麼去了這麼久？」李氏迎上剛下馬車的林父。

「出了點事，耽擱了。」林父一邊往裡走，一邊說道。

李氏有些擔心，「可是出了什麼事？」

「已經解決了，不打緊的。」

李氏知道外面的事就是問了也幫不上忙，轉而又道：「還沒恭喜夫君喜獲長孫。」

林父在路上就收到信了，現在聽到仍然很開心，「祖宗保佑，林家有後了！」他轉頭又對李氏說：「這次辛苦妳了。」

後面跟著的林澤也道：「這次多虧了娘照顧，要不，慧兒這次真的危險了。」

林澤已經知道妻子生產的細節，哪怕知道最後母子均安，還是有些害怕。

「這是妾身分內之事。」李氏對林父笑了笑，又對林澤說：「這次慧兒生產有些傷了身子，我讓她坐雙月子，現在還沒出來。」

林澤忙說：「還是娘想得周到。」

李氏對林父說：「家裡沒有主事的，所以洗三和滿月我都只請了臨近的親戚，如今夫君回來了，可要定個日子大辦一下？」

林父和林澤一走，家裡唯一的男丁就剩下林清，可林清畢竟年幼，還沒有成家，所以洗三和滿月，李氏只能請一些親戚的女眷。

林父想了一下，說：「等百日的時候再大辦吧！」

他看了看周圍，突然問：「清兒和淑兒呢？」

平日他回來，這兩孩子早就在門口等著，今天都進了二門卻沒看見。

「他倆啊，八成在東跨院陪小小玩呢！」李氏笑著說。

「小小？」

「你的孫子啊，淑兒給起的小名。」

林父頓時哭笑不得，「這是什麼名字？」

「其實也不是淑兒起的，只是你們爺倆一直沒回來，大家不好起名字，就小小少爺地叫著，後來淑兒發現，只要叫小小，孩子就有反應，所以現在就都叫小小了。」李氏想起這名字的來由，也覺得好笑。

林父聽了，更想見孫子了，「走，先去東跨院看我孫子去！」

林澤也早想見妻兒，一眾人直接轉向東跨院。

林父、李氏和林澤一進東跨院，就看到院裡榆錢樹下的帳篷，不由一愣。帳篷裡，林清躺著念書，林淑拿撥浪鼓逗小小，小小糾結著拿撥浪鼓還是吃小手。

「你這是在幹什麼？」林父問道。

林清聽到聲音，抬頭一看，說：「咦，爹，您回來了啊！」

林淑比林清反應快，直接高興地扔掉撥浪鼓，「爹爹回來了！」

唯一沒有反應的是小小，看到撥浪鼓掉了，就接著吃自己的小手。

「你們不在屋裡好好待著，跑到這裡搭帳篷幹什麼？」

「爹爹，屋裡很熱，嫂嫂和小小不能受寒，屋裡不能放冰，小小太胖了容易起痱子，哥哥就在樹下搭了帳篷。爹爹，這裡不熱不冷的正好。」林淑劈里啪啦地解釋。

林父在帳篷裡坐下，果然很清爽，而且周圍用帷幔遮著，不用擔心進風吹著小孫子。

他看著被子上穿著小衣服亂蹬腿的小小，心裡歡喜，想要伸手去抱，可想到孩子還軟，就又縮回手，對著急往裡看的林澤道：「想進來就進來，婆婆媽媽幹什麼？」

林澤二話不說，脫掉鞋進來，看著在被子上吃小手的兒子傻笑。

李氏見幾個爺倆打算在帳篷裡開茶會，也就沒有進去，而是朝屋裡走，打算去看看小李氏，順便讓她梳洗一下。雖然小李氏還在坐月子，但是已經超過一個月，可以出來一會兒，想必她也不願意形象邋遢地見大郎吧？

林父稀罕完了孫子，這才把離孫子最近的位置讓給傻樂著的大兒子。

林淑早就跑林父身邊坐下，林清也挪了挪身子，在林父身邊躺著。

林父摸摸閨女的頭，問了女兒這些天在家怎麼樣，就轉頭看小兒子，見小兒子仍然是那種能躺著就不坐著的性子，無奈地說：「在侄子面前也這樣，當心以後他大了笑話你。」

林清左耳朵聽了右耳朵出，拿起書擋在臉上。

他爹一直努力想讓他做個勤勞的人，可是他真的只想做米蟲呀！

躺著乘涼多舒服，幹麼要坐著？至於小侄子會不會笑話，他那麼小，怎麼會知道？

林父搖搖頭，把小兒子臉上的書拿下來，「你幹麼躺著看書，等會兒頭疼。」

林淑在旁邊說：「哥哥說要給小侄子啟蒙。」

「啟蒙？他才多大？」林父知道小兒子又開始想一齣是一齣。

林淑信誓旦旦地說：「哥哥說，教育要從娃娃抓起。」

林清咳了一下，心道：姑奶奶，這可不是我說的，是偉人說的！

林父哈哈大笑，摸了摸林清的頭，打趣道：「那你教會了嗎？」

林清翻翻白眼。哥這是幼教，你們不懂！

他正打算跟他爹說明早期教育的重要性，外面帷帳被撩起，原來是小李氏。

小李氏輕移蓮步走進來，先對林父行禮，「媳婦見過爹爹。」

林父慈愛地看著小李氏說：「辛苦妳了。」

小李氏受寵若驚地說：「這是媳婦的本分。」

林父看了眼大郎，「你們夫妻倆好久沒見了，好好說說話吧！」說著起身穿上鞋。

林清一看，也知道不能當燈泡，趕忙拉起林淑，對小李氏說：「嫂嫂，我去讀書了。」

他拉著林淑就出了帳篷，跟在林父身後。

林淑偷偷對林清擠擠眼，「嫂嫂剛剛打扮了，連胭脂都抹了。」

林清翻翻白眼，敲了林淑一下，「妳以後成親了也這樣。」

林清和林淑把林父送到正院，交給他娘，就很有眼色地撤了，他娘也很久沒見他爹了。

林父看著跑得比兔子還快的兩個孩子，對自己的妻子說：「這些日子辛苦妳了。」

李氏幫忙把林父的外衣脫下來，又遞了一條濕毛巾給他擦手，「都是自家人，哪有什麼辛苦不辛苦的？」

「妳教得好啊！」林父感嘆了一句。

「都是夫君教的，妾身一個婦道人家哪能教什麼？」李氏讓丫鬟準備晚膳，隨意地說。

林父猶豫了一下，還是說：「這次之所以回來晚了，是因為孫記鹽號出了問題，我和大郎又盤了不少孫家的鹽號，才回來遲了。」

「孫家出事了？」李氏大驚。孫家也是鹽商，甚至比林家更勝一籌。林家只是沂州府最大的鹽號，可孫家不僅是徐州最大的鹽號，還在別的州也有一部分鹽號。

「是啊，出事了！」林父感嘆，雖然林家和孫家在某種意義上是競爭關係，但是孫家出事，林父還是難免有些兔死狐悲。

「孫家不是背景很深嗎？」李氏不太管外面的事，可還是知道一些。

「背景再好，也敵不過家族內鬥啊！」林父嘆道。

李氏奇怪地說：「他家不是一直父慈子孝？」

「也就孫老頭一直覺得自己家父慈子孝！」林父嗤道：「前些日子，孫老頭去了，兒女就原形畢露了。」

「孫老爺子去了？」李氏吃了一驚，「怎麼沒有人送信讓咱家去弔唁？」

「他家兒子忙著爭財產，哪有空給他老子出殯？」林父難得氣憤。

「這也太不像話了吧？」李氏簡直不知說什麼好了。

「以前我羨慕孫老頭的兒子個個能幹，覺得他們能相互扶持，可如今我才發現，都太能幹了也未必是什麼好事，尤其還個個一瓶子不滿半瓶子晃蕩。」林父拉著李氏的手坐下，問道：「清兒的婚訂了吧？」

「王家比較急，他家姑娘過年十八了，所以想在年前成親。」

林父點點頭，「我打算等清兒成親後，今年過年就把家分了。」

李氏很驚訝，還是迅速穩住了，「妾身聽老爺的。」

林父看了李氏一眼，「妳不擔心？」

李氏笑著說：「老爺安排好了，妾身有什麼可擔心的？」

「妳不擔心清兒不同意？」畢竟分出去和在家裡是不一樣的。

李氏臉上露出一絲古怪之色，「妾身覺得，清兒可能會很開心分出去。」

林父想到當初無意中聽到小兒子說，等繼承遺產以後，就可以天天睡在錢上什麼也不用做，忍不住嘴角抽了抽：小兒子好像真的很期待等他死了拿錢分出去！

貳之章

家貲萬貫當米蟲

林清一大早趕到正院，就看到大哥和妹妹都在，連小李氏都抱著小小來了。

林清先向林父和李氏請了安，這才過去跟大哥和妹妹說話，順便逗逗小小。

「大哥這是小別勝新婚啊！」林清拿著布老虎一邊逗著小小，一邊打趣林澤。

「胡說什麼呢？」林澤臉一紅。

林清笑著提醒：「大哥，蘇大夫可是說你們這一年要悠著點，可別再搞出一個來。」

林澤頓時更羞窘，「我們哪有……哎喲！」

小李氏默默收回掐在林澤腰間的手，彷彿剛才擰他肉的人不是她。

林清和林淑兩人看得嘿嘿直笑。

林父搖頭笑說：「今兒正好齊了，一起用飯吧！」

幾人一起去旁邊的花廳，早有丫鬟開始擺飯，小李氏把小小遞給林澤，自己過去指揮。

林父和李氏坐在上位，林澤坐下首第一，林清坐下首第二，林淑坐對面第一。林父看了小李氏一眼，說：「今兒算是家宴，妳也坐，我有事要說。」

小李氏應道：「是。」

林淑趕忙起身，往下挪一個位置，讓小李氏入座。

林父說：「先吃吧，吃完再慢慢說。」

下邊眾人暗暗翻白眼，這不是吊人胃口嗎？

由於是早飯，所以大家吃得很快，漱完口就開始吃茶，林父也開始說事。

「今年過年的時候，我打算把家分了。」林父一開口，就扔下了一顆震撼彈。

林澤猛地抬頭看著林父，小李氏手中的茶差點灑出來，林淑一口茶嗆在喉嚨裡，林清則迷茫地問道：「分家？」只有事先知道的李氏穩坐在林父旁邊，慢慢地吃茶。

林父看了一圈眾人的表情，首先問林澤說：「老大，你怎麼看？」

林澤連忙站起來，答道：「爹爹，您還在，哪能分家？」

父母在，不分家，這是律法，當然，要是父母提出分家，則民不舉官不究。

林父不置可否，又問林清：「清兒，你覺得呢？」

林清想都沒想地說：「爹，隨您便。」

林父說：「你不擔心？」

「我有什麼好擔心的，家主、家業您都傳給哥哥好了，財產我和哥哥一人一半。」林清理所當然地說。

林父被林清的理所當然弄得哭笑不得，「你就不擔心分少了？」

林清想了一下，還真有這個可能，又思考了一下，認真地說：「不要緊，我算過咱家的家產，只要分十分之一，這輩子我就絕對花不完了！」

林父：……

林澤：……

小李氏：……

李氏嘆氣，這真是她親生的嗎？

林清看著眾人的表情，感覺自己可能說了句太實在的大實話，連忙挽救地說：「爹爹，我真沒想要坐吃山空，我其實還挺勤勞的，我也會賺錢。」

他都活了三世沒被餓死，必要的賺錢技能還是會的。

眾人顯然不怎麼信任林清，林澤拍拍林清，安慰道：「沒事，大哥以後會養你。」

小李氏也忙說：「叔叔不用客氣，你是大郎的弟弟，他不管你誰管你。」

李氏把茶放下，說：「別太給你大哥添麻煩，你大哥也不容易，娘還有嫁妝。」

林父嘆了一口氣，「幸虧我給你定下了王家女，王家小姐自幼打理帳務，想必能做一個很好的賢內助。」

林清：……

林父又和李氏商談林清的婚事，林父說：「過兩天我親自和王大哥商量清兒的婚期，妳盡快把聘禮單子準備出來。雖然時間趕了點，但還是要顯出咱們的重視，聘禮就再加一層，比大郎稍微少一點就好，畢竟王家就這麼一個閨女，想必嫁妝也不少。」

李氏自是欣然應允。

林父轉頭對林清打趣說：「給你媳婦多點聘禮，到時你媳婦多帶些嫁妝給你。」

林清翻翻白眼，「我才不要靠媳婦的嫁妝吃飯呢！」

林父用手指了指林清，笑著罵道：「這性子到底像誰？」

林清咕噥道：「還不是你的種！」

林父頓時無語。

林父說完了分家和林清的婚事，又說了這次新進了孫家的一些鹽號，囑咐林澤一些該注意的事情，林澤等人這才起身告退。

等孩子們都走了，李氏幫林父換了一杯茶，「這下你可放心了？」

林父拍拍李氏的手，眼中露出一絲笑意，「澤兒和清兒都很好。」

「那過年還分嗎？」李氏問道。

「分。」林父嘆了口氣，「現在澤兒和清兒關係好，可哪家兄弟不是小時候是親兄弟，越大越生分，究其原因，就是一個字：錢。與其日後為了些雞毛蒜皮的事傷了情分，還不如現在就分家，兩人以後還能相互扶持。」

李氏點點頭，「夫君既然決定了，那就找個日子把家分了，省得以後麻煩。」

林父說：「放心，我會安排好清兒的。」

李氏笑著說：「清兒是個能守得住，我有什麼可擔心的？」

林父感慨地說：「其實我一直覺得清兒不應該是這樣的。」

「清兒怎麼了？」李氏奇怪地問道。

「我一直覺得清兒這孩子和咱家的人都不像。」

李氏聽得好笑，「難不成夫君覺得我偷人不成？」

林父搖搖頭，「我這次出去放鹽，遇到了幾個出來遊歷的世家公子，晚上我做了個夢，夢見清兒也穿了一樣的衣服，妳說，清兒是不是應該是個世家公子，不小心投錯胎了？當初他小時候讀書不認真，我是不是應該揍他，說不定他現在能考中秀才？」

李氏：……

夫君，您都等兒子娶媳婦了才想起要教育兒子，是不是太晚了？

◆　◆　◆

林父一回來，林家就彷彿找到了主心骨，各種停滯的事情都被按了快轉鍵。

林父先把林管家和幾個帳房叫來，將這些日子的帳目清理妥當，又見了本地來請安的各個分鹽號的掌櫃，把今年的要求傳達下去，這才約了王家老爺子商量林清的婚事。

林父隱晦地把將要分家的事向王老爺子提了提，王老爺子聞弦歌而知雅意，主動將一些還沒來得及打的家具換成銀子，畢竟家具是要照著屋子打的，換了屋子就顯得不講究了。

對於林父想要提前分家，王老爺子是一百個贊成。雖然聽說林家兄弟倆關係不錯，可誰知道具體情況，再說，就算兄弟關係好，這妯娌、婆媳關係難道是容易料理的？再加上錢的問題，哪裡比得上分出去妥當？何況聽說林父打算下重聘，王老爺當即表示，會將女兒的嫁妝弄厚三成，並且多放銀子、田產和鋪子等，以便小兩口兒關起門來過日子更寬裕。

一些大件家具不用打了，兩家準備婚事的時間更充裕了，兩個老爺子對著黃曆商量了一陣，就定下了十月初十的好日子。

林父回家把這件大事告訴李氏，李氏立刻帶著林淑忙碌起來，甚至連小李氏也在做完月子後，過來給婆婆搭把手。至於林清，雖然是他娶親，可他只需要在娶親那天去迎親就可以了，反倒閒得發慌。

……

兩個月的時間眨眼而過，明日是林清成親的日子，今兒林家眾人一大早就打開大門，等著王家送嫁妝。成親前一天曬嫁妝，不僅是從古至今成親必備的禮俗，更是顯示女子身分地位和娘家重視程度的一種標誌。

王家這邊看到吉時已到，就先在門口放了沖天炮。鞭炮鑼鼓齊響，引出一台台早提前擺在前院的嫁妝。隨著一台台嫁妝跨門而出，唱嫁妝的開始唱嫁：「黃花梨攢海棠花圍拔步床一張、酸枝三屏風羅漢床一張、酸枝美人榻一張、琴桌一張……黃花梨頂箱櫃（內附紋銀五十兩）、黃花梨立櫃（內塞滿棉花）、楠木書櫃（內放儒家《論語》一冊、佛教《金剛經》一冊、道教《道德經》一冊、皇曆一冊）、楠木多寶格一對（內放金、銀元寶各一對……嵌螺鈿黃花梨炕桌一張、嵌螺鈿黃花梨金錢櫃一對（內裝金錠五十兩）……」

大門外聽到鑼鼓聲，早就聚滿了看曬嫁的人，看著一台台嫁妝，羨慕地議論紛紛。

「這王家果然財大氣粗，家具居然用了黃花梨，睡榻還用酸枝的！」

「王家經營布莊這麼多年，家裡就一個閨女，怎麼可能不好好陪嫁？」

「這陪嫁雖然看著貴重，可也中規中矩，王老頭那麼疼閨女，只怕後面有大頭。」

「看這樣，後面應該有田產和鋪子。」

「田產和鋪子肯定有，就看多少了。」

當然也有幾個不和諧的聲音夾雜在裡面。

「這王家的嫁妝也不怎麼樣嘛！」

「就是，這些都是死物，用料再好有什麼用？」

「都是老姑娘了，才備這點嫁妝……」

旁邊的一個老人家聽不下去，皺著眉訓斥道：「嘴上留德！王家不過是拒了你們幾個的提親，你們就在這裡說三道四，難道你們幾家大人就是這樣教導你們的？」

幾個年輕人剛要反駁，卻發現這個老頭是這裡的里正，不由憤憤地閉嘴。

王家的嫁妝不算多，很快就到了最後三台，正當眾人奇怪嫁妝的台數有些少時，只見第三台跨門而出。第三台看起來比較小巧，是一個金絲楠木的匣子，唱嫁的將匣子打開，裡面是一捧土和一張地契。眾人伸長脖子想看看地契上寫了多少，猜想莫非是良田百畝，要是這樣，前面的嫁妝少情有可原，畢竟田產可是每年可以收租還能傳給後代的。

唱嫁的拿起地契，也沒有賣關子，直接扯著嗓子唱道：「沂州府城外良田十頃！」

「十頃？」

「良田十頃？」

「王家瘋了！」

「一頃可是一百畝，十頃就是一千畝，還是沂州府城外的良田！陪嫁陪良田千畝，這王家家主怎麼也不怕兒子鬧起來，這可是一千畝的良田啊！」

「聽說王家的三個孩子是一母同胞，而且這一千畝的良田有王夫人從自己的嫁妝中拿出兩頃，王家出了七頃，剩下的一頃是別人的添嫁。」一個和王家有些關係的人說。

「七百畝也絕對是個大頭了。」旁邊的人忍不住感嘆道：「有了這一千畝，哪怕男方身無分文，一輩子也吃喝不愁。」

剛才挑刺的幾個年輕人臉上一陣紅一陣白的，有些眼紅王家的嫁妝，又有些怨恨當初王家為什麼不選他們，否則今天的嫁妝就是自己的了。

其中一個年輕人脫口而出說：「嫁不出去的老姑娘，不陪嫁厚點，怎麼可能有人要？」剩下的幾個一聽，彷彿心中的鬱悶有了發洩點，紛紛附和。

「就是，就是！」

「誰知道王家姑娘是不是嫁不出去，才備這麼厚重的嫁妝！」

「就是……哎喲！」一個年輕人正要應和，突然被一根拐杖打中，轉頭一看，就看到里正怒目看著他們，「滾回家去，一群沒有教養不知廉恥的東西，別在這裡髒了地方！」

幾個年輕人見里正舉起拐杖要開揍，嚇得拔腿就跑，再沒空在這說三道四了。

里正身邊的年輕人扶住他，「爹爹莫動氣，跟這群人不值當的。」

里正說：「我有什麼可氣的，你爹我當里正這麼多年，什麼樣的人沒見過？」接著又嘆息道：「王老頭眼光還是一樣好啊！當初王家姑娘出孝後，他一直挑挑揀揀的，我還勸他姑娘大了，快找一個吧，可他還是一個個往外攆，如今看來，可不是他有先見之明，要是應了剛才那幾家，豈不是哭都晚了？」

年輕人笑道：「這也是人之常情，剛才爹您光訓斥那幾個臭小子了，沒聽到最後兩台。倒數第二台是綢緞鋪子十間，這十間可是旺鋪，而最後一台您猜是什麼？是黃金一百兩、白銀一百兩，這可是相當於一千一百兩白銀。王家的嫁妝這麼厚，別說那幾個小子眼紅，就是兒子也恨自己早娶親幾年，沒能等上這位王家小姐。」

里正搖搖頭說：「就算你趕上了，娶了王家小姐，王家也不可能陪嫁這麼多。」

年輕人不解地問：「這是為何？」

里正說：「我知道今兒眼紅的肯定不少，甚至不少家族悔得腸子都青了，可今天要不是求娶的人是林家，別的家，王家小姐出嫁想有這樣的嫁妝，門都沒有。」

年輕人更加不解，「爹爹，這裡面莫非還有什麼門道不成？」

「咱沂州府素來重視陪嫁不假，可你不想想，這陪嫁也不是想陪多少就陪多少，一般也有個講究，那就是嫁妝最多不超過聘禮的兩倍，否則不但娘家損失嚴重，娘家的哥嫂也不樂意。你們眼中光看到王家的嫁妝，可想過林家下了多少聘禮？王家的兩個兒子為什麼沒有不滿，你可曾想過？」

年輕人把剛才的嫁妝在心中過了一遍，大吃一驚道：「這林家居然下了這麼重的聘禮，這都快趕上嫡長子了吧？這林家大郎豈會願意？」

「應該是比嫡長子少一點，不過也少不太多。」身為里正，他對於內裡的門道還是比較清楚的，「至於林家大郎，我聽聞這次林家二郎的婚事就是林夫人和林家長媳操辦的，你說林家大郎願不願意？」

「這林家二郎還真是攤上了個好哥哥！」年輕人感慨道。

里正說：「林家大郎對二郎不錯，我且問你，你看看咱沂州府，有幾個嫡長子能出生沒有親娘沒有奶奶爺爺還平平安安長大的？有幾個平平安安長大還能深得父親信任，不天天防著後娘的弟弟？人啊，要講良心，林家大郎今日能這樣，是林李氏做在前面！」

◆　◆　◆

林父、林澤和林清在前院看林管家指揮著王家送嫁妝的人將嫁妝送到林清的西跨院，而李氏則帶著小李氏和林淑在西跨院指揮人把嫁妝入庫，或者擺到事先丈量好的位置。

林澤看著一台台抬進家門的嫁妝，感嘆道：「女子果然還是近嫁好，你看這些抬嫁妝的人，氣不喘腰不彎的。」

林清回想起當初給嫂子抬嫁妝的那些李家下人，笑道：「可不是，當初哥哥和嫂嫂成親的時候正是夏天，嫂嫂家又遠，李家送嫁的人，光在路上就熱得累倒一半。」

林清正和林澤說著笑，王家最後幾台嫁妝就進了門。王家的一個送嫁管事跑過來，先對林老爺行禮，然後遞上王家的嫁妝單子。

林老爺拿過嫁妝單子看了幾眼，點點頭，對王家管家說：「回去告訴你家老爺，說嫁妝已經到林家了，勞親家破費了。」

管家連忙應下，又行了禮才離開。

林老爺將嫁妝單子遞給林清，「你媳婦的嫁妝單子，你自己好好收著。」

林清隨意掃了嫁妝單子一眼，不禁愣住，「這嫁妝？」

林澤見林清面色有異，湊過來瞅了瞅，還以為弟弟覺得台數少，就說：「王家準備得匆忙，台數是少一點，不過台數雖然少，可每台嫁妝比別人家兩台還值錢。」
林清看了林澤一眼，對林父說：「爹爹，這王家的嫁妝怎麼……怎麼這麼重？」
林清雖然這一世是個不知人間疾苦的公子哥，可上兩世他是柴米油鹽皆精，一千畝地對於一個家族相當於什麼，不用想他都知道。
林父淡淡地說：「王家的嫁妝中許多大件趕不及了，就多陪嫁了一些地和鋪子，王老爺事先知會過我了。」
多陪嫁了一些地和鋪子？林清差點咬了舌頭。要知道，嫁妝中有良田百畝就可以算是十里紅妝，就因為少了些大件就多陪嫁九百畝，這王家老爺是做生意的嗎？怎麼沒賠死？
林澤還在旁邊附和說：「王家還算實誠，知道嫁妝少了，就多送點有用的。」
林清聽到這裡，怎麼會不明白他爹和他大哥早就知道，或者說，王家之所以送這麼重的嫁妝，八成就是他爹和他哥一手促成的。
林清半開玩笑地說：「哥，爹爹下那麼多的聘禮，你也不管管？到時候把家裡搬空了，你和小小還有嫂子可要喝西北風了。」
「這才多一點，哪裡就能搬空家裡？」林澤毫不在意，還取笑林清說：「你都要不啃老了，我難道還在意那一點聘禮？」
啃老是林澤跟林清學的一個詞，雖然林澤不認為一直跟著父母吃住有什麼不對，但還是明白這個詞是什麼意思。
林清說：「大哥，我這還是啃老啊！」拿著父母的財產獨自過，怎麼都不算自立吧？
林澤拍拍林清的肩膀，推心置腹地說：「你這麼早分出去，哥哥就虧你很多了，要是再不填補你一些，哥哥良心過不去。這事你大嫂也知道，給你你就收著。」

「大哥……」林清聽得心裡一陣感動，「可是，太貴重了。」

「貴重什麼？」林澤瞪眼，「你也不算算，你要是沒分出去，一年要花多少銀子？一直到咱爹百年之後是多少？你看你虧了多少？」

林清委屈地撇撇嘴，「哥哥，我很能花嗎？」

林澤不說話了，把頭轉向一邊。他弟弟確實不是很會花錢，畢竟他弟弟這麼懶，出去花錢這種勞累事他弟弟一向懶得做。

林父聽著兄弟倆互相調侃，對林清說：「清兒，收著吧。快晌午了，回去用午膳了。」

林清頓時把感動糾結丟一邊，開開心心跟著林父回去吃飯，準備吃完飯就回去睡個回籠覺。丫的，一大早就起來站了大半天，累死他了！

第二日，林清又被一大早拖起來，還沒睜開眼睛就被一票丫鬟圍著梳洗裝扮，忍不住在心中哀嘆：這成親還真是個體力活！

林清梳洗好，穿上喜服，稍微吃了點東西就往正院走。

李氏正眼觀六路耳聽八方地差遣婆子們準備各種事情。

林清上前見禮，李氏說：「晚上成親的事娘都吩咐好了，等會兒你跟著禮官去接親，禮官怎麼說，你就怎麼做，萬萬不可出差錯。」

「娘，晚上成親，我這麼早去幹什麼？」現在才天剛亮啊！

李氏無語地說：「你沒聽過上午接親，晚上拜堂嗎？接親當然是越早越好。」

林清還想再問，李氏直接把林清丟給禮官，「禮官怎麼說，你就跟著怎麼做。」

把林清打發了，李氏問旁邊的小李氏：「賓客的席位都安排妥當了嗎？」

「都妥當了。」小李氏答道。

李氏這才鬆了一口氣，揉了揉太陽穴，「好歹都差不多了。」

想起剛才林清彷彿好奇寶寶的眼神，李氏又覺頭疼，「妳說這孩子成個親問這麼多幹什麼？還是澤兒省心，成親的時候讓幹什麼就幹什麼。」

小李氏笑著說：「叔叔年紀小，又是頭一次經這麼大的事，怎麼可能不好奇？」

李氏很是無奈，「從昨兒遇一件事問一件事，我現在一看到他張嘴，我就頭疼。」

小李氏莞爾，叔叔確實對成親的細節好奇過頭。

被塞給禮官的林清卻是心道：為什麼所有人都覺得他成親不需要知道完整的成親流程？他三輩子成一次親，容易嗎？

林清經過禮官的解釋，才知道他娘為什麼懶得回答他的問題，實在是，成親的流程太過繁瑣了，要等他娘說明完，今天他就不用娶媳婦了。

當然林清有一個猜想，就是他娘可能也不清楚整個流程的每個細節，畢竟大戶人家成親都是儀式繁複，所以有專門的禮官喜娘全程指導，沒幾個人會去記這種一輩子一次的事。

禮官指揮著眾人將迎親的東西準備好，就請林清上馬，帶著八人抬的花轎去迎新娘。

前朝初代皇帝打天下的時候，有一次受傷，得一女子救助才保全性命，就對這個女子許諾：「等妳出嫁時，朕將以公主之禮送妳出嫁。」

後來皇帝安全回朝，待女子出嫁時，特賜下八抬大轎和鳳冠霞帔為其送嫁。天下女子以為榮耀，紛紛效仿，後朝廷默許，成親時女子八抬大轎和鳳冠霞帔不算僭越。

林清騎著高頭大馬，帶著八抬大轎和迎親的隊伍繞了一大圈才趕到王家。之所以繞圈，是因為接親來去不可走重路，寓意不走回頭路，因此最近的那條路被預定為回來的路。

到了王家，王家的大門緊閉，這叫攔門。林清下馬，親自敲大門，大門露出一條縫，後面果然是許多人笑嘻嘻地在堵門。

林清從袖中掏了幾個紅包塞進去，又陪了許多好話，念了一首催妝詩，一直到了接近晌午，才被放進去。林清這才明白上午接親，晚上拜堂的意思。

進了王家，卻不是先接新娘，而是先去見新娘的親戚。

到了正院，林清發現這次王家的親戚比上次定親時要多很多，不僅有他的岳父、大小舅子，還有王家的族人。

王蔚迎出來，先向林清介紹了王家的族人。林清跟著王蔚點頭蟲似的叫了一圈人，又聽了一圈王家的族譜，才大體弄懂王家的幾個分支。

王家不愧是從前朝就傳下來的，光嫡支就有六房，庶支四房，經過百年傳承下來，僅王蔚這一輩就有幾十人，這還是前朝末年動亂去了一大半的結果。而林清娶的正是長房的嫡長女，林清也明白他娘為什麼說王家姑娘本來可以做宗婦，出生在這樣的家族，從小耳濡目染的，處理事物的見識和能力就要比別人強很多。

不過，林清還是寧願生在林家，雖然林家發家才從他爺爺開始。他爺爺本是黃河邊上一個道道地地的農民，由於黃河決堤，變為流民，為了生存，不得不做會隨時掉腦袋的私鹽販子，而他爹也子隨父業，幹起了販私鹽的活兒，直到後來找準時機，才翻身做了鹽商，所以林家其實是林父一手撐起來的。

林家底蘊淺薄，可也有一個明顯的好處，那就是分支少，人少事也少。林父只有兩個弟弟，這兩個弟弟還是他一手帶大的，一向視長兄如父，從來都是跟著林父走，就算他爺爺去世後林家分家，林清的兩個叔叔也是跟著林父幹，故而林家幾乎沒有什麼爭權奪利的事情，更不用說那些勾心鬥角的事。

就像現在，聽著王家幾房的領頭人在那裡你來我往地打太極，林清就嫌累得慌。好在他是迎親的，有時間限制，再說以後他只是王家的女婿，王家的事輪不到他操心，因此林清陪著坐了一個時辰，就在禮官和喜娘的提醒下去接新娘了。

新娘已經在王母和王家家眷的準備下，被移到了門口，準備上轎。

林清趕忙遣自己隨身帶的喜娘上前，新娘上轎前，要經男方喜娘三次催妝，佯作不願出嫁，懶於梳妝，當然林清覺得其實這個時候新娘一般是真捨不得，而後坐娘腿上，娘為女兒餵上轎飯，寓意不要忘記哺育之恩。

接著王母開始「哭上轎」。

王母哭道：「囡啊囡，儂抬得去呵，烘烘響啊！儂獨自去呵，領一潮來啊！」

「儂敬重公婆敬重福，敬重丈夫有飯吃！」

……

王母最初還是按風俗哭，可哭了幾句，想到自己如花似玉的女兒就要嫁入林家，以後再不在自己跟前了，頓時傷心起來，一把抱住女兒，大聲痛哭。

林清和王家的親眷趕忙上前，王家親眷紛紛安慰，林清也向自己的岳母保證，一定好好待自己的夫人，這才讓王母好受些，止了淚，讓新娘上轎。

王蔚背起妹妹，將妹妹送進轎中，又叮囑了妹妹幾句，順便警告林清，這才放開轎子。

林府迎親的人看到新娘子終於上了轎，這才鬆了一口氣，立馬抬起轎子，而林清也上了馬，前面鑼鼓喧天，一行人帶著花轎往回走。

晚上，紅燭高照，忙活一天的林清，在接親、拜堂、待客敬酒後，回到了自己的花燭洞房。喜娘在幫林清和王家姑娘結髮和喝過交杯酒，就帶著一眾丫鬟婆子悄然退下。

林清看著眼前蒙著鴛鴦戲水蓋頭的王家姑娘，突然感覺有一絲不真實。

他這就結婚了？

雖然迷惘，感覺卻還不壞，或者說有一絲期待。

林清拿起旁邊的喜杆，看著上面繪著的龍鳳呈祥，只要輕輕一挑，這就是自己媳婦了，不由傻笑起來。過了一會兒，他定定心神，拿穩喜杆，保證喜杆不會戳到新娘子的臉，然後輕輕挑起蓋頭，一張雖不算很漂亮但勝在清秀的臉孔頓時映入眼簾。

林清看了看，自覺滿意，他的老婆雖然不是絕色美女，但五官端正，氣質不錯，還有大家閨秀的溫婉，遠遠超過他的期待。

可能是林清看的時間有些長，新娘慢慢地紅了臉，小聲問道：「夫君在看什麼？」

王嫣在林清坐過來時，就緊張得手指輕顫，在林清挑蓋頭的時候，更是緊張得手都不知要放在哪，之所以還能保持面上的泰然，不過是這些年的禮儀已經融入骨子裡。

王嫣悄悄瞅了一眼林清，這一眼讓她心慌，他的夫君竟是長得比她還好看！

她以前就聽說他的夫君有些肖母，她見過李氏，雖是兩個孩子母親，卻仍然可以看出年輕時的絕色，而看到她的夫君，她就知道這話不假。她的夫君面上輪廓雖硬朗些，但眉眼之間像極了婆婆。

王嫣不由有些擔心，自己的容貌比一般女子還算不錯，可和丈夫比起來就大大不如，自己這樣子，真能入夫君的眼嗎？

見林清一直盯著自己看，心裡更慌了三分。

林清聽到妻子出聲，不由輕咳一下，掩飾道：「不知夫人的閨名是？」

王嫣低頭說：「妾身單名一個嫣字。」

「王嫣？好名字！」林清讚了一句。

林清想接著聊天增加一下彼此的了解，卻發現不知道應該聊什麼。想了一下，當初他要相親時，他辦公室同事提出的相親不會冷場的二十個話題。

第一個，聊電影，優點是可以順便去看電影，然後……

林清默默地把這個劃掉，這裡連電影都沒有，聊什麼？

第二個，聊零食，優點是可以順勢陪美女去逛街，用美食征服對方。

林清直接略過，古代女子貪吃是大忌，開口就問這個，人家還以為自己有什麼偏見。

第三個，聊工作，既能讓對方知道自己的收入狀況，又顯得比較坦承。

這個更不行，他們成親之前，父母早就把祖宗八代查清楚了，哪用他們去聊？

林清想了想，還是沒想到要聊什麼，最後看了王嫣三秒，鼓起勇氣說：「咱睡覺吧！」

他話一出口就感覺不對了，看到王嫣羞紅的臉，更是想給自己一巴掌。

他剛才順嘴說想睡覺，真是累了一天想睡覺休息，純睡覺，可中國文化博大精深，尤其是在眼下這個情景，一男一女純睡覺，呵呵……

林清的肚子突然發出輕微的響聲，他急中生智說：「要不，咱們先吃點東西吧？」

王嫣正緊張得不知道怎麼辦，聽了忙點點頭。

林清下了床，叫了外面的丫鬟婆子傳飯，這才趁機鬆了一口氣。

等丫鬟婆子把清淡爽口的飯菜擺好，林清對王嫣說：「妳也累了一天，咱先用膳吧！」

王嫣點頭，「夫君稍候，容妾身先去了妝。」

林清這才想起他夫人還穿戴著鳳冠霞帔，忙說：「我替妳把妳的丫鬟叫來。」

看著王嫣隨陪嫁丫鬟去旁邊的房間梳洗，林清坐到桌邊，拿起一壺清茶倒了一杯水，慢慢喝起來，一邊喝一邊糾結今晚的睡覺問題，他究竟該不該圓房？

要是不圓房，不說父母那邊過不去，就是對於新娘也是極大的不尊重，到時候外面還指不定傳出什麼，可要是圓房，他實在是心疼他自己啊！

王嫣虛歲十七，是正月的生日，現在周歲也快十七了，也就是說再過一歲，擱現代也妥妥的成年了，結婚生子、身體發育完全沒問題，可他虛歲十五，周歲還要兩個月才到十四，就算他去年夏天已經出精，也還是太嫩了。

林清不由感嘆，別人穿越，都覺得妻子太小下不了手，可怎麼到了他這裡，就成了他對自己下不了手了？

聽到一陣環佩輕響的聲音，就見王嫣已經卸了妝，正款款地往這邊走。

林清收拾好自己的心思，對王嫣說：「我叫了一些清淡的飯菜，妳先墊墊肚子。」

林清知道王嫣肯定是餓了，畢竟新娘子又是坐轎又是拜堂，還要坐洞房，折騰了一天，怎麼可能不餓？

王嫣在林清旁邊坐下，林清遞了一雙筷子給她，「嘗嘗，看看合口味嗎？」

王嫣見林清溫柔體貼，心中微微感動，當下挑了自己面前的一碟菜，夾了一筷子放在嘴裡嚼了嚼，感覺頗為美味，便說：「很是可口。」

林清又盛了一碗粥給王嫣，「來，喝點冰糖雪梨粥，秋天乾得燥。」

王嫣忙說：「夫君，讓妾身來。」

「沒事，妳坐著吃就行了。」林清不在意地說。

王嫣不好意思地看著眼前的碗，「怎好讓夫君辛勞？」

林清笑著說：「盛碗飯哪裡就辛勞了？剛才我把丫鬟婆子都打發出去了，這裡就我們兩人，還講什麼客氣？妳不要緊張，妳嫁了我，就是我的妻子，夫妻本是一體，沒有必要太客氣，會顯得生分。」

王嫣又是一陣感動，輕聲說：「是，妾身記下了。」

林清給自己盛了一碗，邊吃邊說：「妳叫王嫣，我以後就叫妳嫣兒吧。我姓林，單名一個清字，還沒有字，在家排行第二。」

王嫣想了想，叫了一句：「二郎。」

林清：……

為什麼現在流行叫郎啊，郎啊……還二郎神呢！

林清想為了以後幾十年的幸福，更改一下稱呼，想了想，林郎，這個好像差不多，可他家林郎有些多。林清？夫妻間好像只有吵架才直呼姓名？清兒？不行，這個只能長輩叫，給老婆叫，像長不大的孩子似的。相公？這個是讀書人的稱呼。夫君？這個稱呼一般正式時才用，要表親切就得換一個……

轉了一圈，林清鬱悶地發現，好像二郎真的是目前最合適的稱呼。

林清想著王嫣剛嫁入林家，還兩眼一抹黑，就順便介紹了一下林家的情況。

「我們林家人口不算多，現在總共有三房，我爹爹是老大，下面有兩個叔叔，不過我爹和我叔叔們早已分家，現在家裡只有我爹、我娘，還有哥哥嫂嫂、我妹以及一個剛兩個月的小侄子。我爹外表看起來嚴肅，其實只是端著架子，我從小就不怕他。我娘妳見過，我娘性子也不錯，只是她很忙，天天管著一大家子，畢竟我爹一出去就是好幾個月。」

「我大哥林澤比我年長五歲，小時候天天帶著我玩，現在要跟著爹爹出去忙，性子很爽快。我大嫂小李氏是我大哥的表妹，也是我表姊，他們倆是親上加親。我大嫂人也還不錯，性子也算大方。我妹妹妳見過，我娘希望她做個淑女，不過她好像被我帶得有點歪。還有小侄子，他叫小小，大名還沒取，爹爹說要到周歲才能起，太早起名字不好，會被小鬼惦記。他像個小團子一樣，長得很可愛，也不愛哭，我經常去東跨院找他玩。」

王嫣認真聽著，只是聽了幾句就發現她丈夫的說明太籠統，在他嘴裡他家的每個人都很好，就沒有什麼不好的。她仔細看著林清認真的態度，就明白這不是他丈夫故意揀好的說，而是他確實覺得很好。

這說明什麼？說明他丈夫在家裡很受寵，一家子都慣著他，要不怎麼都對他很好？

王嫣稍微安心了些，能受寵總比不受寵好，有人疼總比別人都忽視欺負要強。

林清說了一通，最後總結道：「沒事啊，妳不用擔心，反正我爹爹我娘我哥哥我嫂子都比我大，都很疼我，妳不用太擔心。我娘還是挺喜歡妳的，她以前說妳都是誇妳的。」

王嫣又更放心了點，不過還是有些擔心，婆婆看未過門的兒媳婦，肯定是怎麼看怎麼滿意，可過了門就不一定了。

王嫣小心翼翼地問道：「不知母親可有什麼喜好？」

林清有些想撓頭，「我娘沒什麼愛好啊，喜歡燒香算不算？」

王嫣默默記下，又問道：「不知娘愛吃什麼？口味如何？」

「可能我家是賣鹽的，家裡吃得都比較清淡。我娘沒什麼特別的口味，其實我們家人都不挑食，只要是好吃的我們都吃。」林清說道。他家人真的是都愛好美食。

林清打了個比方，「比如我吃點心，任何精緻的點心，我都會去嘗一嘗。只要不太甜、太膩的，我都會吃個一兩塊，可也就這樣了，不會對某一樣太喜歡，我娘也是這樣。我哥好像不太喜歡吃甜的，我嫂子好像很喜歡吃甜的。我爹幾乎不吃點心，他愛喝茶。」

王嫣點頭記下，繼續問道：「不知娘一般早晨幾時起床？我好提早去侍奉。」

「呃？」林清頓時尷尬地看著媳婦。他娘什麼時候起？他每次去請安的時候，他娘都起了，他怎麼知道他娘什麼時候起啊！

王嫣不明所以地問：「可是妾身問得有什麼不妥當？」

「沒，沒有。」林清想了想，反正以後他媳婦肯定也知道，就說：「我也不知道我爹娘什麼時候起，我每次去的時候，我爹娘都起了，我每次都是最後一個到的。」

王嫣不敢置信地看著丈夫，這天底下還有比父母起得更晚的子女？

林清乾笑兩聲，提了個建議：「妳可以去問問大嫂，或者我直接幫妳去問問我娘。」

王嫣有些無語，「還是妾身明日去問問大嫂吧！」

怎麼也不能讓夫君直接去問婆婆，這樣豈不是顯得夫君很不孝？

林清不在意地說：「沒事啊，其實我爹我娘都知道我很懶，我大哥大嫂也知道，我娘還說我是富貴命，要不怎麼天天睡覺還吃喝不愁？」

王嫣又把他丈夫的地位往上提了提，她丈夫這樣懶，他婆婆還能幫著找理由？

林清說完了，看著飯也吃完了，便看了看自己的老婆，糾結了一下，還是決定睡，畢竟自己那個也有過了，按照青春期的教育，也應該可以了，雖然有點嫩，於是他暗暗對自己的小弟弟道：抱歉，辛苦你了，等今晚過後，我一定讓你好好歇歇！

他毅然地起身王嫣說：「嫣兒，春宵一刻值千金，咱們就寢吧！」

……

第二日清晨，當第一縷陽光透過窗櫺照到喜床，王嫣驀然驚醒，反應了三秒，這才想起今日是她新婚的第一天。她瞅了一眼外面的天色，吃了一驚。這個時辰已經過寅時了，多半是卯時了，怎麼沒有人叫他們？今兒是敬茶的大日子，要是去晚了，可就是大不敬。

王嫣趕忙坐起，這一動，發現渾身痠得難受，而這一動，也驚到了旁邊的人，只見旁邊的人皺了皺眉，然後……抱著被子一滾，把自己捲成了一個大花卷，接著繼續睡。

王嫣：……

王嫣後知後覺地想起這個大花卷是自己的新婚夫君，也是今天敬茶的另一位主角，連忙移過去小聲叫道：「二郎，二郎，快醒醒，寅時已經過了，卯時了，到卯時了！」

林清迷迷糊糊地咕噥：「二郎？誰啊？別鬧，才卯時，我再睡一會兒。我現在又不當班導，又不上班，幹麼還要天天早上五點起床啊？」

王嫣又急又氣，聽著林清咕噥一串聽不懂話，大意是不想起。想到今日要是晚了，印象有多壞，當下顧不得平時裝出來的溫柔可人，一把扯住了林清的喜被，湊到林清的耳邊大聲說：「林清，起床了，敬茶要晚了！」

林清猛地坐起來，呆呆地看著眼前的清秀佳人，脫口而出：「美女，妳誰啊？」

王嫣又好氣又好笑，反問道：「你說我是誰？」

林清晃了晃頭，看著王嫣，奇怪地說：「嫣兒，是妳啊！抱歉，我剛才睡迷糊了！」又看了看天，「妳起這麼早幹麼？昨天累了一天，咱們接著睡，等會兒再去正院吃午膳。」

王嫣深吸一口氣，才重新溫婉地說：「二郎莫非忘了今天是什麼日子？今天妾身要向公公婆婆敬茶。」

林清想了想，敬茶？這好像確實是個很重要的環節，只是敬茶需要早上五點起來敬嗎？想到王嫣剛來，可能想留個好印象，他點點頭，說：「那快起吧，別遲到了，不過真要遲到了，妳就說我起晚了，他們習慣我早晨起不來的。」

王嫣聽了，剛才那點氣瞬間煙消雲散，只剩下滿滿的感動，「明明是妾身起晚了，沒能叫醒夫君，怎麼還能把錯推到夫君身上？」

林清說：「沒事，這點小事算什麼？妳第一天剛來，留個好印象很重要。」

王嫣眼中有一絲澀意，他們才成親第一天，夫君就能處處替她著想，知道她新婦難做，特意替她遮掩。她暗自決定，等一下要是公公婆婆因為敬茶晚了不高興，自己一定要出來主動承認錯誤，不能丟了夫君的面子。

王嫣全副武裝，露出最溫婉柔順的姿態，打算以最恭敬最謙卑的態度，努力挽回公婆對他們新出爐二房的態度，可是，想法很美好，現實很骨感，她在打開房門的那一刻，發現她好像進入了一個錯誤的世界。

外面守夜的丫鬟看到她，愣了三秒，然後反應過來，匆匆走過來行禮，並且壓低聲音地說：「奴婢見過二少夫人，奴婢是梅香，是二少爺的大丫鬟，不知少夫人有何吩咐？」

王嫣看了一眼丈夫的大丫鬟，心中奇怪：外面既然有守夜的，怎麼不知叫醒主子？正要發問，卻見丈夫跟在自己身後走出來，只見林清一邊打哈欠，一邊喚道：「梅香？蘭香？哪個在？」

梅香看到林清出來，驚訝地說：「小少爺，您這麼早就醒了？」然後立刻上前說：「小少爺，秋天早晨冷，您先進屋，奴婢這就給您弄洗漱水。」

林清點點頭，又縮回屋裡。

王嫣看著梅香快速地吩咐丫鬟婆子去準備她和林清的洗臉水和洗漱水，顯然是之前沒有備好，不由皺起眉頭。這丫鬟怎麼這點小事都做不好，哪有主子起了才準備的？她是新婦，倒也不好訓斥，只能等以後再說，又想起梅香剛才看到林清時的驚訝，感覺有些不對。

兩人匆匆洗漱完，林清就帶著王嫣往正院趕，結果剛進正院，恰好碰到也來請安的林澤和小李氏。林澤看著林清，驚訝地說：「二弟，你今日怎麼起得這麼早？」又不敢相信地看了看天色，對小李氏咕噥了一句：「咱們起晚了嗎？」

「叔叔今日是成親的第一天，要敬茶當然要早起。」小李氏笑著說，又轉頭對王嫣誇讚道：「還是弟妹有魅力，看，叔叔今日起得必定心甘情願。」

王嫣看著眼前說得真誠的兩人，心道：這真不是諷刺嗎？

林清早已哥倆好地跑去跟林澤說話，兩人頭對著頭，嘀嘀咕咕的不知說些什麼，還發出嘿嘿的笑聲。小李氏則主動挽起王嫣的手，低聲說：「讓他哥倆鬧騰去，咱們先進去。看他們笑成這樣，就知道不是說什麼正經事。」

正在說話的林清轉過頭來，「嫂嫂，不許說我們的壞話。」

「好好好，不說你們壞話，我拐走你媳婦總行了吧？」小李氏挽著王氏往裡走。

林清一看，也不跟林澤炫耀昨晚洞房的事了，跑過來拉起王嫣的手，說：「我自己的媳婦，我自己拉著。」

小李氏拿著手帕捂著嘴笑，對林澤說：「看看你弟弟，還懂得護食。」

林澤取笑道：「他這是上手的媳婦還沒捂熱呢！」

王嫣看著林清和林澤在那裡插科打諢，心想：以前就聽說這兄弟倆不是一個娘生的卻比別人一個娘生的還親，看來是真的了，她家大哥二哥好像相處也沒這麼自然開心。

林澤又說：「快點進去吧，爹娘還在裡面急著等新媳婦茶呢！」

林父和李氏才起不久，正在屋裡說話，看見林清進來，李氏吃驚地說：「清兒，今兒怎麼起得這麼早？你昨天累了一天了，怎麼不好好歇歇？」

王嫣：……

林父在後面神補刀，對李氏說：「都成親了，妳還慣著他！」又對林清慈愛地說：「怎麼起得這麼早？昨兒我看你喝了不少酒，今早起來頭疼嗎？有喝醒酒湯嗎？等會兒回去多睡一會兒，別吹著風頭疼。」

接著，他又誇道：「這個媳婦不錯，妳看，一娶媳婦，清兒起得都早了！」

王嫣：……

王嫣想起了剛才丫鬟的驚訝，丫鬟的準備不足，大伯子和嫂子的驚訝，大伯子和嫂子的調笑，再看著眼前的公公婆婆，她終於確定了一件事：不是丫鬟失職忘了叫，不是嫂子諷刺，而是她的丈夫今天真的起得很早！早得超乎丫鬟的習慣，早得驚了大伯子和嫂子，早得嚇到了公公和婆婆！

王嫣有些想扶額，她一直擔心敬茶晚了，難不成是吃飽了撐的？

林清說：「娘，我帶媳婦來給您和爹爹敬茶。」

李氏心中歡喜，說：「好好好，娘終於等到清兒的喜茶了。」

正說著，林淑從外面進來，看到林清，唬了一跳，「哥哥，你起了！」又看到旁邊的王嫣，開心地跑過去，笑著說：「還是王姊姊有辦法，讓哥哥這個大懶蟲這麼早起。」

林清捏了捏林淑的鼻子，「今天妳才是大懶蟲，我可比妳起得早多了。」

林淑皺了皺鼻子，「二哥，你可別亂捏我鼻子，會塌的。」

「妳的鼻子本來就不挺！」林清實話實說。

「去，不和你玩了，我找王姊姊！」

「那是妳嫂子，可不是妳王姊姊了！」林清挑眉。

「娘，二哥欺負我！」林淑跑到李氏身邊撒嬌。

李氏看著孩子們鬧騰，也不插嘴，聽到林淑說，這才慈愛地摸摸林淑的頭，「妳又鬧妳哥哥了。來，快坐好，妳嫂子要敬茶了。」

「哦。」林淑答了一聲，趕忙找自己的位置坐下。

林父、李氏坐在主位，林澤坐右首第一位，小李氏抱過旁邊奶娘手中正在睡覺的兒子，坐在左首第一，林淑坐在左首第二。

丫鬟放下蒲團，林清和王嫣跪下行大禮，林父說了兩句祝福的話，李氏也說了兩句，丫鬟端來茶，王嫣先向林父敬茶，又向李氏敬茶，與丈夫再行大禮，然後起身。

李氏把林清拉過去仔細瞅瞅，有些感傷地對林父說：「這一轉眼，清兒都長大了，連媳婦都娶上了。」

林父也老大感懷地說：「是啊，明年說不定咱們又要多抱一個孫子了。」

李氏想到孫子，那點兒子長大了，不是小娃娃的感傷立刻煙消雲散，對林清和王嫣極為期待地說：「好好努力，娘等著明年抱孫子！」

王嫣聽得羞紅了臉，正想著怎麼回答婆婆的話，顯得既得體又聽話，卻聽到旁邊丈夫林清的抗議：「娘，我這麼小，我不要生娃娃，會累著我的！」

眾人一陣無語，王嫣覺得自己的臉僵住了。

丈夫居然公然頂撞公婆，還是因為生孩子的事。

王嫣真的很想吶喊：是我生，是我生啊，真的累不著你！

王嫣連忙看向公婆，拚命想著等會兒公婆責怪，應該怎麼把這事圓過去。

果然，就聽婆婆李氏訓斥道：「胡說什麼，是你媳婦生，又不是你生，你累什麼？」

王嫣打算張口說幾句軟話，表示自己願意生，把這件事糊弄過去，卻不想林清快了她一步，直接上前拉著李氏的手，委屈地撒嬌道：「娘，生孩子沒有我出力，媳婦她能生得出來嗎？俗話說『一滴精十滴血』，您看我才長了幾年，毛都還沒長齊，您怎麼就只想要孫子，不心疼心疼兒子？」

「噗！」本來想喝口茶緩緩的林家大郎直接一口茶噴了出來，邊咳邊笑著說：「弟弟，你居然還知道自己毛沒長齊，哈哈……」

小李氏也想笑，又不得不保持儀態，只能拿手帕捂著嘴偷笑。

林父嘴角抽了抽，想訓林清兩句，又不知道怎麼開口，只能恨鐵不成鋼地說：「你呀，天天滿腦子想什麼？」

李氏感覺自己簡直操碎了心，拿手指頭戳著林清的額頭，無奈地說：「你這孩子，怎麼就這麼心疼自己？小時候睡覺，不睡醒了不起，說睡不醒會影響長個兒，現在又怕睡個女人累著自己，你……」

李氏轉頭問林父：「你說我懷胎的時候是不是懷錯了，這哪裡是個小子，這根本比人家姑娘還嬌氣三分！」

林父沒好氣地說：「還不是妳慣的！」

李氏瞬間轉移目標，斜了林父一眼，「好像就我一個人慣的似的。」

林父頓時不出聲了，對於把小子教成這樣，他確實有不可推卸的責任。

李氏見林父不吱聲了，又把注意力轉回兒子身上，「我怎麼生了你這個討債的？那你說說，你要怎麼辦？」

林清立刻順竿往上爬，哄著李氏說：「娘，您看我今年才十五，媳婦她也才十七，不如我們晚個一年再正式圓房好不好？那是我也長大一些了。」

李氏知道寶貝兒子素來是個有主意的，就算她不應，也不能強壓著兒子睡女人，就故意繃著一張臉，「那可說好了，給你一年的鬆快時間，一年後你可要老老實實地跟你媳婦好好過，不許再出么蛾子了。」

林清滿口答應，「娘，您放心，就算您不說，我也會努力給您造幾個孫子出來的。」

李氏搖頭笑罵：「你這個臭小子，還幾個，你先給我生一個我就謝天謝地了。」

林清帶著王嫣向林父和李氏敬過茶，又在正院吃了早膳，這才起身告退。

出了正院，林清帶著王嫣，又準備了一些禮物，準備去拜訪他的兩個叔叔。雖然昨日他兩個叔叔都在婚禮上幫忙，可畢竟還沒見過他媳婦。

他兩個叔叔的家和他家是連在一塊兒的，分家後才隔開，不過有小門連著，可林府畢竟很大，又考慮到王嫣是女子，林清還是叫了馬車。

以前林清看《紅樓夢》時還奇怪為什麼林黛玉去看兩個舅舅要坐馬車坐轎子，等到了古代他就明白了，當你家大得像個大學似的，而裡面的女子又一個個像是弱柳扶風，想不坐轎子，不坐馬車都不行。

林清和王嫣上了馬車，林清吩咐了一聲，馬夫就輕車熟路地趕著馬車往林清二叔家走。

林清倚在馬車裡，本來打算先歇一會兒，畢竟昨晚勞累了半夜，今天又起了個大早，轉頭打算建議王嫣也小歇時，卻看到他老婆有些傷心地縮在角落裡，不由奇怪地問道：「妳怎麼了？不舒服嗎？」

王嫣抬頭看了林清一眼，低頭小聲說：「妾身沒有不舒服。」

「那妳怎麼了？」林清頗為疑惑。

王嫣掙扎了一下，還是忐忑地問道：「夫君可是不喜歡妾身？」

「不喜歡？」林清茫然地說：「妳是我妻子，我不喜歡妳喜歡誰啊？」

王嫣有些羞澀有些委屈地說：「那夫君為何不願碰妾身？」

林清恍然大悟，哈哈大笑起來，「妳這個小丫頭，在想什麼呢？」他把王嫣拉過來，讓她靠著自己，「我不是不願意碰妳，只是妳我太小了，現在並不適合生孩子。」

「妾身早就及笄了，妾身今年都十七了。」王嫣小聲反駁。

林清搖搖頭，給王嫣解釋了一下青春期的事，當然省略了大量的專業術語。

王嫣不太相信，「女子要二十歲以上才適合生孩子？可是，娘和妾身說越早生越好。」

雖然王嫣覺得丈夫說得像是有那麼一回事，但比起年輕的丈夫，王嫣還是覺得生了三個孩子的母親更有經驗。

林清笑著問：「岳母大人可是讓妳盡快懷孕？」

王嫣遲疑地點點頭，她出嫁前他娘拉著她的手，千叮嚀萬囑咐一定要盡快懷孕生兒子，才能站穩腳跟。

「其實這個不能怪岳母，為母者，大都希望子女能過得更好，尤其對於出嫁的女兒，做娘的更是擔心女兒到別人家裡能不能立起來，而現在的世俗更是講究母憑子貴，所以做娘的當然想女兒到夫家能立刻懷孕生子，好有個保障。」

「做娘的雖然知道早早生孩子對身體有害，甚至有危險，可世上男子大多花心，不出幾年就開始寵愛顏色更新鮮的小妾，自己的女兒如果不能趁早生下孩子，以後可能就再沒有生孩子的機會，而且這幾年還涉及長子繼承家業的問題，以及婆媳問題，所以哪怕當娘的明明知道早生孩子有危險，也只會忽略這個問題，甚至遮掩這個問題。」

林清看著王嫣似信非信，突然正色道：「等妳三朝回門時，妳去問問岳母，如果她女婿願意三十之前不納妾，不要通房，她願不願意讓她女兒晚懷孕一年？」

王嫣猛地抬頭看著林清，磕磕巴巴地說：「夫君，你……」

林清攥著王嫣的手，認真地說：「只要妳不負我，我保證三十之前除妳不沾任何女子，我林清說到做到。」

王嫣不可置信地說：「夫君說的是真的？」

林清說：「妳的丈夫這點信用還是有的。」

林清見王嫣一直盯著他看，知道這事對她衝擊很大，就笑著摸摸她的臉，「不用不敢相信，其實我本來就不大好女色，不信妳可以去我院裡看看，我這麼大連個通房丫頭都沒有，婚前我娘要撥個丫鬟教導我都被我推了。我這輩子就想找個老婆，安安穩穩，舒舒服服地過一輩子。」他心裡默默補充，別再吃飽了撐的讓他再穿越一次。

一直到快到林清的二叔家，王嫣才回過神來，剛要說什麼，就看到她丈夫林清早就斜歪著躺在馬車的厚被上，正在閉目養神。

王嫣感動的話頓時噎在喉嚨裡，不過還是慢慢蹭了過去。

林清感覺有人靠近，睜開眼，看著王嫣。

王嫣頓時一陣緊張，找了個理由掩飾，「二郎，我帶些東西，等會兒給二叔家，不知二叔家有多少人，我好心裡有數。」

「二叔和二嬸，還有四個堂兄弟。二叔家一溜小子，妳準備些男孩子用的就行了。」

王嫣忙記下，心裡想著怎麼分配見面禮，又問：「不知可有什麼需要注意的長輩？」

林清沒聽懂，「需要注意的長輩？」

王嫣猶豫了一下，支支吾吾地說：「就是那種的？」指了指旁邊的偏房。

林清恍然大悟，這是問他二叔的姨娘。雖然姨娘不是正經主子，可有些姨娘生下孩子，在這種新人見面的時候，肯定不用拜見，但還是要送見面禮意思一下。

林清笑著搖搖頭，「不用準備，我二嬸、我三嬸和我娘都是一路人，我家哪有什麼上得了檯面的姨娘，早八百年前就叫我娘嫁出去了。」

「嫁出去了？」王嫣驚訝地說。

林清點點頭，「對啊，嫁出去了！」

林清看著王嫣一臉不可思議卻又不好意思問的表情，知道這事涉及長輩，她肯定不敢多嘴，不過這事在林家算不上什麼祕密，他便笑著解釋。

「其實這個算不上什麼大事，這事的起因是早年我爹的一個通房，妳我同出於商家，也知道咱們這樣的人家，哪怕自家主子不好色不主動納妾，也有不少人會送女人。當年有個掌櫃在人牙子那裡買了幾個姿色不錯的女子，打著送禮的名義送給我爹。我爹那個人，雖然不是那種特別好色的，不過年輕的時候，身邊的通房也沒斷過。」

「其中有個女人，我爹寵了兩次就給忘了，畢竟那時我爹心思從來都用在做生意上，一年也在家待不了幾次，就算待在家裡，也是大事小事不斷，哪有時間天天睡女人？那個女人在後院待了兩年，第三年時，她家裡人找過來了，還是她未婚夫。」

「原來當時正是建國初年，各地本來就天災人禍不斷，賣兒賣女的尤其是賣女的更是不少，女方家裡揭不開鍋，就把那女人賣了。一開始還瞞著男方，後來瞞不住才說出來，結果男子才順著人牙子找到這裡。」

「本來這件事理虧的不是林家，我爹不打算管，誰知那男的是個癡情種，哪怕知道那女人做了我爹的通房，還是希望用錢能贖回來。這通房我爹本來就不在意，那時只怕連什麼樣都記不得，聽了也沒惱，又見男子情深義重，便沒要贖身錢，直接把人還他。我娘當時想著這女人做通房時沒生事，又是在林府侍奉過的，就把她這些年攢的體己都讓她帶著了，還順便送了副嫁妝，把她當林府的丫鬟嫁出去，畢竟通房嫁出去總沒有丫頭嫁出去好聽，林府這點臉面還是要的。」

「本來這事就完了，可後院一些不受寵的通房看著都心動了，妳也知道建國初年，北方遭逢戰亂，人十不留一，逃難的人家又大多顧男不顧女，等到朝廷初建，北方的許多村落，甚至都見不著未婚女子，致使男子娶妻的聘禮一升再升，而當時有女兒的家裡，不僅不急著把女兒嫁出去，反而待價而沽，連寡婦都成為搶手貨。」

女子十八不嫁，繳銀一兩就是當初朝廷為了緩解這件事特地發出的詔令，當時朝廷還鼓勵寡婦再嫁，所以當時再嫁之風盛行。當然，那個男子跑來要求娶我爹的那個通房，也有這樣原因，畢竟以他當時的家境，打光棍的可能性實在太大了，而且當初聘禮的錢，遠比贖身的錢要多的多。」

「那些不受寵的通房見林家不但沒要贖身銀子，還允許帶走自己攢的體己，當家主母甚至送副嫁丫鬟的嫁妝，全都羨慕不已。就有幾個偷偷找到我娘，打探是否能當丫鬟嫁出去。這些人都已失寵，又沒兒女傍身，晚年只能送到家廟等死，要是能嫁出去，不僅能做正頭娘子，還能生兒育女，晚年也可以有保障，至於嫁過人這事，一般人家哪有那些計較，當時要娶上老婆都很難。」

「我娘本來就看著那些通房礙眼，既然她們自己願意找出路，我娘也願意幫上一把，就找了個合適的時間跟我爹說了。我爹哪有時間管後宅小事，我娘就做主把想出去的都送到外院，能找的就讓她們自己找，不能找的就讓她們自己找媒婆介紹，沒幾日這些人就都找到下家，我娘給每人按嫁丫鬟的標準送了一套嫁妝，後來我那兩個嬸嬸也有樣學樣。」

「因此，我們家的妾室一般服侍我爹兩年，看著爭寵無望，又沒有子嗣，就不守了，自請出內院。我娘會把賣身契還給她們，順便給套嫁妝，她們有嫁妝傍身，多能找個不錯的人家。我爹許多早年的妾室，現在都在家裡抱孫子了。我爹這些年年紀大了，注重修身養性，也不大接別人送的女人了，所以後院倒是乾淨，也就沒多少人知道這事。」

王嫣聽了簡直不敢相信，哪家主母不是表面上賢慧，背地裡恨妾室恨得牙根癢癢的，哪怕妾室失寵，不整死不落井下石就不錯了，居然還給放條出路，這也太賢慧了吧？

「可是覺得我娘太好說話？」林清搖搖頭，「妳只看到表面，卻沒看到裡面的本質。報復失寵的妾室，確實能得到一時的快感，卻會讓剩下的妾室兔死狐悲，更緊緊地抓住我爹，那樣才更危險，而把妾室嫁出去，這些妾室能看到自己的退路。」

「妳可知道為什麼別人家裡的妻妾爭寵這麼嚴重？就是因為妾室只要不爭，就只能死或者失寵被送家廟，而我家這些妾室為了以後能給自己留退路，都不敢爭到我娘頭上，甚至拚命討好我娘，就是擔心萬一自己失寵了，我娘卡著不讓去外院。要知道，這些人的賣身契可是握在我娘手裡，當然也有討好我娘想多撈點嫁妝的。」

王嫣只覺得一扇新的處理妻妾之爭的大門在自己面前打開，只是還是有些疑惑，「那要是萬一有人貪圖富貴，不願意離開，或者有人想生個孩子，爭奪家產呢？」

「貪圖富貴的，那就養著唄，反正林家又不缺錢，不過孤枕難眠，林家的妾室還沒有失寵後能守三年以上的，畢竟紅顏易逝，不趁著自己年輕時嫁出去，老了就算有嫁妝，嫁出去沒有孩子，也守不住嫁妝，至於有心大想生孩子謀家產的……」林清嗤笑一聲，「妳真當我娘是吃素的嗎？」

王嫣想到林家只有兩個兒子、一個女兒，還都是兩個正室生的，自家娘親也是手段用盡才讓自家只有兩個哥哥和她，頓時不覺得自己的婆婆是什麼簡單的人，卻還是感嘆道：「婆婆是個心善的人。」

林清點點頭，雖然李氏確實在裡面用了心機，但是能放過與自己分享丈夫的人，還能給對方一條出路，這確實不是一般女子的心胸，絕對可以稱得上心善。

林清正要說話，聽到外面的馬夫說：「二少爺，二老爺家到了。」

林清應道：「知道了。」然後轉頭對王嫣說：「二叔除了和我爹一起去放鹽巡視鹽號，一般都在家。我二嬸是個爽利人，典型的刀子嘴豆腐心，說話快得不用喘氣，等會兒只要她開口，妳就不要插嘴，因為妳插嘴也跟不上。妳等她說完了再說，要不然妳非急死不可。」

林清帶著王嫣下了馬車，看到在門口迎候的堂哥堂弟，連忙帶著王嫣見禮，「自家人，我又熟，你們這麼興師動眾地來接我幹麼？」並對王嫣介紹說：「這是大堂哥林湖，這是二堂哥林海，這是三堂弟林濤，這是四堂弟林浪。我家小子比較多，就沒一起序齒。」

林湖說：「本來只是我來接你，弟媳第一次來，咱們總得正式點，至於這幾個臭小子，純粹是來湊熱鬧的，想提早看看你新媳婦長什麼樣，你不用管他們。」

王嫣聽得臉紅了紅，連忙讓丫鬟把準備好的見面禮分給幾人。幾人收了見面禮，又都讓旁邊跟著的小廝回了一份禮。

林湖笑著說：「爹娘已經在正堂等著看侄媳婦了。」

林湖在前邊帶路，另外三個小子聽說林清要去見他們爹，一個個腳底抹油溜掉了。

林清跟著林湖到了正院，剛掀起門簾，就聽見一陣爽朗的笑聲，然後聽到一個女子如機關槍似的說：「可算來了，我就說嘛，成親的第一天，清兒怎麼可能睡懶覺？就算睡過頭，也還有她媳婦，她媳婦不會讓他睡太多，如今可不是早早就來了？不愧是成親的人，你看這精氣神就是不一樣，果然成親就是大人了。看看我這侄媳婦，這麼標致的人，和我侄子往這一站，看著就是一對金童玉女，多般配啊！侄媳婦，來，快過來坐，到嬸子家不用拘束。讓我仔細看看，果然越看越秀麗。多大了？哦，大清兒兩歲，女大三抱金磚，好啊……」

林清無奈地看王嫣只說了一句「十七」就插不上話的著急表情，以及說話不用換氣的二嬸。他剛才提醒得晚了，他忘記告訴媳婦，他二嬸是做媒婆的，她的話只能聽不能接。

林清見王嫣手足無措，不由上去解圍道：「聽爹爹說，這次大堂兄和二堂兄跟著二叔出去放鹽，做事又幹練了不少。」

孟氏最得意就是自己的一溜兒子，聽了果然轉移注意力，開心地說：「這兩個臭小子，還得讓大伯多提溜提溜。」

林清恭維道：「大堂哥和二堂哥做事素來仔細妥當，相信很快就能獨當一面。」

林清又誇了幾句，果然說得孟氏眉開眼笑。

林清趁機把王嫣介紹給二叔和二嬸，二叔說了幾句喜慶話，又給了林清夫婦一份比較厚重的見面禮。林清的二嬸想留林清吃飯，不過林清說還要去見三叔三嬸，只能作罷。

林清上了馬車，笑著說：「讓妳不要接話妳不聽，可知道二嬸的厲害了吧！」

王嫣有些羞赧，低聲說：「是妾身的錯。」

林清擺擺手，「哪是妳的錯，二嬸就是那樣的人，她喜歡找人說話，偏偏二叔是個悶性子，三句話踹不出個屁。二嬸家又一溜小子，男孩嘛，沒幾個能跟娘聊天的，二嬸天天憋得要命，可不是見著一個就說個沒完。」

「二嬸不找人串門嗎？」王嫣問道。

「哈哈！」林清笑道：「妳覺得和林家一個水準的人家，有她這麼能說的嗎？別人都跟不上她的節奏，她哪裡能找得到適合聊天的人。」

王嫣一想，果然是這樣。

林清又想到很有個性的三嬸，這次有了經驗，提前給王嫣打預防針道：「等會兒去三叔家，三嬸要是找妳聊詩呀詞的，妳就推說不會，我來應付。」

王嫣從小學的是怎麼看帳記帳，雖說也讀過書，卻不過是《千字文》、《百家姓》、《女誡》等，一聽到詩詞，頓時緊張地道：「這個妾身確實不會，三嬸會問這個嗎？」

林清想到他三嬸的性子，嘆了一口氣，肯定會問啊！

他這樣的商賈之家，男的都是從小培養做生意，女的都是教導理家，至於讀書，不過是為了識些字，以後看帳本、寫信或者立字據方便，不會被外人糊弄，所以在書本上下功夫的真的沒幾個，畢竟大家從小就有一大堆的生意等著繼承，吃喝不愁，誰吃飽了撐的去苦讀，他們又不指望著科舉。

只是，這裡面有兩個例外，一個是他，他第一世用了十二年跨過了高考，又用了十年執教高中，第二世更是用了十年中了舉人，所以看書已經融入骨子裡了，哪怕他現在對學習深惡痛絕，可只要一空閒下來，還是會忍不住拿本書看。無他，習慣成自然。

好在林清只是吃飽了撐的自己拿本書看看打發時間，可他三嬸就不同了，他三嬸就是林家的另一個例外，她非常非常愛讀書，非常非常愛作詩，非常非常愛文學。

更確切地說，她是一個林黛玉似的人物，當然沒有林黛玉有才。

林清解釋說：「我三嬸算是出身名門，她的祖上是書香門第，家裡更有不少中舉人的，可惜前朝末年外族入侵，她家本身富貴，在當地又比較有名，被外族惦記上了，全族被洗劫一空，連人都沒有放過，她當初和她娘她妹在寺廟上香，這才逃過一劫。後來等外族退去，母女三人差點餓死。我三叔出去遇到了三嬸，一眼就喜歡上了三嬸，後來就娶了三嬸。」

「三嬸從小按大家閨秀培養的，琴棋書畫都會，尤愛詩詞，聽說小時候玩行酒令都是作詩。如果說二嬸是因為太能說找不到能說話的，三嬸就是因為曲高和寡，別人壓根兒聽不懂她說什麼。三嬸倒是最喜歡我，疼我甚至有時超過她親生兒子。」

因為他是這個家裡唯一能聽懂她說什麼的，還能接下去，甚至能點評她作的詩。

「那我要怎麼做？」王嫣急忙問道。

「什麼都不用做，她說什麼妳聽著就好，我來接，不過不要提什麼親人哥哥妹妹的，省得惹她傷心。她因為遭逢巨變，心思敏感。不過，她人很好，說話也溫柔。」

林清想到自己還沒有說三叔家的孩子，就補充道：「三叔家有兒有女，她的女兒是長女，也是大堂姊，早就出嫁了，下面是一個兒子，比我稍大些，叫做林濟，已經訂親了，明年應該就會成親。」

林清和王嫣下了馬車，看到林濟在門口正等著他們，顯然早就得到消息。

林清走上前，叫道：「大堂哥。」

林濟看著林清後面的王嫣，捶了捶林清，「好傢伙，你還沒我大，媳婦就娶進門了！」

林清笑著說：「誰讓你磨磨蹭蹭的，明明比我還早下定，到現在還沒個動靜。」

林濟哭喪著臉說：「我也想快啊，可那是我表妹啊，今年還沒及笄，我姨又想要多留兩年，我有什麼辦法？」

「活該，誰讓你找個比你小的。」林清毫不同情，又拉著王嫣炫耀，「這是我媳婦！」

林濟咬牙說：「你就不能安慰我兩句？」

「去！安慰你什麼？打小一起長大的，我還會不知道你是什麼性子？」他和林濟只差半歲，雖說是堂兄弟，可從小一起玩大的，自然比別人更親近些，也更了解對方。

王嫣奉上見面禮，林濟趕忙讓後面跟著的小廝把回禮給王嫣。

見完禮，林濟說：「快跟我去見見我爹娘吧，我娘一早就念叨你了。你說我到底是不是我娘親生的，為啥我娘天天想你比想我這個親兒子更多？」

「那自然是我人見人愛花見花開！」林清得意地道。

「去！不就你肚子裡墨水多嗎？唉，你說我娘為啥就喜歡那些詩啊詞啊的，不能吃又不能喝的，還不能當銀子花！」林濟嘆道。

「子非魚安知魚之樂！」林清笑著說。

「我是不知道什麼魚不魚的，可我一看到書本就想睡覺，我娘還非要培養我，天天在我面前念些我聽不懂的，還說是熏陶我，我怎麼可能受得了，我又聽不懂！」林濟抱怨。

「聽不懂你可以裝著聽懂啊！三叔也聽不懂，我聽我爹說三叔小時候連百家姓都背不下來，可我每次來你家，三叔還不是聽得很認真！」林清建議道。

林濟撇撇嘴，「他那哪是聽書，他那是看人！燈下看美人，我爹就喜歡那個調調！」

「你爹喜歡就行，反正你娘是你爹的媳婦，又不是你的媳婦！」

兩人說著，到了正堂，門簾掀開，一個中年男子走出來，看著林清，笑呵呵地說：「聽著你兄弟倆在那拌嘴，就知道你這小子來了。」

林清趕忙拉著王嫣上前，行禮道：「三叔！」

林三叔點點頭，「這個是侄媳婦吧，嗯，長得好看，也落落大方。」

王嫣欠身說：「三叔謬讚，侄媳不敢當。」

林三叔看了她一眼，對林清說：「是個知禮的。好了，快點進去吧，你三嬸等急了。」

林清和王嫣一進門，就看到一個美人蓮步輕移，溫婉地走到林清面前。她柔聲說：「可把你這孩子盼來了，天天在家忙什麼，也不知來幫我在畫上題字。我前陣子畫了一幅畫，可怎麼也想不好題點什麼，你快來幫我看看。」

林清這才看到旁邊掛著一幅畫，畫的正是這個時節的菊花，畫得很是傳神，只不過旁邊空著，還沒題詞。他想了想，拿起一枝筆，在旁邊題了一首《詠菊》。

蔡氏看著林清題的詞，眼睛一亮，說道：「對，就是這個感覺！」

蔡氏開心地對丈夫說：「我說讓你幫我題個詞，你推三阻四的，還不如你侄子爽快。」

林三叔嘴角抽了抽，他裝著自己能看懂已經不錯了，要是有這個修養，能在這裡待著？

蔡氏又道：「清兒就是聰慧，這作詩的水準，考個舉人都不是問題，可惜被你們給耽擱了，要是我爹在，肯定會收清兒為徒的。」說到她爹，她紅了眼圈。她爹從小疼她，把她當成男孩子教養，讀書寫字、琴棋書畫一點不落，卻……

林三叔看到媳婦又開始傷心，連忙過去安慰，小心翼翼地安撫許久，才讓媳婦把這事暫時忘了。他安慰好媳婦，為防止媳婦再想起來，忙說：「妳看清兒帶他媳婦來向妳請安了，妳不是說有禮物要給他們嗎？」

蔡氏這才想起今天是林清新婚的第一天，要見長輩的，連忙端正身子，看向王嫣，一看到王嫣也是大家閨秀的樣子，多了三分喜歡，就拉過王嫣的手，問她多大了，喜歡什麼，最後問道：「妳平日都讀什麼書？」

王嫣本來還想說自己讀了幾年，可是想到剛才三嬸和他丈夫的論畫題詞，頓時心裡一哆嗦，磕磕巴巴地說：「侄媳沒怎麼讀過書，只是識得幾個字。」

蔡氏有些失望，卻還是說：「女子還是要讀些書，清兒讀書就很好，妳要是大字不識，以後怎麼和清兒過一輩子？夫妻之間，還是得有些共同的話題才是。」

王嫣聽第一句時本來還不在意，可聽到後幾句，心中微凜。她剛才已經發現，自己的丈夫好像很有才，想到人家說的紅袖添香，要是自己什麼都不懂，丈夫豈不是感覺無趣？

王嫣連忙對蔡氏行禮，「謝謝三嬸教導，妾身會多讀些書。」

蔡氏這才點點頭，說：「妳要是想學，可以到這裡找我，平時我都有空。」

王嫣受寵若驚，「怎麼好意思打擾三嬸？」

「不打擾，不打擾。」蔡氏說道。

林清聽得想笑，他三嬸好不容易忽悠成功一個，怎麼可能嫌麻煩？

林三叔看著他媳婦拉攏剛過門的侄媳婦，良心有些過意不去，咳了咳，說：「夫人，快讓兩個孩子見禮吧，兩個孩子也忙了一早晨上了。」

蔡氏這才和林三叔回主位坐好。

王嫣拿出自己親手繡的鞋襪，林三叔和蔡氏接了，回了他們一個大包裹。

林清翻開一看，果然是一疊古籍。

蔡氏說道：「這是家父傳下來的，當初我和娘還有妹妹好不容易從廢墟中扒出來的，我挑了幾本給你。」

林清忙說：「三嬸，這怎麼使得，太貴重了，應該留給大堂哥的！」不是林清客氣，而是這書許多是前朝的孤本，現在拿錢都買不到，可以當成傳家寶了。

蔡氏嘆了一口氣，「濟兒那性子你又不是不知道，給他除了放在箱子裡遭蟲子，一點用也沒有。給你，起碼你還能看看。」

林濟連忙附和道：「是啊，這東西不給你留給我只能浪費，我又看不懂上面寫啥！」

蔡氏聽了狠狠瞪了林濟一眼，林濟忍不住縮了縮脖子。

林清說：「既如此，侄子收下了，要是堂哥以後的孩子有喜歡讀書的，我再還回來。」

蔡氏卻不是很抱希望，只是隨意地點點頭，「隨你吧！」

林清見完禮，本來打算帶王嫣回去，林三叔和三嬸難得見林清過來，非要留他們吃飯。

林清推辭不過，又沒有別的事情，所以吃完午飯才回家去。

參之章

家中生變激奮起

秋去冬來，當天上飄下第一片雪時，寒冬正式來臨。

由於這幾日外頭下雪，林清越發不願意動彈，拿了兩床厚被子，一床倚著，一床蓋著，窩在炕上，隨手拿了一本書，優哉游哉地看著書。

王嫣坐在炕上的另一邊，手裡拿著牙籤，把盤子裡切碎的蘋果一個個用牙籤插住，捏著牙籤遞到林清嘴邊。林清張嘴咬住，對王嫣一笑。

林淑扶著丫鬟進來的時候，就看到這一幕，頓時取笑道：「二嫂這可真是夫唱婦隨，二哥，你自從娶了嫂子，可是越來越懶了。」

王嫣臉一紅，連忙站起來，說：「小姑來了，快來坐，這裡正好有莊子裡送來的蘋果，很新鮮，快來嘗嘗。」

林清翻翻白眼，「大雪天的，我要那麼勤快幹麼？倒是妳，雪天不窩在屋子裡，出來凍著怎麼辦？」一邊說著，一邊把手中的暖爐遞過去。

林淑接過暖爐，坐到炕上，頓時感覺到一股暖氣向上湧來，忍不住讚道：「這裡真是暖和，哥哥果然會享受！」

「那是，既然有條件，幹麼虧著自己？」林清說道。

林淑拿著牙籤戳了一塊蘋果放到嘴裡，「挺好吃的，不過有些涼，我不太敢吃。」

林清知道時下女子少吃涼，害怕受涼會宮寒，便丫鬟說：「去給小姐倒杯玫瑰薑茶。」丫鬟倒了一杯熱茶過來，王嫣接了遞給林淑，林淑道謝，接著說道：「哥哥，娘讓我來說，過幾日等雪停了，爹爹打算趁有空把家分了。」

林清點點頭，「爹爹早先說分家，這些日子空閒了，我就估摸著快了。」

「哥哥，你有什麼打算沒？」林淑湊在林清耳邊小聲地問。

林清搖搖頭，「讓爹爹分唄，反正爹爹就兩個兒子，雖然大哥是長子，爹更重視些，可爹那個人素來公正，肯定不會讓我那份少了。妳回去告訴娘，說一切讓爹爹做主就好。」

林淑有些猶豫地說：「可是，哥哥你有些虧了。」

林清輕笑道：「現在除了嫡長子，大家都覺得不分家，家裡所有人就可以在公中白吃白喝，等父母百年後，財產該怎麼分便怎麼分，這些年吃的就算白吃了，而且遇到喜事白事，所有份子都是公中出，不用自己掏錢，更覺得可以白賺許多年。」

林淑點頭說：「就是這個理啊！咱爹爹今年才四十多，這兩年雖是體力大不如前，可等大哥接手，好好在家養著，以咱家的條件，活個七八十還是沒問題的。哥哥，你可能覺得一年省不了多少，但多年累積下來，可就不是小數目了。」

林清嘆了一口氣，「世人多是這個想法，所以一提分家，除了長子高興，大家都拚命阻攔，可妳細想想，等爹爹百年後再分家，真的划算嗎？現在分家是爹爹做主，我和哥哥都是爹爹的兒子，爹爹雖重視哥哥，可也偏愛我這個幼子，所以只要爹爹分家，家業是哥哥的，但家裡的財產，爹爹肯定會讓我們平分，大家也說不出什麼，畢竟朝廷有規定，家業傳嫡長，諸子均財產。」

「但是，若是爹爹百年後分家，那到時分家的就是大哥做主。大哥再好，可等東西到了大哥手裡，再讓他拿出一半，妳覺得他會願意嗎？就算他願意，嫂子會願意嗎？嫂子是大方賢慧，可到那時她有兒子有孫子，妳說她會不會想多留一點給自己的子孫？」

林清拿起盤子裡的蘋果，說：「假設這裡有一個蘋果，妳和嫣兒都非常非常想吃，如果我把它分成兩半，一人給一半，妳們必定會很開心，不會不高興，甚至會一起討論蘋果多好吃，可如果是妳先來的，我把蘋果先給了妳，妳吃了一口正覺得好吃，這時嫣兒來了，我讓妳分一半給她，妳會甘願嗎？甚至，妳覺得很好吃，想著自己的孩子還沒吃到，想帶回去給孩子吃，那這時妳看到嫣兒，會不覺得她礙眼嗎？會不會想多留一點給自己的孩子？」

林淑和王嫣聽了，頓時沉默不語。

林清插了一塊蘋果吃掉，又說：「當然這只是一個蘋果，妳們感覺不會太深刻，可別忘了，我們面臨的林家的家產，一筆讓別人都眼紅的財產。淑兒，如果妳是大嫂，妳是大嫂的兒子，妳是大嫂的兒媳婦，妳會怎麼做？」

林淑和王嫣臉色有些發白。

林清繼續說：「妳們不妨看看那些父母過世後分家產的，雖說是諸子均分，可妳看看哪個分出去的能真正分的夠數？長子長媳從進門就開始管家，想在公中做些手腳再簡單不過，所以要分家，寧願從父母手裡分，千萬別從兄弟手裡拿，否則就不僅僅是傷感情的事。再者說，我向來窩在家裡不出去，花銷本就小，哥哥是長子，要撐起門庭，花銷本來就大，不管怎麼算，都是我吃虧，爹爹既然要分家，我幹麼不同意？」

林淑笑著說：「聽哥哥這麼一說，吃虧的反而是大哥了。」

林清倚在被子上，悠閒地說：「其實我一直覺得大哥挺吃虧的，妳看大雪天，我窩在被子裡看書，大哥卻要日日早起，幫著爹爹處理事務。我一年到頭在家裡睡懶覺，哥哥卻一年到頭腳不沾地地忙個不停，可不是他吃虧？」

「可是，大多數人還是希望像大哥一樣。」

「那是他們看不透，人啊，活著就要痛痛快快地活，要不天天忙得要死，說不定哪天一不小心就嗝屁了，豈不是虧死了？」林清感嘆道。

林淑對王嫣說：「嫂子，妳看，哥哥又在那裡說些不著調的話了。」

王嫣搖頭笑說：「不管他。我前陣子剛研究了一種繡法，繡出的花樣越發逼真，栩栩如生，妳要不要看看？」

林淑一聽，來了興趣，反正話她已經帶到，既然哥哥沒想法，那就這麼著，於是，她開開心心跑去和王嫣討論新的繡法了。

林清看著離開的兩個人，嘆了一口氣，自言自語道：「唉，是非成敗轉頭空啊！」

◆◆◆

大雪過後，林父特地選了一個黃道吉日，把林家的眾人都召集起來，甚至叫來了里正，一起見證分家。林父先帶著林家眾人祭祖，然後借祠堂的地說：「今兒叫大家來，是為了我林家長房分家的事，讓大家來做個見證。」

里正首先開口說：「既然林老爺叫老朽來，那老朽就充個大，在這裡給做個見證。」

林父趕忙說：「有勞里正了。」

里正點點頭，在一旁坐下。

林二叔表態道：「大哥，你是一家之主，分家你說了算，我和三弟沒什麼意見。」

林三叔附和道：「就是。」

林父點點頭，「我林家發展到今天，大房總共鹽號五十九座，其中存銀一百二十萬兩，田產八千畝，糧號一百二十間，當鋪古玩等鋪子九十八間，公中現銀八十萬兩，宅院祖宅一座，五進宅院一座。其中鹽號乃是我林家根基，鹽號中的存銀要購買鹽引，更是不能輕動，故此次分家暫且不分，等我百年之後，鹽號按規矩傳與我長子林澤，次子林清每年從其中得三分紅利，你倆可有異議？」

林澤當然沒有異議，他占了大頭，於是他轉頭看林清。

林清想了想，這相當於他家有個公司，公司不能分，等到他爹百年後，他哥繼承公司董事長的職務，他做董事，他哥得百分之七十的股份，他得百分之三十。雖然看起來他吃虧，但想到他啥忙也不幫，他哥天天累得像狗一樣，忍不住覺得多給他哥一部分還是應該的。

林清說：「爹爹，兒子無異議。」

林清既然無異議，眾人更沒有異議，畢竟這樣分，吃虧的是他。

林父滿意地點點頭，不愧是他兒子，雖然平日裡懶散了點，可遇到大事，還是極為明理的。鹽號是林家的根基，如果每次都均分，很容易分散大權，容易引起家族內亂。

「那鹽號的事就這麼定了。」林父想了一下，又補充道：「鹽號從今以後到我百年之後的收入，將另置一庫，等我百年後由這哥倆平分。」

林澤和林清點頭說：「是，父親。」

「那下面開始分家產。」林父接著說：「剛才分家業時，清兒有些吃虧，不過自古家業傳長子，這既是為了家族傳承，也是為了讓家族不致於變成一盤散沙，所以在分家產時，澤兒你吃點虧，剩下的家產，澤兒你三，清兒七。澤兒，你可有異議？」

林澤連忙說：「兒子沒異議。」

林家最值錢的就是鹽號，他都占大頭了，財產方面自然要彌補弟弟。

林父點頭，又說：「既然這樣，就請里正把地契和鋪子分一分，讓兩個孩子領去。」

里正慢悠悠站起來，先誇道：「早就聽聞林家兩個哥倆明理懂事，今日一見，果然名不虛傳，能在如此財富前不亂動心思，林老爺，你好福氣。」

里正說的是實話，自從他當了里正後，大大小小的分家他見證不下百次，哪次不是看著一家子在那裡勾心鬥角，甚至還有大打出手的，所以他最頭疼的就是給別人見證分家，可身為里正，這又是他職責所在，不得不做。

林父聽了里正的誇獎，儘管心裡也覺得自己的孩子懂事，面上仍是謙虛地道：「哪裡哪裡，讓里正見笑了。」

林父將該說的都說完了，林家兩個孩子也沒有異議，里正處理起來簡單許多。他本身就管著交皇糧交稅收，對於這些田地、鋪子也很了解，不一會兒就將地契和鋪子按三七分分為兩份，放在兩個匣子裡，然後對林父說：「老朽已經將田產和鋪子按照現在的市價分為兩份，林老爺不妨看看可有什麼不妥當的。」

林父接過匣子，直接遞給林澤和林清，「你們看看吧！」

林澤和林清將匣子裡的地契都拿出來，逐一比對著看，最後兩人不得不感慨，不愧是里正，果然是術業有專攻，不僅考慮到田產鋪子的數量，連鋪子的位置、田產的好次都注意到了，就是他們自己分也分不了這麼妥當。

林澤對林父說：「里正爺爺分得很妥當，就是兒子們自己分，也分不這麼正好。」

林清也說道：「幸虧沒讓我們自己分，要不，我們就直接按數量分了。」

里正撫了撫鬍子，笑呵呵地說：「不過是做得多了。你們年紀小，又不大處理這事，才考慮得少，要是多做幾次，肯定比老朽分得好。」

林清笑著說：「分家分一次就好了，里正爺爺，咱真不想學這個。」

里正哈哈大笑，「是這個理。家和萬事興，分一次是必須的，分多了就亂了。」

林父對里正說：「既然他們兄弟都沒有異議，就請您出文書吧！」

「這是應該的。」里正欣然應許，接過旁邊僕人遞來的筆墨紙硯，熟練地寫了一份分家的公正文書，一式三份，然後說：「這前兩份，你們畫押後哥倆一人一份，最後一份我帶回去，要在官府存檔，畢竟以後你家小兒子就算二房了，以後兩家的稅收都要分開收。」

林父忙說：「這是自然，最後這份勞煩里正叔您帶回去存檔。」

新朝初立，對戶籍稅收管得極嚴，林父自然不敢頂風作案。

「那就好，你們兩個孩子來看看有沒有問題，沒問題就畫押吧！」里正招招手。

林澤和林清上前，一人拿起一份仔細看了看，確認沒有問題，就在各自畫押。

林父身為一家之主，也在上面畫押。里正身為見證，當然也要畫押。

如此，林家兩房正式分家。

分完家，林父在家裡擺宴宴請里正和林家族人。大冷的天，讓人家跑來在祠堂裡凍上一個早上，怎麼也得讓人家吃得熱乎乎的回去。

林清回西跨院，王嫣連忙迎出來，驚訝地說：「這麼快就回來了？」

分家是林父主持的，李氏都沒有資格插手，更不要說小李氏和王嫣，所以一眾家眷全部待在後宅，焦急地等結果。

「爹爹早就打算好，我和哥哥又沒異議，所以不用半個時辰就分完了。之所以現在才回來，是爹爹為答謝里正和宗親，我們要陪酒，才回來得有點晚。」林清說完，順手把懷裡抱著的匣子遞給王嫣，笑著說：「這是我分的。」

王嫣接過匣子，拉著林清坐到炕上，這才打開匣子，把裡面的地契拿出來。

王嫣快速看了一遍，吃驚地問道：「怎麼會這麼多？」

她估算了一下，光田產就五千多畝。她曾聽她爹說過，林家雖然也是巨富，可錢都來自鹽號，所以田產鋪子比同等家族少了很多，林家的田產絕對不會超過萬畝，可她丈夫居然拿回來五千多畝，還是田地中比較好的，怎能不讓她驚訝？

林清把分家的過程說了一遍，感嘆道：「爹爹這次分家還是用了心眼，故意先分家業，把大頭都給了哥哥，讓別人覺得我虧了，又拿家產補償我，其實不過是想多分些給我，其實別人哪家分家，不是長房家業占七成，剩下的占三成。」

王嫣笑著說：「也是夫君先看得開，要放在別人，一聽到只分三成紅利，還不立刻鬧起來？」分紅利就是只拿錢不管事，等於直接踢出家族管理，一般嫡支哪受得了這個。

「知子莫若父，爹爹哪裡能不知道我的性子，就算他把林家給我，我也懶得要。」林清淡淡地說道：「不過這次分家，大哥得權，我得財，倒是皆大歡喜。哥哥雖然知道我分的多一些，但是他能提早接掌林家，還是很開心的。」

王嫣有些擔憂地說：「那大嫂會不會……」

「她啊，她哪裡看得透這些，就算她看得透，她也更樂意這樣，畢竟這次一分家，大哥少東家的身分就穩了，她就是林家下一代宗婦，再說我多分的這點，以大哥的能力，幾年就賺出來了。用幾年的辛苦就能換來最少提前二十年掌權，無論是大哥還是大嫂都是樂意的，不信妳等明兒看看，大哥大嫂必定極開心，待咱們更好三分，他們夫妻倆是一個性子。」

王嫣聽了放心下來，「你們兄弟倆倒是有趣，一個愛權，一個愛財，真難為公公分家要兩個全顧著，不過公公這樣也算是另類的一碗水端平了。」

「可不是。」林清躺在炕上說：「養兒一百年，長憂九十九，爹爹這次是費了心思。」

「對了，林家公中的銀子有八十萬兩，爹爹說他自己留下二十萬兩開支，剩下的六十萬兩，咱家分四十萬兩，大哥家二十萬兩，這是家產裡的，至於鹽號裡的銀子，那個不能動，咱家的兩套宅子，這套是祖宅，給哥哥，咱們是旁邊那套五進的宅子，雖然比祖宅小一點，可那是爹爹四年前特地新建的，分給咱們。等妳領了銀子，就把那邊打理起來，待開春天暖和了，咱們就搬過去。」

王嫣聽了可以搬出去，自己當家做主，哪有不樂意的，忙說：「二郎放心，妾身一定在開春前收拾好。」

林清又把匣子推過去，「這些妳也收著，等裡面的田產鋪子收了租子，就放在咱二房的公中裡，以後好用。」

王嫣受寵若驚，推辭說：「這是夫君的，怎能讓妾身拿著？」

這可是一家的財政大權啊！

林清笑道：「妳是我的妻子，一家子分什麼妳的我的，叫妳拿著妳就拿著，反正等錢多了，也是存著留給妳我的孩子。」

王嫣聽了心中一陣甜蜜，想到自從成親以來，她夫君從沒過問過她的嫁妝，如今分家得了錢財，又第一時間交給她，當下感覺自己有些愧對夫君的信任，便說：「二郎放心，妾身在娘家的時候，自幼跟著父母學習打理財務，一定會把家裡管好的。」

林清心道：妳都嫁進來兩個多月了，我哪裡看不出妳精於理帳，甚至比我做得還好，要不，我幹麼給妳？

林清把匣子塞到媳婦懷裡，「那我就等著妳給咱們的孩子存個大金庫。」

王嫣聽林清提到孩子，害羞地說：「那也得二郎你努力啊！」

林清打哈哈地說：「明年就努力。」

王嫣白了林清一眼，又跟林清說了自己的打算：「妾身看過了，這些當鋪、糧鋪都是旺鋪，無論租出去或自己派掌櫃打理，都是沒問題的，每年賺的錢足夠咱府裡的開支，至於田產，妾身覺得每年的租子可以存下來拿去買地，這樣不僅穩妥，還可以接著收租子。」

林清點點頭，在古代，確實做地主比經商穩妥多了。

王嫣把幾張地契拿起來，跟林清說大約可以收多少租子，大約要向朝廷交多少稅。

「十之稅一，這麼重？」林清驚訝地問。別聽著交十分之一感覺很少，古代可是有很多稅，有人頭稅、青苗稅、春稅、夏稅、秋稅……

王嫣奇怪地說：「一直都這麼多啊！」

林清算了算自己的五千畝地的稅收，暈，這簡直是個天文數字，而且他總共收租子才收十分之二，居然要交給國家一半。想到上一世他爹雖然臥病在床，但是他們族中有好幾個舉人，所以全族能夠免稅。

林清突然覺得，他是不是應該再去考個舉人，甚至拚進士？一個進士能免好多稅呢！

林清還在猶豫他要不要犧牲一下自己偷懶的福利，去考考科舉，為家裡的稅收做點貢獻時，很快又被另一件事占去時間。

那就是，要過年了。

不像大多數現代人臘月二十八還得辛苦地堅守崗位，二十九才能拚命搶張火車票回家。古代只要進入臘月，尤其是臘八之後，就算進入過年的範圍。

辛勤了一年的百姓，這時都不再出去幹活，而是在家裡打掃屋子，購買年貨，等著熱熱鬧鬧地過年，而商家也開始拋售貨物，然後歇業等著明年再繼續奮戰，就連朝廷中的官員都開始忙著整理年尾的事務，等著臘月十五後封筆。

林父帶著林澤和大小掌櫃把全年的帳目盤算清楚，然後給各掌櫃封了紅封，算是辛苦一年的獎勵，之後各個鹽號便閉門歇業。

鹽號歇業，林父和林澤徹底清閒下來，累了一年，也懶得出去，所以林父就閒著沒事在家裡陪陪老婆孩子，順道教導一下兩個兒子。

相比於林家父子的悠閒，林家女眷可是忙得腳不著地。由於分了家，李氏懶得再管事，就把管家權給了小李氏。小李氏第一年挑大樑，又是過年這種大事，所以卯足了勁兒想辦得盡善盡美，好給裡外留個好印象。

王嫣也很忙，雖然他們小家過年簡單，甚至過年的時候只要到老宅跟著過就可以，可自從林清告訴她過年後要搬出去，王嫣便找到了近期的頭號工作目標，像打了雞血似的，每天侍弄自己的新宅子。

至於李氏，本來她把管家權給了小李氏，可以清閒了，問題是她之所以這麼快把管家權給小李氏，是因為她要忙另一件事，那就是為自己的寶貝女兒找夫婿，所以李氏不但沒閒下來，反而每天忙著梳理沂州府數得上的青年才俊，甚至因為她自己在後宅無法親自面見這些青年才俊，很不放心，於是本來清閒的林家父子三人就被抓來做壯丁，每次她看上一個，就讓林家父子三人，尤其是林澤和林清兩人輪著去請客，以便觀察男方的品行。

一時間，弄得林家父子三人苦不堪言。

林父一邊喝著茶，一邊向兩個兒子抱怨：「你們娘現在簡直魔怔了，滿腦子都是沂州府的年輕小夥子，你爹我這麼大個人，你娘天天都看不見。」

林澤和林清偷笑，娘為了給他們的妹妹找佳婿，不但偷偷找人打聽各大家族的少爺，還讓人畫成畫像造冊。他們娘每天都要看這些年輕人的畫像，難怪他們爹吃醋和備感冷落。

林澤安慰說：「等娘給妹妹定下夫婿，就不會再關注這些了。」

林父翻翻白眼，「淑兒今年十三，過了年也才十四，還得再過一年才及笄，那時方能訂婚，以你們娘的性子，還不得好好挑挑。不挑個一年，怎麼可能？」

林清笑著說：「本來這世道對女子就苛刻，當娘的更是擔心女兒，哪能不好好挑挑？爹爹，你還說娘，你這些日子不也老是找和咱門當戶對的家族的家主喝酒，就為了偷偷看看人家的年輕小夥子。」

林父被說得老臉一紅，「我這也是為了替你們娘多找些人選。」

林澤和林清暗笑。

林父說：「其實我還有幾個老友，他們家都有適齡的兒子，家境也不錯，就是遠了點，你們娘就不大樂意，倒是可惜。」

林清點點頭，「其實我同意娘的看法，雖然爹爹你那幾個故交確實不錯，可畢竟遠了，萬一妹妹受欺負，咱們也不一定能知道。嫁得近，妹妹受了委屈，我和哥哥就可以打上門，到時誰敢欺負我們的妹妹？」

林父吹鬍子瞪眼，「你就不能想點好的？」

「本來女子過得好不好，就看娘家硬不硬嘛！」林清說道：「就像我和哥哥的妻子，要是沒有現在的背景，爹爹你會這麼重視嗎？不說別的，就說嫂嫂，如果不是嫂嫂出自李家，娘會這麼自在地把管家權交給嫂嫂嗎？」

林父嘆了一口氣，「倒是這個理，不過和咱們家世相當，又和淑兒同齡的，是嫡長子不多，出色的更不多。」

林淑雖然是林家最小的孩子，可她上面沒有姊姊，又是嫡女，所以算是嫡長女。按照現在的門當戶對，最好是配嫡長子，畢竟嫡長子以後要繼承家業。

林澤道：「雖然不多，還是有幾個出色的，我和弟弟趁著過年拜年時好好看看，挑一個最好的，趁早先占下來。」

林父滿意地點點頭，又叮囑兒子：「一定要多打聽打聽，看到好的就立刻回來說，可不能被人搶了去。」

林清莞爾。這怎麼不像是挑女婿，而是像冬天搶白菜。

大年三十，林家整個家族包括林二叔家、林三叔家都齊聚林府。這天是家族團聚守歲迎新的日子，無論男女老少都不會缺席。

小李氏早把林家的大花廳收拾出來，事先放了炭盆，烘得屋子裡暖暖的，又請了戲班雜耍，在花廳裡支了檯子，讓大家一邊看戲一邊吃東西聊天，好不熱鬧。

林澤、林清和一幫堂哥堂弟坐在一起，拼了個大桌，划拳的劃拳，喝酒的喝酒，興致來了，甚至還行個酒令。

林父在另一桌和兩個弟弟看雜耍，聽到小輩那邊熱鬧，不由感慨地說：「咱這一輩就兄弟三個，當初爹爹逃難出來，全家就活了他一個。他在世的時候，曾多次感嘆咱林家人丁不旺，如今看著這些孩子，想必爹爹在下面也能瞑目了。」

林二叔看著自己的四個小子，有些驕傲地說：「咱們這一輩就三個，下一輩可是九個，咱哥仨也是盡力了。」

林三叔雖然只有一個兒子，不過他兒女雙全，兒子又馬上要成親給他添孫子，便也開心地說：「是啊，等這些小子都成親，咱們就什麼也不幹，天天在家抱孫子。」

剛剛得了孫子的林父，及孫子已經兩歲的林二叔聽了，高興地說：「可不是？咱們都這個年紀了，還忙什麼，早該丟給兒子，在家裡含飴弄孫了。」

女眷這邊，李氏和孟氏、蔡氏坐一桌。因為女眷少，小李氏和孟氏的兩個兒媳陳氏和蔣氏也在這個桌上。林淑是林家唯一還沒出閣的姑娘，也跟著坐在李氏身邊。

第三代的幾個小孫子，最大的是陳氏生的二房長孫，也才兩歲，因為不敢讓幾個小的單獨開一桌，就都由各自的娘親帶著，擠在這一桌。

有了孩子，就有了聊天的話題，林家的家眷一邊看著雜耍，一邊說著孩子的事。

蔡氏看著大嫂李氏手裡抱著小小，二嫂孟氏左右都坐著孫子，羨慕地說：「兩個嫂子真是好福氣，這麼快就抱大孫子了。」

李氏聽得高興，說：「妳也不用急，濟兒明年就成親了吧？要是快，說不定明年這個時候妳也抱上了。」

蔡氏聽了，想到自己的兒子過了年就要成親，算算要是快真能抱上，也開心地說：「借大嫂吉言，希望明年也能抱一個。」

孟氏接著道：「就是，等大侄子成了親，妳還怕沒孫子抱？妳看咱們林家，什麼時候不是陽盛陰衰，小子多。這麼多年，就湞兒和淑兒兩個丫頭，湞兒一出嫁，淑兒這丫頭連個陪著玩的都沒有。我還想讓我那一溜臭小子給我生個孫女，這些臭小子天天在外面野，壓根兒就不知道陪他娘說說話。我真羨慕你們兩個有女兒，起碼有個陪妳嘮嗑的。」

李氏、蔡氏和孟氏做了這麼些年妯娌，關係又不錯，哪能不知道孟氏這麼些年憋得狠。雖然現在有了兒媳婦，可婆婆在兒媳婦面前是長輩，得要端著架子，怎能天天拽著兒媳婦絮叨，不由得都笑了起來。

李氏笑著說：「實在不行，妳辛苦辛苦，再生一個，說不定就是閨女。」

孟氏連忙擺擺手，「我都多大了，兒媳婦都生孫子了，我還生，也不怕別人笑話。」

蔡氏也搭腔道：「哪裡就笑話了？誰家婆婆兒媳一起生，不是誇人丁興旺？」

「我今年都三十五了，可不受這個罪了。」孟氏說道。

蔡氏點頭說：「這倒是，咱們這個年紀，確實犯不上再冒險。」

一屋子人正聊得熱火朝天，林管家突然急匆匆地進來。

林父問道：「大過年的，慌慌忙忙個什麼，不小心衝撞了人怎麼辦？」

林管家說：「小的聽外面傳來消息，說聖上年前曾下旨，明年開春採選宮人三千充盈後宮，年後禁止私自婚配。有個官員在醉春樓喝酒不小心漏了口風，現在外面都亂了。」

李氏一聽，手中酒杯瞬間掉地，一把抱住林淑哭道：「我苦命的淑兒啊！」只說了這句，李氏就眼前一黑，一頭往地上栽去。

孟氏眼疾手快地拉住李氏的襦裙，再加上懷裡的林淑擋了一下，旁邊的蔡氏趕忙扔了杯子一把抱住李氏，三個女人合力，才沒讓李氏真栽在地上。

幾個丫鬟上前架住李氏，把李氏重新扶到椅子上，坐在下首的小李氏、陳氏和蔣氏忙上前，掐人中的掐人中，拿杯子給李氏灌茶的灌茶，揉胸口的揉胸口。

男席這邊看到女席那邊亂了，也往那邊跑。李氏已經醒了，而醒了的李氏第一反應就是緊緊抱住嚇得哭出來的林淑，「我可憐的兒啊，怎麼遇上這樣的事，這是做了什麼孽啊？」

孟氏和蔡氏勸慰道：「大嫂，妳先別哭，會嚇著淑兒的，淑兒臉都白了。」

兩人上去扒林淑，無奈李氏抱得太緊，她們兩人愣是沒把林淑從李氏懷裡扒出來。

林淑由於驚嚇和被李氏抱太緊，憋得臉都白了，可李氏被刺激得只知道死死抱著女兒，別人說什麼都聽不進去。

小李氏和陳氏、蔣氏過去幫忙，合幾人之力才把李氏的胳膊掰開，將林淑扒出來。

林清看著李氏有些神志不清，還在拚命要去抓林淑，連忙過去抱住李氏，「娘，您醒醒啊，妹妹在這兒呢，妹妹丟不了！」

李氏聽到林清的話，這才緩過一絲神來，又抱著林清大哭，「清兒，你妹妹要去那個不見天日的地方，一輩子都毀了，怎麼辦？」

林清看著無助的李氏，從他生下來這麼多年，李氏一直是淡定從容的，從沒像現在這樣不管不顧地痛哭，頓時心疼如刀割，「娘，那麼多人，妹妹不一定會被選上。」

「你不懂！」李氏抓著林清的手緊了緊，「娘當年經過過，那時娘還小，還是前朝，朝廷也下令採選宮女，當時凡事大戶家的適齡女兒，只要不是有殘疾的，幾乎都沒能倖免，因為窮苦人家的女兒，哪怕長得不錯，長年忍飢挨餓幹農活，也根本拿不出手，所以選的都是那些養在深閨的小姐，可養在深閨的小姐能有多少，哪次採選不是如蝗蟲過境，我的那幾個適齡的堂姊就都被選去了，這些年一個都沒回來，一個都沒回來啊……」

說到這，李氏又崩潰大哭，「那是個無底洞啊……」

林淑本來還懵懵懂懂的，如今一聽，直接哇的一聲趴在嫂子小李氏的懷裡哭了，邊哭邊說：「我不要去那裡！我不要見不著爹娘！」

小李氏手忙腳亂地抱著林淑，拚命安慰她。

林清一聽也知道事情的嚴重性，雖然上一世他知道前朝皇帝採選過宮女，可是當初他家就他一根獨苗，也沒女孩，所以壓根兒沒他家什麼事，而他爹又長年臥病在床，他光伺候他爹和讀書就費盡心機，哪有精力管外面的事，根本不知道選的是哪些人家。

他也急了，忙說：「那該怎麼辦？」這事他沒經驗啊！

孟氏插嘴道：「快去找戶人家把淑丫頭嫁了。」

「找人家？可我娘還沒挑出來啊！」林清脫口而出。

孟氏又說：「這時候還挑什麼人？採選的消息一出，能有人嫁就不錯了。快點，要不，等別人都知道了，想搶都搶不著了。」

李氏一聽，頓時抓住一絲希望，扶著林清的手站起來，對林父和林澤、林清說：「快去找媒人，把我屋裡的冊子拿過來，去一個個地問誰願意娶淑兒，明天就讓他們先成親，聘禮嫁妝以後再補。」

林父三人也知道情況緊急，便讓管家帶著人去找媒婆，林父更是對林管家囑咐：「哪怕綁，你也要給我綁一個回來。」

孟氏又對蔡氏說：「濟兒侄子也明年成親，他的未婚妻……」

蔡氏一驚，她兒子和她外甥女還只是訂婚，也不知道會不會被採選，連忙對旁邊的丈夫和兒子說：「你們快去把慧姐兒接來，告訴孩子他姨他姨夫採選的事，讓兩個孩子今晚就成親。」現在也只有進了洞房才保險。

林三叔也知道事態緊急，帶著林濟就出了門，騎著馬往妹夫家跑。

這時一家人也沒什麼心思過除夕了，都聚在花廳裡等著結果。

李氏拉著孟氏的手說：「弟妹，這次多謝妳，要不是妳，我都不知道怎麼辦好。」

孟氏嘆了一口氣，「妳這也是關心則亂。」

李氏道：「我一聽到採選就心驚肉跳啊！」

「誰說不是？當年那事時我也記事了，也是在那之前有的家族得了消息，當時那晚上我娘一個人光跑媒就不下跑了三十多對。當初凡是成親的都躲過去了，而沒成親的幾乎就沒剩。」孟氏擔憂地說：「那之後三年，咱們郡裡有一半的男子找不著媳婦，就算是大戶人家，甚至都不得不找小門小戶的。我家兩個小的如今連親都沒訂，本來還覺得不急，可來了這一齣，只怕濤兒以後……唉，浪兒還好一點，今年才十歲，倒是影響不大。」

李氏現在心神回來大半，反而安慰孟氏說：「不行的話，就把濤兒挪後幾年，三四年以後，濤兒也不過才十六七，到時再找也不遲。成親是一輩子的事，一時湊合麻煩太多。」

「唉，也只能這樣了。」孟氏嘆氣。晚找幾年，總比找個上不得檯面的強。以後下面的幾個孩子都要分出去，沒有個能撐起家的當家夫人是不行的。

幾人正說著，就看到林管家慌張地從外面跑進來，邊跑邊喊：「老爺、夫人，不好了，小的去了幾個媒婆家，她們都已經被別的家族帶走了，小的叫幾個小廝去找比較遠的幾家，可是希望不大。」

「這可怎麼辦？」李氏又慌了。沒有媒婆，怎麼找人說親？無媒苟合，不被世人承認。

孟氏也知道情況緊急，忙說：「他大伯，快去把我娘叫來！」

眾人眼睛一亮，孟母雖然早已多年不幹，可也是官媒，事急從權，也是頂用的。

說起孟母，就不得不說起當初孟氏嫁林二叔的事，孟母常常自誇慧眼識珠，雖然事實稍有出入，可也相去不遠。

當初林父的父親過世時，留下三個還沒成家的半大小子和一點財物。本來林父最大，那錢應該先緊著林父娶親，可林父當時就想，自己二弟性子木訥，不善言辭，自己如果用錢娶了親，二弟很可能就要打光棍了，於是，林父找到了當時一個相熟的媒婆，也就是孟母，讓她先幫二弟娶個媳婦回來。

孟母收了林父的媒人錢，跑了很多家，可別人一聽說是林家，是那個販私鹽的，就搖了頭，再聽到是口拙的林二，更是搖頭，所以孟母跑了很多家，都沒找到合適的姑娘。

孟母雖然每次給林家帶來的都是壞消息，可由於和林家接觸多了，也更了解林家哥仨。看著林家哥仨雖然出身不好，可個個都踏實能幹，三兄弟又相互扶持，所以就咬咬牙，把自己的獨生女嫁給了林二。

因為女兒的緣故，孟母倒是對林家多有照顧，所以等林家起來，哪怕孟氏是林家媳婦中出身最低的，林家也從沒有一個人敢對孟氏的出身說半個不字。而林二叔也投桃報李，不但在發跡後，一心一意對待孟氏，更是把孟母接到府裡給孟母養老送終。

孟母來得很快，也沒廢話，直接問：「他嫂子，妳可有人選，婆子我這就去說媒。」

李氏連忙拿出冊子，塞到孟母手裡，握住孟母的手道：「大娘，淑兒就拜託妳了！」

「放心，淑兒也是我看著長大的，為了她，今晚老身拚了命，也一定給淑兒找個夫婿回來。」孟母反握著李氏的手說。

孟母說完，帶著林管家和林家的家僕，打算往冊子上的第一家趕。

李氏坐不住，也跟著送了出去。孟母剛踏出門，就聽到一陣急促的馬蹄聲飛馳而來，守住各個路口。穿著甲冑的士兵們翻身下馬，領頭的人對著街道大聲喊道：「巡撫大人有令，即刻起，所有人不得擅出府邸，違令者，以亂臣賊子論處！明日請各位府邸老爺，帶年滿十歲的未嫁女去府衙採選，違令者，斬！」

李氏一聽，直接癱倒在地。

林澤和林清趕忙扶起李氏，這才發現李氏已經渾身顫抖，嚇得林清抱著李氏，大聲叫道：「娘，您別嚇我！」然後顧不得過年忌諱，對林父喊道：「爹，快叫大夫！」

林父一看到妻子的狀態，也嚇壞了，忙對林管家說：「快去叫蘇大夫。」

林管家本來就正牽著馬打算送孟母，這時騎上馬，就打算出門請大夫。結果剛跨出門，就被街道上的官兵攔了下來。

被官兵拿著武器指著，林管家不得不懇求道：「這位官爺，我家夫人剛剛驚嚇過度突然發病，小的急著去請大夫，還望官爺行個方便。」他一邊說著，一邊從袖子裡掏出一錠銀子，悄悄塞到對方手裡。

對方收了銀子，態度果然好了許多，卻還是說道：「這個是總旗大人下的令，我們這些小兵也不敢違背，這樣吧，我去幫你問問大人。」

林父看著林管家被阻，便帶著林澤過來，小聲問：「不能出去？」

「剛才小的使了銀子，官爺說要去問問。」林管家也小聲答。

林父這才鬆了一口氣，能收銀子，就說明還有希望。

剛才那位領頭下令的官爺過來，翻身下馬，看著林父說：「有人要出去？」

林父掏出一錠金子塞到這位總旗手裡，陪著笑說：「這位官爺，賤內突發疾病，現在急需請大夫看看，還望官爺通融一下。」

總旗掂了掂金子的分量，臉色好了很多，又知道林父是有名的鹽商，心有顧忌，就道：「林老爺，在下姓李，看在大家是鄉里鄉親的分上，我就跟您實話實說。這次由於採選的消息意外走漏，導致事態差點不可控，所以巡撫大人才特地拿手令調了我們來，就為了平息這件事，畢竟要是大家都趁機把女兒嫁了，巡撫大人拿什麼交差？」

「所以，林老爺，您也別為難我們兄弟，在下知道你們許多人是去找男子回來成親的，方才巡撫大人已親自坐陣，抓了好幾對要成親的新人。凡是撞在巡撫手上的，都被關進了大牢，我還聽說城南有一位唐老爺因為被關在府裡，抓了個家丁和女兒入洞房，結果你猜怎麼樣了？不但女兒沒逃過，連一家子都陷在牢裡。林老爺，您家大業大，千萬別想不開。」

林父聽得一哆嗦，他確實有這麼個心思，只是還沒來得及說出去。

李總旗見把林父鎮住，也不願結仇，就賣個好，「要是您實在急著請大夫，在下也不是不通情理的人，這樣，您說請哪位，我讓手下的兵去給您請，只是大冷的天，您看……」

林父連忙從懷裡掏出一個荷包，送到了李總旗手裡，「大冷的天，這些金珠請官爺們喝茶。賤內確實病得重，還望官爺派個人去請蘇大夫。」

李總旗滿意林父的識相，便對剛才叫他來的那個官兵說：「去把蘇大夫請來。」

那官兵應了一聲，騎馬去了。

李總旗對林父拱拱手，「林老爺，外面天涼，您還是回去的好。」

林父點點頭，被林澤扶著進了門。

看著林父進去了，李總旗旁邊的一個小兵小聲說：「總旗對這些商賈這麼客氣幹麼？還好心提點他們。」

李總兵拍了下小兵的頭，「這幾條街住的都是沂州府有名的商賈，你以為他們背後沒關係？巡撫大人自然不把他們看在眼裡，可是咱們何必結這個仇？再說，這採選是皇帝老爺的事，和咱們有何關係？咱們不如趁機賣個好，發點小財，回去吃頓熱呼的。」

李總兵從荷包裡拿出一個金珠，看了看裡面大約有十幾個，滿意地說：「不愧是林家，這是過年打賞用的吧？」他順手扔了一個給小兵，「讓兄弟們警醒些，別砸了飯碗。這個金珠你拿去買些熱酒，大家大年三十還守在這裡，也不容易了。」

小兵笑著說：「還是大人大度。大人吃肉，小的們也跟著喝湯。」

「好了，快去打酒，這天簡直要凍死人。」李總兵拍馬往旁邊避風的地方去了。

林父被林澤攙著進了府，一進門就站不住了，嚇得林二叔、林三叔趕忙過來幫林澤。

林二叔問：「大哥，你怎麼了？」
林父嘆了一口氣，「老唐被下獄了，因為他想讓女兒逃選，所以找了個家丁和她閨女成親，結果被巡撫大人拿了，為了殺雞儆猴，全家下了大獄。」
「這麼厲害？」林二叔和林三叔一驚，不得不說，他們剛才也動過這樣的心思。
本來正在林清懷裡抖個不停的李氏，聽了林父的話，突然不抖了，猛地抬起頭來，直直地看著林清，「清兒，你說，如果我死了，淑兒是不是就可以守孝不用參加採選了？」
林清嚇得抱緊李氏，急急地說：「娘，您別胡說！就算您去了，淑兒也不可能因為守孝而不參加採選！那是天家，不會管咱守不守孝的！」
皇后的父母去世，尚不允許守孝，何況是宮女？
李氏的眼淚一下子就流下來了，狠狠地用手搧自己耳光，哭道：「為什麼讓我女兒去？為什麼不讓我死了算了？這是挖我的心啊！我幹麼要生下她，讓她後半輩子受罪？我這輩子做了什麼孽，要報應在我女兒身上？這麼多年選一次，為什麼偏偏攤上我閨女？淑兒，是娘對不住妳，要是娘晚生妳幾年，怎麼會攤上妳啊？我苦命的女兒，這可怎麼辦是好……」
林清忙用手去擋，可他一個男人，居然還抓不住李氏。旁邊的孟氏和蔡氏一人抱住李氏的一隻手，孟氏對著林父喊：「他大伯，快來看看大嫂！」
林父過來拉住李氏說：「文娘，妳別嚇我，我們再想想辦法，再想想辦法！」
李氏呆呆地看著林父，突然抱住林父，號啕大哭，彷彿要把心中所有的恐懼、所有的擔心都哭出來。林父最初還安慰李氏，可安慰著安慰著，也和李氏一起抱頭痛哭。
眾人聽著心酸，忍不住跟著流眼淚。
孟氏擦擦眼淚，對林澤和林清說：「快把你們爹娘扶進去，他們身子受不了。」

林清和林澤一人扶起一個，把老兩口送到正房，大夥兒也跟著進去。

官兵請的蘇大夫到了，林二叔拿銀子謝過官兵，就把蘇大夫請到正房。

蘇大夫看到林父和李氏的模樣，嚇了一跳，連忙拿出銀針，先給林父和李氏施了針，才說：「林老爺傷心過度又受了驚嚇，得好好歇歇。林夫人受了太大的刺激，又傷心過度，更嚴重些，還望多多寬慰。」說完，寫了兩副藥方，又留下幾副藥，這才離開。

林澤讓管家煎了藥，和林清一人一個，開始給林父和李氏兩人餵藥。

餵完藥，林澤及林清不敢再讓兩人傷心，便請二嫂照顧林淑，把剩下的事情託付給小李氏，兩人開始勸慰林父和李氏。

第二天清晨，林清動了動有些痠麻的手臂，昨晚他和林澤不放心，便一個守一個。他大哥守著爹爹，他守著他娘。

林清昨晚在床前守了一夜，快到天明時才靠著床頭瞇了大半天。這會兒醒了，就想掀開簾子看看他娘怎麼樣了。

他一掀開簾子，剛把頭伸進去，突然頓住。

一滴眼淚瞬間從林清眼角掉出來，他緊緊咬著嘴唇，不敢發出半點聲音。

他娘竟然一夜青絲變白髮，愁白了頭！

林清捂著嘴，努力不發出聲音。

一夜愁白了頭，他一直以為是誇張的說法，沒想到他居然見到了，這個人還是他娘。

他娘今年才三十五啊，比他爹小十多歲。他娘在昨天還是滿頭烏髮，他二嬸還誇他娘都抱孫子了，卻比別人家的新婦顯得年輕。

林清頹廢地坐在床前的凳子上，突然很想給自己兩巴掌。

他知道他娘為什麼會受到這麼大的刺激，因為他娘一直在用自己的努力，努力護著自己的兩個孩子長大成人。

他小時候曾經偷偷問他娘，感不感到委屈，畢竟他娘做了繼室，不但要服侍一個比自己大許多的夫君，進門就當娘，還要每年過年對著原配的牌位行妾室禮，可他娘說不委屈，他娘告訴他，當初家裡的庶女有兩個，一個要送給一個大官做妾，一個要給他爹這個商人做繼室。她的那個庶姊選了做妾室，因那樣以後她的孩子就是官宦子弟，不會成為商賈的後人，而她選了做繼室，這樣她的孩子就不會是庶出，不用像別的庶出的孩子那樣，從一出生身分就低別人一等，一輩子都得被嫡母拿捏在手裡。

她寧願自己的孩子不是官宦子弟，也想把孩子的未來放在自己手裡，護孩子一輩子。

如今她護不住了，她拚命想護著，卻發現自己壓根兒沒這個能力，所以她崩潰了。

林清知道她娘心中的苦，這是一種超脫自己能力之外的無奈，更是對自己無用的痛恨。

林清一滴眼淚滴下來，他娘是無能為力才痛苦自責，一夜愁白了頭，可他呢？他明明有這個能力，他可以去考科舉，雖然不一定能中進士，可舉人還是保險的。現在北方本就因為戰亂剛過，人才凋零，只要是舉人，花些銀子，走走關係，補個小官還是沒問題的。只要做官，他就能更快地接觸到政治上的資訊，就像這次，一個主簿就能提早知道採選的消息，還不小心說漏嘴，可見早就知道了。如果他提早知道，他早就把妹妹嫁出去了，還需要面臨現在的骨肉離散之痛嗎？

可是，就因為他的頹廢，他的懈怠，他的破罐子破摔，此刻他只能眼睜睜看著妹妹去採選，只能看著他爹他娘因為骨肉分離而病倒，只能看著，什麼都不能做。

那是他一母同胞的妹妹啊！從小和他一起長大，一個肚子裡出來的，以後居然要到那個不見天日的地方，給人家為奴為婢。林清突然胸口一陣劇痛，眼前一黑，依稀聽到門口守夜的丫鬟驚叫一聲「二少爺」，就什麼也不知道了。

……

林清在一陣梆子聲中慢慢醒來，剛努力睜開眼，就聽到王嫣驚喜地叫道：「二郎醒了，快叫孫大夫來！」

林清眼前模糊的景象逐漸變得清晰，王嫣正一臉憔悴擔憂地看著他。他剛想說話，張了張嘴，卻發現喉嚨乾啞，說不出話來。

幸好王嫣機靈，看到他張嘴，連忙倒了一杯水餵他喝，邊餵邊說：「你先別說話，你已經昏迷兩天了，水米未進，又起了高熱，幸虧蘇大夫醫術好，昨日忙活了大半夜，才把你的燒降下來。蘇大夫說你勞累過度，又急怒攻心，這才昏倒的。」

林清一聽，急忙抓住王嫣，用喝過水的乾啞聲音問道：「淑兒呢？」他昏迷了兩天，當時官爺可是讓第二日去採選，那豈不是時間過了？

王嫣頓時沉默起來。

林清心中一涼，手頹然落下。

王嫣嚇得趕忙說：「二郎，你要撐住！公公本來提前使了錢，想讓小姑落選的，可是北方適齡的女孩實在太少了，他們居然拿錢不辦事，所以妹妹才選上的，你們真的盡力了！我聽說宮女年滿二十五，只要家人願意親自去宮門口接，使上銀子，還是能弄出來的！」

不過，王嫣沒說，其實入宮的宮女家人都會被官府告知這個情況，可等到宮女二十五歲的時候，真正去接的家人寥寥無幾，畢竟那時已經是老姑娘了，又有幾個家族願意接一個嫁不出去的老姑娘。想到公公婆婆和自己丈夫對小姑的重視，到時傾家蕩產也應該願意接吧，所以她才把這件事告訴林清，就為了給林清一個希望。

林清一聽，眼睛一亮。別人覺得二十五才接出來是老姑娘，無論是聯姻還是什麼，都沒有價值了，可他不覺得，那是他妹妹，就算一輩子不嫁，他也養得起。

至於名聲不好？呵呵，名聲能當飯吃嗎？

再說，只要他能考中進士，有的是人搶著娶他妹妹，這個世界權和錢才是硬道理。

林清突然問王嫣：「淑兒呢？」

王嫣小心翼翼地看著林清，說：「小姑昨日在縣衙參選過後昏倒了，被公公和大伯帶回來就待在屋裡不吃不喝的。公公婆婆和嫂子都在那守著，怕小姑想不開尋了短見。」

林清對王嫣說：「扶我起來，我去看看。」

王嫣忙說：「二郎，你剛醒，你的身體……」

林清搖搖頭，「我沒事，我去看看，要不，我不放心。」

王嫣見林清堅持，只得讓丫鬟去備了軟轎，又幫林清穿了厚斗篷，才和丫鬟一起，把林清扶到軟轎裡。軟轎抬著，林清很快到了林淑的繡樓，王嫣扶著林清下來。

林清和王嫣一進繡樓，小李氏就迎了出來，看著林清，忙說：「叔叔，你剛醒，怎麼來了？身體怎麼樣了，可大好了？」

「已經沒事了，妹妹怎麼樣了？」林清問道。

小李氏嘆了一口氣，「昨兒回來就倒了，後來蘇大夫用了藥才醒，一直呆呆的，滴水不進，今兒個中午娘來了，兩人抱著哭了一場，娘哄了一下午，才用了半碗粥。」

「娘怎麼樣了？」

「娘是為母則強，聽到你和淑兒倒下，今日反倒撐著身子起來了。」

林清沉默了一下，才說：「是我不孝，反而累得娘擔心。」

小李氏知道林清才剛醒，聽大夫說是急怒攻心，擔心林清又難過傷了身體，連忙轉移話題，說：「小姑剛被娘勸了，已經好多了，你要不要進來看看？」

林清點點頭，和王嫣一起跟著小李氏進去。

一進到林淑的閨房，就看到坐在床前的李氏和正呆呆坐在床上的林淑。

看著李氏花白的頭髮，林清心中又是一疼，看著妹妹，不由脫口叫道：「淑兒！」

林淑聽到林清的聲音，突然轉頭過來，喊道：「哥……」然後掙扎著就要從床上下來。

林清上前一把抱住林淑，防止她摔下來。

林淑被林清抱住，彷彿找到了依靠，放聲大哭，「哥哥，我被選上了，我以後再也見不到你了，再也見不到娘了，再也見不到爹了，再也見不到大哥大嫂了，再也見不到二嫂了，以後都見不到了，嗚嗚……」

林清眼淚瞬間就掉了下來，看著哭得無助的妹妹，突然堅定地說：「不會的，妳以後一定還會見著哥哥嫂子，見著爹娘的。」

林淑哭得打嗝，邊哭邊說：「哥哥？」

林清看著林淑，認真地說：「相信哥哥，等妳滿二十五歲，哥哥一定會去接妳回來！」

「可是，就算回來我也成了老姑娘，沒人要我了。」林淑一聽，哭得更傷心。她以前不知道進宮做宮女意味著什麼，可是昨天採選時聽別人一說，她就全明白了。

李氏聽到女兒的哭聲，強打起來的堅強垮了下來，沒有人比她知道二十五歲對於林淑意味著什麼，哪怕能嫁出去，也只能給別人做繼室。想到自己一輩子做繼室，難道她的女兒以後也不得不做繼室？要是不做繼室，就只能嫁給小門小戶，那她的淑兒要受多少苦啊！

李氏只覺悲從中來，抱著林淑又哭了起來。

小李氏和王嫣看到娘倆又哭到一起，想出聲相勸，林清卻快她們一步說：「娘，您且放心，我絕對會讓妹妹十里紅妝出嫁的。」

「可是，這怎麼可能？」小李氏多希望兒子說的是真的，可是她知道這不可能。

林清一隻手拉著林淑，一隻手拉著李氏，說：「娘，沒什麼不可能，在沂州府，一個進士的妹妹，哪怕四十，也有大戶搶著娶，也絕對做得了正室。」

李氏瞪大眼睛看著兒子，不知道兒子在說什麼。

林清摸摸林淑的頭，一字一頓地說：「十二年，淑兒，哥哥一定給妳考個進士出來。」

清晨，西跨院內的榆錢樹下，一個倩麗的身影癡癡地看著斜對面的書房中，一個少年坐在窗邊，正聚精會神地讀書。

「小姐，外面涼，您不進屋去？」丫鬟低聲提醒。

林淑擺擺手，「小點聲，別打擾哥哥讀書。」

自從那日哥哥說要考進士以後給她撐腰，到現在已經一個多月，她也從一開始的傷心，到現在漸漸平靜了，畢竟人只要活著，再大的痛苦也會慢慢變得麻木，日子總要過下去。

家裡也恢復了往日的平靜，雖然每次爹娘看到她還是傷心不已，可也逐漸接受她春天以後不得不進宮的命運，唯一不同的是，剛開始家裡的人，包括她，都以為哥哥是為了一時意氣才要考進士，她甚至覺得哥哥是為了安慰她才這樣說的，畢竟那可是進士，是文曲星。別說進士，就是秀才，林家這麼多年也沒有出過一個，更何況是一直懶散的哥哥。

然而，從第二天起，讓人驚訝的是，一向從不早起的哥哥，居然破天荒在卯時一刻就起了，先開始打拳，打了半個時辰，接著吃飯，吃完飯就去了書房，拿出書開始讀，這一讀，就讀到晌午。晌午吃了飯，休息一會兒，下午又繼續看書，一直看到晚上。

本來他們以為哥哥是一時意氣，誰知他這一讀就是一個月，無論颳風下雨，還是白雪茫茫，哥哥再沒有睡過一日懶覺。

林淑眼睛微紅，雖然她不覺得哥哥真能考上，畢竟有多少讀書人，十年寒窗，卻連個秀才都中不了，可她仍然覺得心裡暖洋洋的。

「淑兒，妳來了。」後面傳來驚訝的聲音。

林淑連忙閉了閉眼，把眼中的淚意壓下去，才轉過身來，看著端著一盅補品的王嫣，勉強露出一絲笑意，「嫂嫂，妳要給哥哥送補品嗎？」

「來，快進來，別凍著。」王嫣林淑拉到旁邊的廂房，「怎麼這麼早就站在樹底下，也不怕凍著。這才剛出正月，天這麼冷。」她說著把補品遞給林淑，「喝點湯暖暖身子。」

「這個是給哥哥的，我怎麼能喝？」林淑推辭。

「不是補品，是燕窩粥，妳哥哥不喜歡喝補品，嫌那個太膩，我就燉了一些燕窩粥，每天早上送去書房給他。他書房裡有個小暖爐，放在上面溫著，他讀書累了就喝一些，省得背書累著嗓子。」王嫣說道。

「那哥哥等會兒喝什麼？」

「放心，我每次都煮不少，每次就送一盅，過一個時辰送一次。」王嫣臉慢慢紅了。

林淑恍然大悟，她嫂嫂送湯是藉口，紅袖添香才是最終目的。

她拿過碗喝了一口，讚道：「嫂子好手藝，這燕窩粥熬得一點腥味都沒有。」

王嫣聽了高興，又舀上一碗給林淑，「妳多吃點，看妳最近瘦得，我那還有好幾個粥的方子，每天換著給妳哥哥熬，妳哥哥說不錯，回去我讓丫鬟把方子送妳一份。」

林淑聽了覺得有趣，她嫂子這是打算拿美食征服她哥哥，想到她哥哥的性子，別說，這法子還真是簡單有效。

姑嫂兩人正說著，就發現林清突然停下來，從屋裡走出來，看到旁邊廂房裡的林淑和王嫣，詫訝地說：「淑兒來了，難怪妳嫂子沒影了。」

每次大課間都有老婆來送愛心暖茶，今兒突然沒了，他還以為出了什麼事呢？

王嫣臉一紅，說：「這不是遇到小姑嗎？」

林清走過來，看著林淑說：「大冷的天，怎麼這麼早就出來？有什麼事，讓丫鬟來叫哥哥就好，妳身子剛好，何必自己跑來？」

「我身子已經好了，正想出來轉轉。」林淑猶豫了一下，還是問道：「聽說昨日哥哥去縣署禮房報名了，還請了五童生互結和廩生具保。」

林清點點頭，「科舉的第一場是縣試，縣試一般在二月由縣官老爺親自主持，考前一個月會由縣署公告考期。昨日縣署已經出了公告，二月四日考第一場，所以昨天我就請家學的夫子幫我找人擔保去報名了。」

林淑咬咬嘴唇，「哥哥，其實你只要有這個心，淑兒就知足了。哥哥，你才讀了幾天的書，別人都從小開蒙，要不……要不，明年再考吧！」

林清知道妹妹怕他剛讀書，考不好受到打擊，就笑著說：「沒事，只是考個縣試，妳放心，哥哥這點把握還是有的。」

林清雖然知道自己有這個實力，可是別人不知道，他家裡人八成都以為他是三分熱度，不過他不打算解釋，畢竟他怎麼解釋都不如去考一場縣試，拿成績給大家看更令人信服。

林清看林淑還想勸，趕忙說：「我知道你們擔心我考不好受到打擊，其實我現在已經成家，這點打擊還是受得了的，再說，你們不讓我考考，我怎麼甘心？」

林淑要勸的話頓時噎在喉嚨裡，最後只能說：「那哥哥你好好讀書，不論考得怎麼樣，妹妹都很感激你，哥哥千萬不要有壓力。」

「放心。」林清說道。

林淑想了想，添了一句：「哥哥，讀書還是要愛惜身體，以後早晨還是起晚一點吧！」

林清笑著說：「沒事，我習慣了，我一向起得很早。」

王嫣：……

林淑：……

這是今年最大的睜眼說瞎話吧？

林清想的卻是：想不到我十年的高中班導生活又回來了，每天早上五點起床，晚上十二點就寢，起得比雞還早，睡得比狗還晚，唉……

林清把妹妹送回繡樓，就又回到書房，看著書房裡的暖爐上又溫著新的粥，笑了笑，看來他夫人剛才又給他補上了。

想到妹妹的擔心，林清知道，其實不止是他妹妹擔心，他的父母也擔心，甚至他的妻子也在擔心，擔心他會因為考不上大受打擊而變得頹廢。

只不過他們不好直接說出來，畢竟他前一段時間剛受刺激奮發向上，他們怕這一說，他受刺激更厲害，所以才讓他現在最擔心的妹妹來勸說。

林清嘆了一口氣，他的父母還是不相信他能考上啊！

不過，這事不能怨他們，得怪他自己。就他平時那表現，誰會相信他能考上進士？別說進士，就算秀才，只怕別人也不覺得他考得上。

想到考進士，林清用手指敲了敲桌子，陷入沉思。如果放在上一世，他確實沒有把握，可這一世，他覺得他還是可以放手一搏。

這倒不是他這一世學問精進了，而是這一世的考試簡單了。

上一世，他正處在朝代的末年，當然他前世活著的時候不知道，由於朝廷重文輕武，所以整個國家文風極重，想當年他去省府參加鄉試時，光是參加考試的秀才就有四千多人，連號房都不夠，最後不得不在考前加試刷人，刷下一半，才開始正式鄉試，而最後只錄取了不到一百人，因為朝廷已經有太多的官員，已經飽和了。

因此，哪怕林清有前世的記憶，第一世也勉強算個學霸，可還是落榜兩次，第三次拚盡全力才吊車尾考中舉人。

這也是他考中舉人，在完成他爹心願，讓他爹瞑目後，為什麼不繼續考的原因。

要是放在前世，別說進士，再讓他考一遍舉人，他都不一定能再次考中，畢竟臨場發揮也是一個重要因素，可到了這一世就大有不同了。

前朝末年外族入侵，北方士族幾乎遭到了毀滅性的打擊，畢竟外族入侵就是為了搶奪財物，而士族身為大地主，積累的財富最多，自然首當其衝。

當年新朝建立時，北方士族幾乎十不存一，甚至百不存一。就算現在建國二十多年，北方士族也沒恢復多少元氣，畢竟人都沒了，想恢復，沒有幾代繁衍，哪那麼容易？再者，當年戰亂導致北方大量典籍散落，更是讓北方的讀書人水準倒退到一個可怕的地步。

現在北方鄉試的難度，比起前朝末年，絕對是一個天一個地。

林清覺得自己現在考個舉人還是非常有把握的，就算他當初吊車尾，也是從四千秀才中殺到了第七十九名，而現在他所在的省，每年省府參加鄉試的才不過千人，這千人比起之前的水準還大大的不如。

至於進士，進士是全天下的舉人都要參加的，按理說林清沒什麼把握。北方雖然受了重創，可長江以南，天塹相隔，當初外族沒法跨過去，南方幾乎沒受什麼損害。南方現在的鄉試，那競爭程度可是比前朝更甚，故而能在南方中舉的，絕對是學霸中的學霸。就算林清再來上一世，也不敢說就能爭得上。

當初新朝初立時，太祖皇帝舉行第一次會試，會試結果出來，榜上的一百八十人，北方舉子竟無一人上榜，而此次主持會試的三位主考官，恰恰全是南人。

會試落第的北方舉人聯名上疏，控告考官偏私南方人。太祖皇帝命人複閱落第試卷，打算增錄北方人入仕，但經複閱後上呈的試卷文理不佳，並有犯禁忌之語。

有人上告說三名主考官故意以陋捲進呈，太祖皇帝大怒，處置了相關官員。同年六月，太祖皇帝親自策問，取錄北方舉子九十人，並將三位主考官全部下獄以平民憤，並規定會試從此南北學子按南北戶籍分榜錄取，始稱南北榜案。

其實在林清看來，當時真不一定是三位主考官徇私舞弊，畢竟三位主考官都是當時有名的大儒，就算稍微偏袒些，也不會做得這麼明顯。

真正的原因，還是北方動亂剛剛平息，北方人都忙著逃命去了，哪有精力讀書？一方準備充分，一方好不容易逃出生天，孰強孰弱，考出這樣的結果一點都不奇怪。

至於為什麼最後把南北榜案最後定為三位主考官徇私舞弊，更多的是政治原因。有時候真相不重要，政治安定才是根本，那麼犧牲三個主考官平復北方舉子的怒氣就不奇怪了。

不過，不管南北榜案到底是主考官徇私舞弊，還是主考官背鍋，反正最後的結果就是南北考生在會試錄取時分別錄取，這樣一來，北方考生的壓力大減。林清估算了一下，他拚命多考幾次，過會試還是有希望的。

至於後面的殿試，這個雖然不分南北，統一由皇帝錄取，可殿試只是排名，他覺得只要過了會試，哪怕最後殿試倒數第一也沒什麼。倒數第一也是進士，雖然是同進士，可沂州府從建國以來，總共就考了兩個進士，還都是同進士，他就算是同進士，也足以排前三，也算得上光宗耀祖，在沂州府可以橫著走了，給他妹妹找個女婿，絕對是手到擒來。

當然，這都還是預估，真正的還是要實際去考，所以從他下定決心要參加科舉後，他就拿出了上輩子當高三班導的勁頭，開始進入備考的複習。

林清重新拿起旁邊的一疊卷子，開始看前幾年的縣試考題。

每年縣試過後，縣令定了名次，便會把榜上有名的學子卷子貼在縣衙外，讓眾位學子觀看，不僅起到督促後進的作用，更能體現縣令改卷的公平性。

這個規定只在縣試中有，府試、院試和以後的考試，就不會張貼了。

他當年還好奇為什麼只有縣試張貼試卷，等到他一路考到舉人就明白了，因為只有縣試的試卷才能夠張貼。

縣試考三到四場，每場不外乎考四書文、試帖詩、五經文，換句話說，就是考比較死板的東西，而這種內容比較好打分，對就是對，錯就是錯，好不好一眼便能看出來，判分不會有太大的爭議，排名也簡單。縣令為了顯示自己改卷的公平性，當然願意貼出來，可府試、院試和以後的考試，策論一添上，那就是各花入各眼了，判分要想讓所有人都心悅誠服就難了，當然不可能公開張貼出來。

也由於這個原因，凡是縣試的試題，一般各個書齋都有賣，林清前些日子出去兜轉了一圈，就把近五年的縣試題都搜回來了。

考前刷題，在任何時候都是有必要的。

林清邊想著邊突然樂起來，好像自從他當了老師以後，就和做題結下了生死孽緣，他不由想起了當初剛入職時遇到的一件妙事。

當年剛開始實習的時候，學校長官要求實習老師們做自己學科近五年的高考題，他做到不會的題目，就拿著去問備課組的組長。組長連題目都不審，只看一眼，就三兩下給他把思路、解題技巧、解題標準答案講解清楚明白，甚至告訴他，哪省哪一年還考過類似的題目，告訴他這個題目在近十年中出現過幾次，每次有什麼變化。

林清當時聽完相當驚訝，感嘆道：「組長，你好厲害，這都能記得住！」

組長神祕一笑，「你以後也能這樣。」

林清搖搖頭，實話實說：「我記憶力肯定沒這麼好。」

組長哈哈大笑，「這個壓根兒就不需要記憶力。」

林清以為組長在安慰他。

十年後，當他淚眼汪汪地看著全國大學物理試卷，他才知道，組長真不是在安慰他。在他把近十年的物理試卷做了不下二十遍，講了上百遍後，心道：我就是豬也能背下來了！

後來，林清接到教育局的調令後，第一反應不是我要升官了，而是我以後再也不用天天做物理考題了。

可惜，理想很美好，現實很骨感，他確實再也不用天天做物理考題了，穿越之後，他改做文言文考題了，而且一輩子不夠，第二輩子還要繼續。

林清看著試卷，安慰自己，起碼他現在算是文理兼修，終於不再偏科了。

肆之章

首戰告捷揚名聲

剛到寅時，正是伸手不見五指的時候，西跨院卻燈火通明。

王嫣將一件件考試用品小心地放進考籃裡，說：「二郎，東西收拾好了，你且看看。」

林清點點頭，又將食物、筆墨紙硯、證明身分的文書，還有禮房發的古代版准考證仔細檢查一遍，「都齊了。」

王嫣說：「現在剛是初春，早晨寒冷，我讓人準備了狐裘，你帶上吧。」

林清想到縣試是在縣衙後院的考棚由縣令主持，不是鄉試中在號房只許著單衣，便點頭道：「我等會兒穿上，還是夫人想得周到。」

王嫣臉色微紅，「妾身祝夫君旗開得勝。」

林清笑著說：「妳放心。」

王嫣幫林清披上狐裘，林清提著考籃，兩人一起朝外院走去。

外院門口有亮光，幾個人正等在那裡，林清定睛一看，居然是爹娘、兄嫂和妹妹。

林清說：「大冷的天，你們出來幹什麼？不是說了不讓你們送嗎？縣試就在咱家門口，隔了不到幾條街，我考完就回來了。」

林父幫林清把狐裘的帶子繫緊，「我和你娘睡不著，就起來看看。你去縣衙考試，好好聽大人怎麼吩咐，無論題會不會做，都不要太緊張，爹和娘不求你考得好不好。」

李氏把手裡的暖爐塞給林清，又摸了摸林清的手，「手這麼涼，怎麼不帶個暖爐？」

王嫣忙說：「是兒媳疏忽了。」

「娘，不用帶暖爐，等會兒帶的東西都要經過檢查，帶的東西越多越麻煩。」林清說。

「不能帶進去就先拿著，進考棚前讓人收著就是，要不這一路多冷啊！」李氏很心疼。

林清想了想也是，便依言收下。

李氏又仔細看了看林清身上穿的，發現足夠厚實才放心下來。

林清看著時間不早了，就對一家人說：「時間不早了，我去了，你們也回去歇歇，初春早晨天寒料峭，千萬別凍著。」

林父說：「讓澤兒送你進考棚。」

「爹，就這麼近，真的不用送。」林清忙說，他家離考棚還沒三里路。

林澤拍拍林清的肩，「行了，讓我送吧，要不，爹娘那不放心樣，還不親自跟去。」

「好吧，辛苦大哥了。」林清點頭。

「辛苦啥？我從小跟著爹爹走商，沒想到今日還能陪著人去考試，也算去長長見識。」林澤對於這第一次陪考還是很興奮的，只是他沒想到從此他就成了專職的陪考人員。

林澤和林清一起上了馬車，林管家也跟著，一起往縣衙趕去。

縣衙前有許多提著燈籠的人，林澤伸著頭往外看，驚訝地說：「一早就有這麼多人？」

「進場前先要在縣衙的耳房搜身，要費不少時間，所以必須早來。」林清說道。

「搜身？這麼冷的天，豈不凍得難受？」林澤抱著暖爐說。

「這也是沒辦法的事，科舉不僅關乎前途，還關乎巨大的利益，就算是秀才，也可以免一家四口的勞役，所以總有不少人鋌而走險，每年都能搜出不少夾帶物。」林清嘆氣。

其實無論是古代還是現代，只要和利益相掛鉤，作弊簡直防不勝防，就像大學考試，從一開始的小紙條，到後來的高科技工具，凡是參加監考的，不是先培訓怎麼監考，而是先培訓怎麼防範作弊。林清還記得當年他第一次監考，在監考培訓時，教育局特地放了監考作弊紀錄片。看完紀錄片，林清的三觀都被顛覆了，甚至好幾天看誰誰都像作弊。

林澤想到巨大的利益，點點頭說：「聽說舉人可以免稅三百畝，還可以免二十口勞役，而進士可以免稅兩千畝，免全族的勞役，要是能靠作弊考上，簡直比販私鹽還暴利。」

林清搖搖頭，「從鄉試開始，題量不但大而且難，要是肚子裡沒有真實水準，拿著書抄都過不了，何況那點夾帶物？其實靠夾帶物作弊不過是許多人想不勞而獲的妄想。」

林清看著進場的人已經快排完隊，就提起燈籠，對林澤說：「哥，我去了。」

「好好考。」林澤拍拍林清的肩膀，給他打氣，「說不定你運氣好，正好考上呢！」

林清哂笑，家人一個個都安慰他，他是不是應該「努力」點，等出了成績嚇嚇他們？

林清提著燈籠，跟著排隊的最後一個人進入耳房，衙役驗過文書，又看過禮房發的准考證，就開始對他搜身。林清主動脫下狐裘、外衣，對衙役說：「有勞了。」

衙役本來就是從縣衙調來的，平時兼職捕快，對搜身倒是手熟。林清脫了外衣後，在林清身上拍了一遍，又在幾個容易藏夾層的地方翻了翻，就讓林清穿回衣服。衙役搜完了身，再把林清的考籃檢查一遍，這才放行。

林清道了聲謝，提著考籃，進入縣衙後院。

林清走後，剛剛搜過林清的衙役見後面沒人，就對旁邊的幾個衙役說：「剛才那位公子居然還對我道謝了！」

「是啊，我剛剛也聽見了。每年咱們被調來做搜身的活兒，這些學子看我們彷彿我們幹了多有辱斯文的事似的，好像被我們搜身是對他們的侮辱。要不是縣令有命，誰願意來幹這樣的活兒？這些學子還覺得自己身上多乾淨，還不是蝨子跳蚤都有。每次我搜完，別管天多冷，都得燒桶水洗澡。」

「就是。不就覺得咱們皂吏是下九流嗎？覺得讀書人高人一等嗎？我呸！什麼高貴？高貴還敢夾帶東西！書本裡的禮義廉恥都不知道，能高貴到哪裡去！」一個衙役不屑地說。

「噤聲，小心禍從嘴出！」旁邊的同僚連忙提醒。他知道同伴去年因為搜身曾被一個學子當著面罵過，心中有怒氣。

那個衙役憤憤地閉嘴。

另一個衙役連忙轉移話題，說：「不知道剛才那位客氣的學子是哪家的公子，老王頭，你剛剛查文書，可記得他是誰？」

老王頭是縣裡的一個文書，本來就是掌管戶籍主簿的手下，所以才被調來確認文書是否是偽造。老王頭摸摸鬍子說：「你們看看他的穿著，難道還猜不出他是哪家的？」

「肯定是那幾個大戶人家，只不過倒不曾見過，所以猜不出具體是哪家。好了，老王頭你快說，別賣關子了。」

老王頭嘿嘿一笑，「就知道你們猜不出，那是林家的小公子。」

「林家？那個鹽商林家？」

「不會吧，咱們沂州府數得著的那個林家？他家不是鹽商嗎？怎麼會有人考科舉？」

老王頭咳了咳，看到幾個人的注意力都過來，裝得很有學問地說：「人家怎麼就不能考科舉？你們忘了，當年太祖征戰南北，曾有晉中商人傾全族之財力幫助太祖籌措軍資，後來太祖建國，可是特地下令准許商人子弟參加科舉，只不過這麼多年極少有人能考得上。」

「再說，」老王頭小聲說：「你們忘了太祖的真實出身嗎？」

眾人一驚，忙點點頭。曾有傳言說，太祖的母親本是商賈之女，後被送到大族做妾，所以太祖從小過得極為坎坷，等到黃袍加身，第一件事就是滅了自己的父族，這也是一直被人詬病的地方。

這事涉及先帝，大家只可意會不可言傳，很快又把話題轉了回去。

「也不知這位公子能不能考中，咱沂州府還從沒聽說過商賈之子來參加科考的。」

「應該考不中吧，聽說商家都是錦衣玉食，吃不得苦，怎麼受得了十年寒窗之苦？」

「那也不一定，既然這位林公子來考，應該有些把握吧？」

「說不定只是來試試呢？」

「能來試就應該覺得差不多吧！」

「覺得差不多的人多的是，今天來的都覺得差不多，可有幾個能考上？」

「可是，那位公子看起來很有把握。」

「誰知道是不是自我感覺良好，畢竟天天有僕人拍馬屁。」

「我說，你怎麼老是跟我抬槓？」

「誰跟你抬槓，我只是實話實說。」

「好了！」老王頭揉著頭喊停，「你們倆天天吵，怎麼也吵不夠，等發案的時候你們去看看，不就知道人家有沒有考中。對了，要是那位林公子考中，你們記得通知我。」

「通知你幹麼？」眾衙役奇怪地看著老王頭，沒聽說老王頭和林家有什麼關係。

「一群笨蛋，當然是趕著去報喜。縣試雖然不會派衙役報喜，可林家是什麼，那是大鹽商，要是他家小公子真的過了，咱去說幾句吉利話，林老爺還能少了咱們的喜錢？那樣的人家，隨手漏一點，都夠咱們吃喝一年的。」老王頭撫著山羊鬍說。

林清可不知道自己剛才道聲謝會引起後面的這些爭議，他進了衙門的後院，就看到一個極大的考棚，座北朝南，最南有東西轅門，圈以木柵，有個大院子，院北為正門，叫「龍門」，龍門後為一片大空地，供考生立院等候喊名。北邊有三間大廳，中間為過道，考官坐西間，等會兒好面東點名。再北有簡易的多排座位，供考生寫作之用。

林清走到龍門後的空地，找了個地方站好，等待考官，也就是縣令點名。

黎明時，院內糊紙燈牌紛紛亮起，眾人安靜下來，這是考官要開始點名了。

果然，沒一會兒，縣令就帶著一幫人進入考棚。林清知道這幫人應該是給擔保的廩生，瞇著眼看了看，發現給自己擔保的廩生來了，林清放下心來。

考官開始點名，在點名前，縣令先告知考試的注意事項，然後告訴大家考試流程，並說：「等會兒凡是被點到名字的學子，入中廳大堂接卷，高聲唱某廩生保，廩生確認後應聲唱廩生某保。如做保廩生對考生有疑，本縣令立即查察或扣考，望諸位莫要行替代之事。」

眾人齊聲應：「謹遵教誨。」然後開始正式點名。

林清聽叫到自己的名字，就進入中廳大堂接卷，立在大堂上，大聲說：「李廩生保。」

上面一位坐著的廩生站起來，藉著光認真看了看他，說：「某保。」

旁邊的文書點頭記錄下來，林清捧著試卷走到北面的考桌旁，按照「准考證」的編號，找到自己的位置坐下，將試卷放到桌上。試卷和裡面的草紙捲在一起，用紅繩綁著。

林清解開紅繩，把試卷理平，藉著微亮的光將試卷從頭到尾流覽一遍，發現題目都從書上看過或者做過，頓時放下心來，將試卷用紙鎮壓好，裹了裹身上的狐裘，閉目養神。

雖然只要拿到試卷就可以開始做題，可現在天還濛濛亮，就算旁邊亮起了燈，視線還是大受影響，與其摸黑做，不如等天完全亮了再做，那時審題也更清楚，不容易出錯。

過了半個時辰，天大亮，林清睜開眼睛，活動活動手，從考籃中拿出筆墨和硯臺，磨好墨，翻出第一張試卷，開始在草紙上做題。

縣試、府試、院試的試卷都是不糊名不謄抄的，卷面整潔，字跡好壞占很大的因素，許多考生第一次考，急忙往上寫答案，即使答對了，有時也會因為字跡潦草有塗改而不中。

林清先把答案寫在草紙上，檢查無誤後才慎重地拿起試卷，謄抄在試卷上。等到全部抄完，這才鬆一口氣。經過上一世變態的科舉，他終於做到連寫十張紙，一字不錯的境界。

謄抄完，林清又檢查了一遍，才拿起試卷上前交卷，縣試是可以提前交卷的。

將試卷雙手呈到考官的案牘上，然後侍立一邊。

縣試和別的考試不一樣，要三天連考三場，可是要想考後邊兩場，第一場必須通過。第一場要是不通過，後面兩場就沒必要也不允許考，所以第一場是立刻出成績的。

縣令拿起林清的試卷，從頭到尾仔細看了一遍，接著抬起頭看林清，問了他幾個問題。

林清回答完，縣令點點頭，在上面用朱砂畫了個圈，又在後面寫了個「上」。

林清知道這是過了，還是上等，這才對縣令行禮後退下。

出了考場，在外面看了看，就看到在旁邊茶棚下坐著的林澤，林清快步走了過去，對林澤喊道：「哥！」

「出來了？」林澤起身招呼林清，又倒了杯熱茶給他，「來，先暖暖身子。」

林清接過水，一口灌下，只覺一股暖氣從胃裡湧出，四肢都熱了不少。

林澤本來想問問林清考得怎麼樣的，但想到林清出來得這麼早，只怕八成是不會做，話在舌頭一轉，就變成了：「既然考完了，就快點回家吧，爹和娘還有弟媳肯定急壞了。」

林清點點頭，「嗯，咱們快點回去吧，回去我吃些東西，歇一歇，明天還要考第二場，這次縣令規定縣試考三場。」

「哦。」林澤站起來剛要邁腳，突然頓住，驚訝地說：「明天還要再考？那你過了？」

林澤本來對這些考試是一竅不通的，甚至不知道縣試要考幾場，可剛剛他在茶棚等林清的時候，茶棚裡都是陪考的人，大家你一言我一語，他也就把縣試流程聽了個八成懂，也知道只有第一場通過了，才能考後面幾場。

「嗯，而且是上等。」林清笑著說。

「上等就是每場只有前邊大約十個才能得上等的那個？」林澤更驚訝了。

林清點點頭，「是啊，而且這次縣令還親自問了我問題。只要以後幾場也是上等，就能去角逐前十名和頭名。」

縣令親自查問可不是縣試的必要流程，一般只有試題答得極好，可能得前十或者頭名，縣令才會親自查問。因為頭名是案首，可以直接越過府試，成為童生，而前十名，在考府試的時候，要在第一排單獨考試，叫做「提坐堂號」，以示榮耀，因此，為了保證前十名有真才實學，縣令通常會親自查問。

「真的？」林澤大喜，問道：「也就是說，你有可能通過縣試？」

「嗯。」林清點點頭。

「要是你這次能通過縣試，再好好學學，過幾年考府試和院試，萬一能過，咱們家豈不是能出個秀才？秀才能免四丁的勞役，咱們家現在就四個男丁，那不是以後都不用每次出錢偷偷找人替勞役，省得上下打點，還怕人告發。」林澤搓搓手，滿臉興奮地說。

林清扶額，很想搖搖他大哥，咱們的要求別這麼低好不好？

林澤拉起林清，說：「快，回去把這個好消息告訴爹娘！」

林清被林澤塞進馬車，一溜煙回到了林家。

一進正院，林澤就高興地說：「爹、娘，弟弟第一場通過了，還是上等！」

李氏一聽林清通過了，連忙把林清拉到旁邊的椅子上坐下，攬著林清，歡喜地說：「老天爺保佑，居然過了，太好了！冷了吧？念珠，快端碗薑湯來給少爺！」然後就開始問林清冷不冷，考得累不累。

林父比起李氏一聽到兒子過了，就別的什麼都不管了，他倒是聽到了大兒子剛才在後面還有一句，就問大兒子道：「上等是什麼？說考得好嗎？」

林澤終於找到聽到自己話中重點的人，當下雀躍地說：「弟弟這次第一場考了上等，我在茶棚裡聽人說，一般能有一場考上等的，剩下幾場只要沒有下等，就一定能通過。」

「你是說，清兒有可能通過縣試？」林父瞪大眼睛。

「是啊，只要下面兩場也能考好，不過，弟弟第一場能考這麼好，下面兩場起碼也能混著中等吧？我聽別人說，三場的難度差不多。」林澤猜測道。

林父和林澤想到一塊兒去了，「清兒才學了這一個月就能過第一場，還可能通過縣試，那要練上幾年，豈不是有可能過府試和院試？」

「對啊，我都沒想到弟弟這麼有讀書天賦。弟弟小時候讀書就好，可是弟弟不想學，現在弟弟想學了，您說弟弟能不能中個秀才？咱們家要是出個秀才，那可就光宗耀祖了。」

林父眼睛一亮。他爹是流民，後來成了私鹽販子，就算他現在是鹽商，士農工商，商也是在最末位，可要是他兒子能有個功名，哪怕是秀才，別人一提起來，也會說就是那個鹽商秀才家的，這絕對算是光宗耀祖，就算他爹在九泉之下，也能含笑瞑目了。

林澤看到他爹動了心，連忙把自己從茶棚裡聽到的像倒豆子一樣複述一遍。

林父聽得眼睛越來越亮，還拉著林清說：「兒子，好好考，咱家光宗耀祖就靠你了！」

林清看他爹高興，正想說：您放心，我一定努力考個進士回來！

結果，他爹大手一揮，中氣十足地說：「兒子，只要你這輩子能考個秀才，九泉之下，爹也有臉見你爺爺了！」

林清被噎住：爹，咱們的期望能不能高一點？您這樣，我很有「壓力」啊！

第二日，林清照例起了個大早，用完早膳，就在林澤的陪伴下，去縣衙考第二場。

相比於昨天的擁擠，今天的人就少了許多。反正早進去也是在露天受凍，點名得等到黎明，所以林清也不急，先待在馬車裡等著最後一個進場。

林澤掀開一條縫，看看外面排隊的狀況，說：「這第一場好像刷下了不少人，昨天我看起碼有上千人，今天好像剩了不到一半。」

「昨天是縣試的第一場，也是科舉的第一場，凡是讀過書的都可以報名，所以雖然只是咱們縣的，人數也不會少，不過，昨天那場只是相當於預選，許多人連四書都沒讀全，來了只是下場試試，今明兩天才算真正的考試。」林清抱著暖爐說。

「那縣試一般會錄取多少人？」看著進去的還有幾百人，林澤緊張地問。

「五十。」林清淡淡地說：「末場考完，等考官將第二場和第三場的考卷改完，就全數拆開彌封，統計成績，按排名順序發案，稱之『長案』。發案用圓式紅紙，取前五十名，從正中第一個寫起，依次將五十個名字寫成一個圓圈，當然也有寫兩圈的，內二十名，外三十名，第一名為內圈正中第一個，故而第一名也叫『案首』。」

「才取五十個？」林澤吃了一驚，「這麼少？」

「不少了。」林清說：「要知道，縣試咱們一個縣就每年取五十名，可府試，咱們沂州府全府每年才不過百名，而院試，三年兩次，每次才錄取五十名。」

林澤本來對林清考秀才覺得還有可能，這一聽，頓時感覺困難重重。

林清好笑地看著他大哥患得患失，明明是他考科舉，可他大哥愣是能弄出一種他自己考科舉，林清陪考的感覺。

林清看著排隊的人已經進得差不多了，也沒時間安慰他哥，匆匆說了一句：「哥，不早了，我去了。」

林澤連忙收拾好心情，鼓勵地拍拍他，說：「盡力而為！」

林清點點頭，提著籃子進了衙門。

經過例行的搜身後，林清進入衙門後面的空地。

紙糊的牌燈重新亮起，縣令再次出現在西間大廳。

這次縣令倒沒有囉嗦地說一堆，而是簡單地說：「諸位學子都是經過初試的，本縣令也不再過多強調，本次考試和上次一樣，天明開考，太陽落山結束，可提前交卷。」

縣令頓了一下，接著說：「不過，此次考試不再按照號牌坐，而是按本官念名的順序，前十者，賜提『提坐堂號』，入座本令大堂，後面則按順序，從東往西依次入座，聽明白了嗎？」按第一場的排名坐，這樣可以把水準差不多的排在一起，減少作弊的可能。

「是。」眾學子應聲道。

縣令拿出一份名單，讀道：「沂州府府城，林清。」

林清聽得一愣，反應過來，連忙應道：「到。」

在眾人羨慕嫉妒的目光中，林清提著考籃進了大廳，接過試卷，然後走到縣令下首，行了一禮，起身說：「學生林清到。」

縣令看了看林清，點頭說：「入座。」

林清拱手道：「是。」接著走到縣令對面的第一個桌子坐下。

坐下後，林清一邊打開試卷，一邊用眼睛偷瞄四周，看著考官的座位正在他前邊，嘴角抽了抽。幸虧他以前當過監考人員，對監考已經麻木，要是換個學子來，還不得緊張死。

當然，在第一桌也有第一桌的好處，那就是暖和。考棚裡可沒有火盆，林清昨天裹著狐裘，還是凍得難受，畢竟寫字的時候手必須露在外面。可是，大廳裡是有火盆的，因為不能讓縣令大人凍著，所以縣令大人旁邊放著兩個大火盆。他一坐過來，就覺熱氣撲面。

林清感覺有點熱，便把狐裘披風脫下，這才解開紅繩，撫平試題，開始看題。

從頭到尾流覽了一遍，發現試題比昨天難了不少，不過沒什麼偏題。林清抬頭，看著大廳裡燈火通明，也就不用等天大亮了，拿起草紙便開始做題。

縣令點完名發完卷子就回到座位，打算喝點茶，潤潤喉嚨。剛才一次點了四百個考生的名，早已口乾舌燥，結果一低頭，就看到林清已經把試卷做到第三頁了。

他忍不住重又站起來，走到林清身邊，看到倒扣在桌子上幾張寫完的草紙，順手拿起看了起來。看完後，暗暗點頭，又把草紙放回原處，也沒說什麼，直接回座位開始喝茶。

◆ ◆ ◆

二月十二，林父一大早就起來了，或者說他幾乎一夜沒睡，一起床，就喊林管家：「去看發案的人回來了嗎？」

林管家瞅了瞅天色，「老爺，辰時才發案，現在離辰時還有一會兒。」

林父搓搓手，說：「今日時間怎麼過得這麼慢？」

林管家心道：您自從知道小少爺提坐堂號考了兩場，還坐在縣令老爺下首，就天天搓著手等著發案，怎麼可能不覺得時間慢？

不過，這話不能說，林管家勸道：「小少爺縣試兩場都提坐堂號，想來通過縣試是沒問題的，老爺，您不用急。」

「我怎麼可能不急？」林父在正房急得團團轉，「成績不出來，我心中不踏實。」

林父轉了兩圈，拉著林管家絮叨：「東子啊，你跟著我二十多年了，你也知道我這輩子啊，也算出人頭地了，可唯獨有一點，我一直耿耿於懷，那就是士農工商，咱們商排在最後面。咱們老林家，祖上雖然沒得吃沒得喝，可那也是良民，是農，到我這輩，雖然我算有錢了，可怎麼都繞不過一個商字，有時候我真覺得愧對林家的列祖列宗啊！」

「如今，清兒眼瞅著能往士裡邁腿了，你說我這心裡怎麼能不急？我天天睡不好覺啊，一閉眼就夢到清兒考中了，再一閉眼，又夢到清兒沒考中，你說我這心裡每天七上八下的，唉，你說，這後兩場怎麼就不能像第一場那樣，一考完就出結果？」

林管家很想翻翻白眼，這他怎麼知道？

林父又說：「東子啊，你說清兒這次能不能中啊？」

林管家嘆了一口氣，這是他家老爺第八十二次問了。

林管家耐心地說：「小少爺說應該沒問題。」

林父又要接著絮叨，就看到林澤和林清從外面走進來。

林父連忙問：「怎麼樣，中了嗎？」

林清一頭霧水地說：「爹爹，你不是派人去看發案了嗎？我才剛從西跨院來啊！」

林父失望地轉頭，看向大兒子。

林澤忙說：「我叫我身邊識字的小廝去看了，還沒回來。」

「唉……」林父嘆了一口氣，去和林管家絮叨了。

林澤看著林清，說：「你也夠沉得住氣的，我都派人去看了，你居然不急，連個人都不派。我今早出去，看到很多考試的學子，天不亮就跑去等發案了。」

「急什麼，反正最後肯定知道。」林清隨意地說：「你和爹爹都派人了，我還派人幹什麼？再說，我不是過來了嗎？等會兒林管家的兒子回來，不就知道了。」

「也不知道到底是誰縣試。」林澤看他爹急得跳牆，他弟在旁邊喝茶，嘆氣道。

過了一會兒，外面傳來一陣敲鑼打鼓的聲音，林父刷一下跳了起來，急問道：「是不是報喜的來了？」

林清放下茶杯，疑惑地說：「縣試不報喜啊，院試才有報喜的。」

林清話音剛落，就聽見外面門房一邊往裡跑，一邊大聲吆喝：「老爺，少爺中了，少爺中了案首，報喜的來了！」

林父和林澤一聽，二話不說就往外跑。

林清愣了一下，自言自語道：「不對啊，縣試是發案，發案時旁邊敲鑼打鼓，眾人爭相觀案，哪有什麼報喜的，難道現在變了？」

林清也趕緊跟上，去看看怎麼回事。

結果，一到前院，隔老遠就聽到一個大嗓門的衙役說：「林老爺，剛才我們兄弟在衙門看到您家公子中了，想到縣試一般不用報喜，可您家公子中了案首，怎麼能沒個報喜的呢，於是我們兄弟就來充當個報喜的，告訴您這個好消息！」

林清腳下一個踉蹌，差點摔倒。

這報喜的，居然還有山寨的？

林父可沒有林清那些心思，在他看來，衙役別家都不去報喜，就來給他兒子報喜，那是因為他兒子得了頭名，很是金貴，尤其來的報喜人還是衙役，衙役是官府的，代表了官方，這可比自家僕人去看再回來報喜，要正式的多。

林父大手一揮，對林管家說：「快拿喜錢來給這幾位差爺！」又喜氣洋洋地道：「來來，裡面請，幾位辛苦了，親自跑來給小兒報喜，老夫在花廳備了薄酒，望各位差爺賞臉。」

幾位衙役收了林管家送來的紅封，偷偷用手摸了摸，裡面硬硬的好幾塊，就知道這是銀子，還是銀錠，掂了掂，比他們一年的俸祿還多，正心花怒放，又聽到林父說請客。雖然林父說是薄酒，可幾位衙役哪裡不知道人家是自謙，定然是上好的酒席，哪有不願意的理，忙說：「讓林老爺破費了！」

林父擺擺手，大笑道：「破費什麼？這樣的破費，老夫還想多來幾次！」

幾個衙役收了林父的喜錢，頓時好話不要錢地往外說，引得林父越發高興。

老王頭是跟著衙役一起來的，衙役是幾個年輕的小夥子，跑得快，他跟不上，等衙役們收完紅封了，他才緊趕慢趕地進了門。

看到林父和幾個衙役往裡走，老王頭心中暗罵：「臭小子們，老子出了主意，也不知等等老子，居然敢獨吞！」

老王頭眼珠子一轉，冒出了一個主意來。

老王頭對著林父的背影叫了一聲：「林老爺！」

林父轉過頭，看著這位翹著山羊鬍的老者，奇怪地問：「您是？」

「老夫是衙門的文書，特來給林老爺道大喜。」老王頭拱手說。

林父一聽，笑道：「您也是縣衙的，來給我兒過了縣試道喜？來來，快請進，正好我這裡備了薄酒，還請您賞臉。」

王老頭卻沒急著跟林父去吃酒，而是拱手說：「老夫來可不僅僅是恭喜林少爺通過了縣試，更是恭喜林少爺連府試都過了，雙喜臨門，可喜可賀，大喜啊！」

「府試？」林父疑惑地說：「我兒才剛剛考過縣試，還沒來得及考府試啊！」

王老頭故作驚訝地說：「林老爺，您的公子是案首啊，難道您不知道，縣試的案首可以不用考府試，就能直接考院試？要知道，普通的學子要考過縣試、府試才能稱為童生，而令公子因為是案首，現在就是童生了。」

林父被這個消息驚呆了，磕磕巴巴地說：「你是說，我兒子不用考府試了，只要再考一個院試，就可以直接中秀才了？」

「這是當然，要不，怎麼說案首金貴？您想別的人都還要累死累活地去考府試，可令公子直接跳過去，這不是雙喜臨門是什麼？」老王頭撫著鬍子說。

「這是真的嗎？」林父還是有些不敢相信。

「老夫在衙門掌管文書二十多年，豈會信口開河？」

林父頓時有一種買了座銀山，一扒開卻是金山的驚喜。

他搓著手，都不知道應該說什麼表達自己此時激動的心情了，正巧看著林清從裡院慢悠悠地走出來，立刻大聲對兒子說道：「清兒，快過來，這位老先生說你考了案首，就不用考府試了，可以直接去考院試，哈哈哈！」

「案首？」林清點點頭，「案首確實可以不用考府試，直接進學，成為童生。」

其實科舉考試真正的流程是院試、鄉試、會試、殿試，對應秀才、舉人、貢士、進士，而縣試和府試只是科舉前的預科。府試考試的內容其實和縣試差不多，或稍難一點，只是府試錄取人數少多了，才顯得困難。

對於每個縣的案首，一個縣都能考第一了，那考府試，只要不出現重大事件，絕對是穩過，所以一般默認為縣案首可以不用考府試，就直接是童生，而非縣案首，必須要經過縣試和府試，才能成為童生。

不過，僅是不用考，而不是不能考。其實許多縣案首都會參加府試，再參加院試，因為縣試、府試、院試都是發案的，第一名都是案首。連中三個案首，稱為「小三元」，這是非常榮耀的事。與之相對的是大三元，大三元為連得鄉試解元、會試會元、殿試狀元者，可自科舉以來，每個朝代幾百年才出那麼幾個大三元，故而大三元就算是許多自認為讀書本事超一流的學子，也沒多大的信心拿下。眾人更喜歡爭奪小三元，畢竟小三元要簡單的多。

林清正想著，果然聽到老王頭撫著鬍子接著說：「不過，令公子倒是應該去試試府試，畢竟要是府試令公子再得了案首，院試也是，那可是小三元，是一輩子的榮耀。」

林父一聽立刻被吸引，忙問：「這話怎麼說？」

老王頭立刻給林父解釋什麼是小三元，林父越聽雙眼越放光，最後拉著老王頭的手，誠懇地說：「聽君一席話，勝讀十年書。來來，快裡面請。東子啊，給王老封個大紅封。來，王老，辛苦您了，再來給我這粗人說道說道。」

林清很無語。這些他都知道啊，他只是還沒來得及說！

看他爹這麼高興，他還是挺開心的。他爹這段時間為了他妹妹難受得吃不下飯，如今能高興些，他也能放心。

對於幾個衙役還有老王頭，林清也很感激，雖然他們的目的是為了討喜錢，可能讓他父母開懷，做兒女的，心裡就只有感謝的份了。

林清召來小廝，讓他去給幾位衙役和那位老王頭再送個紅封，讓他們多陪林父樂呵。

林清又問林管家：「娘那邊讓人報喜了嗎？」

林管家說：「回少爺的話，已經讓賤內去給夫人報喜了。」

林清點點頭，林管家的夫人原來是他娘的陪房，遇到這種報喜討賞錢的事，當然得想著自己的媳婦。既然他娘知道了，他便又去找他哥。他哥剛才急急地帶著小廝往門口跑，也不知幹什麼去了。

結果還沒走到門口，就聽到外面響起一陣鞭炮聲，林清跑到門口一看，看到他大哥正指揮著小廝們在那裡放鞭炮，他大哥還抱著一個大篩子，裡面放了滿滿的銅板，在那裡撒錢。

林清嘴角抽了抽，別人成親都沒這個架勢。

他連忙去拉他大哥，頂著震耳的鞭炮大聲說：「大哥，這會不會太惹眼了？」

林澤正笑得嘴都快咧到耳邊了，大聲說：「惹眼啥？要不是太急了，東街店裡的鞭炮就這些了，我還想給你放三天呢！」

林澤又興奮地說：「咱們要不要擺三天流水席？對了，三天夠不夠？會不會太少了？要不，六天？你可是咱們沂州府第一個中縣試案首的商家之子，我是案首的哥哥，哈哈！」

林清扶額。

哥，大哥，你真是我親哥！

你愛怎麼著怎麼著，反正林家以後是你的，你不怕敗家就敗吧，反正林家不差這點錢！

林清轉身回內院去看他娘，還沒進內院，就聽見他娘的笑聲，還有他妹也興奮地說著什麼，居然還有他二嬸，他二嬸的大嗓門聽得最清楚。

「清兒考到案首啦，那豈不是縣裡的第一名？天啊，我侄子這麼厲害！大嫂，妳以後可是要跟著享福的！淑兒，這下妳還擔心什麼？妳哥哥要是中了舉人，以後沂州府的才俊還不是排隊等著娶妳！」

「嬸子，您慣會取笑我。」林淑害羞卻又心喜的聲音從屋裡傳了出來。

林清聽了，臉上露出笑容，終於鬆了一口氣。

連續幾天，林家都沉浸在林清中案首的喜悅中，林淑甚至開始打扮自己。

林父和李氏驚喜於兩個孩子的變化，身子骨也漸漸好了，不再夜夜難眠。

正當林家開始重新煥發出生機，欣欣向榮時，一個消息迅速在沂州府讀書人中傳開來，頓時如一個驚雷，將眾人驚了起來。

「什麼，說我縣試作弊？」啪的一聲，一枝毛筆在林清手中被折斷。

小廝戰戰兢兢地複述從外面聽到的消息，說：「外面傳您買通了縣令大人家的僕役，僕役透了題，您才中了案首。」

「呵呵，倒是有趣！」林清冷笑了一下，柿子撿軟的捏，這些人真是會挑人。

「清兒！」林父和林澤急匆匆地趕來。

林清放下筆，起身道：「爹，大哥。」

林父一把拉住了林清的手，說：「清兒，別聽那些人胡說，爹爹相信你。這事爹爹來處理，你且放心。」

林澤也說：「弟弟，大哥親自陪你去考的，你肯定是憑自己本事考的，可別聽那些人胡說，那些人是嫉妒你，想汙衊你才這樣說的，你可要沉住氣，不要中了他們圈套，這種事我和爹爹遇到的多了。」

林清鼻子一酸，他爹和他哥還當他是小孩子，什麼事都打算為他出頭。

林清拉著兩人坐下，對他爹說：「爹爹，這事您不用管，我會處理。」

「清兒，」林父急了，「你不知道這裡面的厲害，你要是去和他們對峙，他們會把你繞進去，到時你就是有理也說不清了。乖，這事交給爹爹處理，保准這事很快平息下去。」

林清暗嘆，他爹爹不愧是做生意多年，爾虞我詐見多了，哪怕從來沒經過科考，還是一眼就看出了事情的本質。

誣陷，越描只會越黑。

「爹爹，您放心，我不會出去跟他們對峙的。本來就沒有的事，說的越多只會越讓人找到攻擊的把柄，到時只能深陷其中。」林清說道。

「不愧是我的兒子，一點就透。」林父自得地說：「這事你不用擔心，就交給爹爹，我保證讓這個幕後黑手悔不當初。」

「爹爹，不用了。」林清阻止道。

林父擺擺手，「怎麼不用？我怎麼能讓你受委屈？要是我不出面，他們還真當你是軟柿子，隨他們捏！」

「爹爹，」林清笑著搖搖頭說：「我說不讓您出手，不是想息事寧人，也不是懶得惹麻煩，而是這事真不用理會，因為有人會處置，並且會非常認真地處置。」

「誰？」林澤好奇地問。

林清冷笑道：「當然是縣令大人。那個幕後黑手，大概想不到，他這流言，困的可不是我，而是咱的父母官老爺。」

「這是怎麼回事？」林澤問道。

林清淡淡地說：「自有科舉以來，就有作弊事件不斷發生，畢竟作弊背後有著極大的利益，因而歷朝歷代對科舉舞弊事件懲罰得極重。前朝重文輕武，天下讀書風氣重，因為眾人極力抬高讀書人的地位，所以前朝作弊尤甚從前，因此前朝高宗皇帝曾經下令：凡在鄉試及以上科舉中作弊者，連坐九族，在鄉試以下科舉中作弊者，革除功名，永不錄用。」

「這麼狠？」林父和林澤一驚。

林清說：「不狠怎麼能杜絕作弊之風？不杜絕作弊之風，怎麼能保證科舉的公平？如果連國家唯一的選士都出現了信任危機，那是會動搖國之根本的，皇帝怎麼能不狠？」

林父想到別人的誣陷，恨恨地說：「這幕後之人心思這麼惡毒，居然想毀了你！我非得找出這個人，讓他知道我們林家不是吃素的！」

「狠是狠，卻是個蠢的。」林清譏諷道：「當初高宗下旨後，科舉確實為之一清，那幾年由於檢查得嚴，堪稱科舉最公平的。可沒幾年，上有政策，下有對策，作弊手段永遠是與時俱新的，想作弊的人開始不自己作弊了，轉而找人幫忙，而這個人就是考官，尤其是主考官，於是高宗十五年，出現了當時震驚前朝的會試洩題案。」

「此事一出，天下皆驚，高宗皇帝大怒，主考的考官全部下獄，舉子被捕達上千人，幾乎全被處死或流放，後世稱為『乙未舞弊案』。此次事件後，高宗再次下令，凡考官者有故意洩題漏題等循私舞弊的，連坐九族，發配邊疆。無意漏題洩題的，考官剝奪官身，永不錄用。本朝科舉制度沿襲前朝，並無改動，所以這些律法仍然適用，如果按流言說的，我偷偷賄賂縣令大人的家僕，家僕洩題給我，那縣令大人這可算得上是無意洩題漏題，爹爹，您覺得現在誰的麻煩大？」

這簡直想都不用想，當然縣令老爺更急，畢竟他要面臨著丟官，削為平民，永不錄用。

林父和林澤頓時放下心來，有時候天塌了，有高個子頂著，確實很安心。

「這些人也夠蠢的，這種流言都說得出來。」林清嘲諷道：「也不知道這些年的書是不是讀到狗肚子去了，這科考作弊是律法中明文規定連坐的幾條之一，居然都記不住，而律法是策論必考之一，也不知道這些人策論是怎麼考的。」

林清突然頓住，這才想到了一個非常現實的問題：縣試不考策論啊！

別說縣試，就連府試都還考不到策論，只有院試才剛開始考策論，還考得很簡單，只是按格式寫規範的策論。直到鄉試，策論才變成主要的考試內容，也成為篩選考生的重要條件之一。而等到會試，策論則成了大頭。至於殿試，皇帝只出一題，那就是策論。

這些考生又不是像他這樣，考完舉人再倒回來考縣試，策論已經做得溜熟，更是被鄉試逼得「上知天文下知地理，中曉律法，明聖意，懂時政，運籌帷幄之中，策論信手而來」。

這些人還連童生都不是，四書五經不一定讀全，更別說鄉試策論才涉及的律法了。

林清扶額，別人都是遇到了豬一樣的隊友，他這是遇到豬一樣的對手了？

林清突然很想為縣令大人掬一把同情淚。

被這麼一群法盲碰瓷上，您今年還真是流年不利啊！

「清兒，」林父見林清突然沉默，連忙緊張地問：「可有什麼不妥？」

「沒有不妥。」林清嘆道：「只是覺得咱們的縣令大人非常倒楣。」

林父開始還沒覺得，聽了林清一說，發現這縣令還真是倒楣。

「那咱們就這麼什麼都不做？」林父還是問道。

林清搖搖頭，「過幾天是縣令大人為考中的學子舉辦的宴會，到時縣令大人必定有所表示，咱們做了也是多餘。」

林父囑咐林清說：「這事瞞著你娘和你妹妹，別讓她們擔心。」

林清點點頭，他娘和他妹妹剛心情好了兩天，這事確實還是不要讓她們知道的好，而且她們在後宅，消息也傳不到後面，讓她們知道，只會徒惹她們擔心。

三日後的學子宴，林清身著嶄新的青衫，手持白玉摺扇，風度翩翩地出現在縣令主持的學子宴上。他先向縣令行禮，然後坐在縣令下首的第一位。

縣令看著林清泰然自若，從容淡定的表現，不由點點頭，不愧是他選中的案首，無論氣度、學識，果然都是上上之選。

在縣令眼裡，林清是心中無愧的表現，可在某個學子眼裡，林清就是太過囂張，尤其在得知林家居然因為林清得了縣試的案首，就在林府外擺了整整六天的流水席，更是又嫉妒又不甘心。嫉妒林清一出生就是富商之子，從小吃喝不愁，他卻不得不為生計奔波，更不甘心本來應該是他的案首，卻被一個從沒聽說過的商賈的兒子得去。

林清感受到身邊那個帶著赤裸裸惡意的目光，恍然大悟。他就說嘛，誰會這麼無聊，造謠生事，原來是縣試的第二名。

嗯嗯，身為老二，他這個第一確實有被恨的理由！

林清懶得理他，就這心態，再加上他幹的事，除非他本身確實有才，又背景硬，否則他這輩子就只能是白身了。

僅憑那幾句流言，縣令就能恨死他。被父母官恨著，呵呵，自求多福吧！

縣令說了幾句鼓勵眾學子的話，就吩咐開宴，一時間觥籌交錯，熱鬧非凡。

林清優雅地拿起勺子，舀起桌上一個銀盞中的豆花。不愧是醉香樓的掌勺，用豆腐雕的花都能這麼逼真。放到嘴裡，入口即化，又滑又嫩，果然是醉香樓的招牌菜。想到當初他第一次去醉香樓吃的時候，還打算把這個掌勺挖到他家去的，誰想到人家自己就是老闆，他只能放棄這個不切實際的想法。

林清正想著那個掌勺好像有個小徒弟，不知道能否把他挖來，就聽到他身邊的那個老二突然開口，關切地對林清說：「最近在下聽說很多關於林賢弟不好的傳言，覺得有礙林賢弟的清譽，林賢弟不如自辯一下，也好不讓自身聲譽受損。」

林清……

挖著坑讓我跳，還一臉誠懇地說為我好，真是難為你了！

林清放下勺子，從袖中拿出一塊絲帕擦了擦嘴，這才笑著問：「不知這位兄台貴姓？」

對面的人表情一僵，他可不信身為同科學子，他又排在第二，林清會不認識他，只以為林清高傲，看不起他，不過還是說道：「在下李懷。」

「原來是李兄，幸會。」林清點頭。他還真不知道人家叫什麼，誰叫他連發案都沒親自去看，而去看的僕人小廝，看到他得了案首，就忙著回來討喜錢，怎會注意他下邊是誰。

李懷舊事重提地說：「我這幾日聽外面風言風語的，真是為林賢弟擔心壞了，有心替林賢弟辯解兩句，又怕不了解情況，不如林賢弟趁學子宴給大家解釋幾句，也好別再讓流言滿天飛，惹得大家對林賢弟有什麼誤會。」

林清輕笑，淡淡地說：「流言？在下怎麼沒聽說過有什麼流言？」

李懷一臉恍然大悟，「對了，林賢弟一直沒參加過文會吧，所以才不知道學子之間的一些消息。這怨為兄，沒聽說過林賢弟大名，所以也沒有給林賢弟帖子。」

「文會？」林清右手拿著白玉摺扇，用扇背輕拍左手。

「不過是在下和一些志同道合的同窗好友組成的，平日討論些學問，在下不才，忝為會長。」李懷嘴上說得客氣，神情卻很是自得，顯然對自己能做會長很是驕傲。

林清點點頭，看來這應該是縣裡成績比較好的學子的一個小圈子，李懷應該是圈子裡功課最好的，平日很受追捧。

李懷看著林清點頭，以為林清也想加入，就表現得為難地說：「按理說，林賢弟中了案首，也該讓你加入的，可你也知道，這些日子外面有傳言，你這個案首來得不大正當，所以會裡有些人對林賢弟心存疑慮，為兄也不敢給林賢弟入會的名額，不過，要是賢弟能自證清白，為兄一定說服文會裡的其他人，讓林賢弟入會。」

李懷看著林清，他的文會是全縣最有名的，裡面功課好的也最多，許多學子都想加入。他以前沒聽說過林清，知道林清應該沒加入任何圈子，如今林清一舉成名，想必很期待得到眾人的認可。

李懷正等著林清開口，打算端端架子，卻不想聽到林清驚訝地說：「李兄，我想你可能誤會了，在下並沒有想加入你那個什麼文會的想法。」

接著，他聽到林清咕噥道：「我一個童生，吃飽了撐的，加入一個連會長都還是白身的文會幹什麼？」

「你說什麼？」李懷瞪著眼問道。

林清捂了捂嘴，彷彿剛才是不小心失言，「不好意思，李兄，我這人比較直，不太會說話，我是覺得，你一個連府試都沒過，童生都算不上的，就能當那個什麼會的會長，可見那個會不怎麼樣。我覺得你還是把那個會解散算了，老老實實多讀點書，說不定府試還能考好一些，混個童生當當。我以一個過來人的經驗告訴你，心思太雜，可是會影響學業的。」

李懷聽著林清明面勸導，實則譏諷的話，只覺有一股怒氣從胸中往上翻，口不擇言地吼道：「你一個作弊得來的案首，有什麼資格嘲笑我？」

此話一出，周遭猛地一靜。

坐在主位上的縣令皺皺眉，發話道：「何事爭執？」

林清還沒開口，李懷就搶先說：「回大人的話，學生最近聽聞一些關於林案首縣試作弊的事，就勸林案首能將前因後果交代清楚，也好給在坐的諸位一個交代，可不想林案首不但不以為意，反而對學生多加譏諷，學生氣不過，才大聲了些，驚擾了大人和各位同科。」

眾人轉頭看向林清，縣令問林清：「他說的可是屬實？」

林清這才說道：「李兄確實剛才告訴學生有關流言的事，不過，學生身正不怕影子斜，並不覺得這件事有什麼困擾，李兄卻一直非常『熱心』要學生解釋。學生感激他的熱心，就勸他不要理會流言，把心思放在學業上，省得影響府試。」

「噗嗤！」一聲輕笑從李懷的另一邊傳來，林清往那邊瞅了一眼，看位置，應該是此次縣試的第三名，可惜林清也不認識。

結果，那位第三名不但大庭廣眾下笑出聲來，居然還插嘴道：「李懷，你自己沒考過人家，就覺得人家縣試作弊，要人家解釋。你是有多大的臉，憑什麼讓人家解釋？還有，那作弊的傳言，不會是你自己傳出的吧？」

「江炳，你別血口噴人！」李懷氣得臉色漲紅，卻也只敢反駁一句。

「我血口噴人？在縣學裡，誰不知道你李懷平日裡最妒賢嫉能，誰考得比你好，你就在別人背後說別人壞話。」江炳悠然地說。

林清一聽，敢情這李懷天生就是小心眼啊，不過這縣試可不是自己學堂裡的考試，可不是能讓你隨便在背後拿著說的。而這江炳能在縣令大人沒有問話的情況下就插嘴，顯然是個有背景的，想到對方姓江，他手中的扇子一頓，這傢伙不會是沂州府知府家的公子吧？

李懷被江炳戳到短處，氣得一佛出世二佛升天，偏偏江炳背景深厚，他不敢懟，險些憋出內傷，轉頭看向林清，發現林清悠閒地在看戲，一腔怒火當下轉移到他身上，「所謂空穴來風，無風不起浪，既然別人都說你這案首來路不正，難道不是有問題嗎？」

「都說？」林清驚訝地說：「我只聽你一個人說過，難道還有別人說？誰啊？」

李懷一噎，不甘心地轉移話題：「難道別人說的，你買通縣令大人家的家僕，讓他給你透漏試題不是真的？要不是真的，你為什麼不敢說？」

「哈哈哈！」江炳用筷子敲著碗大笑。

「你笑什麼？」李懷皺著眉說，語氣卻弱了三分。

江炳挑眉說：「我笑有人出身不好，眼皮子淺。不但眼皮子淺，還沒見識，朝廷曾有規定，小到縣試，大到會試，一旦確定考官，從出題起，考官就要被上級派來的教官監視，並且考官從出題到放榜，不得私自回家。縣令大人從被定下考官的一刻起，便被我爹和學政派的教官看住，吃住在縣衙，林家怎麼可能去買通縣令大人的家僕，就算買通也沒用啊！」

眾人恍然大悟，他們雖然都經過科考，可畢竟只是自己被搜身，只知怎麼防學子作弊，卻不清楚對於考官監控。就算是林清，他上輩子也只是考試，對古代主考官具體如何防範洩題也不明白。只有江炳這樣的，父親做知府，參與監考，或者主管監考的才知道。

想到現代的考試保密制度，林清點點頭，看來古代科舉保密也有相通的地方。

林清偷偷看江炳一眼，一開始他還以為江炳和李懷有什麼過節才懟李懷，如今看來，江炳應該是故意的，目的就是為了澄清流言。

林清看了看縣令，想來他們縣令應該是知府的人。

李懷頓時啞了，他只是看著林清奪了本該屬於他的案首，心有不甘，才想像以前在學堂那樣，偷偷在背後放些流言，畢竟作弊這種事，壓根兒無法自證清白，就算不能扳倒林清，也能噁心噁心他，出一口惡氣。誰知這縣試裡面還有這些門道，不僅沒噁心著林清，反而差點把他給繞進去。

李懷正要說些自己誤信流言的話，為自己開脫，卻聽到上首的縣令說：「身為讀書人，明辨是非是第一要務，如果天天人云亦云，那就是枉讀聖賢書。」

李懷臉色一白，縣令大人是在指責他呢！

縣令的話剛落，江炳就大聲接道：「縣令大人說的是，我爹也從小教導我，讀書明理，要是連理都不知道，這書也不用讀了。就李懷這樣的，連最基本的明理都不會，還讀書幹什麼？這樣的人就算考，我爹也不會錄取，省得給我爹丟人。」

李懷一聽，本來蒼白的臉立刻變得慘白，身子更是搖搖欲墜，又看到旁邊林清不屑的眼神，頓時眼前一黑，往旁邊栽倒。在倒下的一刻，心裡只有一個念頭：江炳的爹，江知府，一府之主，正是府試的主考官！

他這輩子都過不了府試了，他完了！

縣令的隨從快速過來，把昏倒在地李懷拖走，甚至還把李懷坐的席位撤了。

眾人心中一凜，李懷昏倒被扶出去很正常，可席位被撤，這寓意可就大了。

這是直接把李懷踢出學子宴了。

難不成這流言真是李懷放的？要不然為什麼撤他的席位？

縣令見現場有些冷場，打算說幾句話和緩一下氣氛。

「本官雖然只是監考了縣試，可也算爾等的座師，爾等要是有學業方面的問題，也可提出，本官會盡力解答。」

身為府城駐地的縣令，他和偏遠地區的舉人縣令不同，他是正兒八經的兩榜進士。雖然只是同進士，可教導這些連童生都不是的學子，絕對是給他們臉面。

眾人一聽，都躍躍欲試，希望能得到縣令的賞識，要是能拜入縣令門下，那就更好了。

縣令看了林清一眼，說：「你是案首，那就從你開始吧！」

林清想了一下，起身躬身行禮，「縣令大人，學生想問府試和院試的時間。」

鄉試和會試的時間是固定的，除非朝廷出現重大變動或加恩科，否則是不能變的，可府試和院試是地方決定的，雖然府試每年一次，院試三年兩次，具體時間卻常有變。

縣令知道林清既然縣試得了案首，那學問肯定到了，必然一鼓作氣，把府試和院試考出來，就說道：「府試是四月十日，過幾日知府大人就會向各縣統一發佈告，不過今年知府大人避嫌不做主考官，會由府裡別的大人做考官，至於院試，三年兩次，今年正好是科試，只是院試是提督學政大人一人主持，從濟南府開始，到咱沂州府，正好也是四月，府學已經得到消息，定於四月十二。」

「那今年的府試和院試，沂州府正好撞在了一起？」林清問道。

縣令點點頭，「正是如此。」

見林清有些猶豫，縣令說：「本官建議你還是考府試，雖然案首不用考府試，可你剛過縣試，院試需要加策論和雜文，而府試試題內容和縣試類似，只是稍微難一些，憑你的學識，再中個案首不難。而下一場院試是歲科，正好隔一年，這一年多的時間，你可以去府學研習策論和雜文，過院試更有把握，說不定，咱們縣裡又可以出一個小三元。」

林清知道縣令這麼說是為他好，可如果他這次不考院試，那隔一年，就是後年才能考院試。明年是鄉試的時間，今年不考，這鄉試就得再推三年，到時耗的時間太多了。

林清拱手道：「學生願意考院試，還望大人到時幫忙出文書。」

縣令看著林清，搖搖頭說：「你這麼急著考院試，怕會適得其反。再說，你不願中個小三元？你要是考了院試，就再也沒機會了。」

林清說道：「學生意已決。」

縣令無奈，「隨你吧。」然後讓左右拿來筆墨紙硯，寫了文書後用印，遞給林清。

林清雙手接過，退回席位坐下。

縣令不再看林清，心中暗嘆：是個好苗子，可惜太急功近利了。

林清將文書小心摺好放到懷裡，縣試案首雖然默認可以不用考府試，可要直接參加院試，還是得有縣令的文書，大體就是這個學子非常優秀了，足夠有考院試的水準了。

◆ ◆ ◆

「什麼，你不考府試，直接去考院試？」林父驚訝地說。

林清回到家，把準備越過府試考院試的消息一說，卻遭到了家裡幾個人的反對。

「對，今年的府試和院試正好撞在了一起，所以我打算考院試。」林清說，把府試和院試的時間跟林父和林澤解釋了一下。

「可是，院試比府試難的多，我聽人家說，許多府試過了的，考好幾次院試都過不了。許多童生之所以成不了秀才，就是卡在院試上。聽說院試的內容和縣試府試不太一樣，好像加了許多別的，是，是……」林澤插嘴道。

林澤以前從來不知道科舉有這麼多門道，可自從他弟弟參加科考後，林澤對科考的關注瞬間提到了一個前所未有的程度，對科考的了解自然有所增加，當然，比較專業的問題上，還是有些欠缺。

「是策論和雜文，加了這兩樣。」林清補上。

「對，就是這兩樣。」林澤立刻點頭說：「我聽人說，這兩樣可難了，許多童生在府學學好多年都過不了。」

「哥哥，你放心，府試只是考最簡單的策論和雜文，並不是很難。」林清心裡默默說，比起鄉試，那簡直就是個入門級。

林澤見林清好像很有把握，就問道：「那你覺得你能過院試嗎？我可聽說考試要一鼓作氣，要是遇挫可不好，很容易沒了銳氣。」

「院試，」林清堅定地道：「必過！」

林澤不再反對，自從陪弟弟考試後，他就對弟弟有一種盲目的信任。既然弟弟能過，那他也就不說什麼了。

林清轉頭看著他爹，「爹爹，要是這次我考府試，院試三年兩次，那只能後年考院試，明年的鄉試我就不能參加了，只能推下一次鄉試，這樣會浪費三年。」

林父頓時有些動搖，卻還是說：「能考上鄉試的都是舉人老爺，是天上的文曲星下凡，那麼難，你能考上嗎？還不如多等幾年，更有把握。」

林清暗暗翻白眼，要是舉人就是文曲星下凡，那天上得有多少文曲星？

「就因為鄉試難考，更應該多留些時日多考幾次。爹，我今年都十六了，如果今年考府試，後年考院試，再過兩年考鄉試，您算算我到時多大了，我還能再考幾年？爹爹，您今年都四十多了，難道不想親眼看到兒子中舉人，甚至中進士？」

「想！」林父用力地點頭。

「所以，今年考院試是最好的選擇。」林清總結道。
「可是，可是……」林父很為難。
「爹，您有什麼話直說，兒子和您又不是外人。」
林父有些失落地說：「你不考府試，不就得不了小三元了？我前些日子剛去祠堂給你爺爺上香，說你可能會中小三元的。」
林清簡直想給他爹跪了，他都忙著為考舉人安排流程了，他爹還在糾結小三元。小三元再好，也只是個秀才，舉人才是實打實的官身功名啊！
林清拉過林父，開始扒著手指頭算帳：「爹，要是我現在考過了院試，我就是秀才，秀才可以免四口丁役，咱們家，你、我、大哥和小小，從此以後就不用找男丁替勞役了，也不用賄賂管勞役的官吏了，可要是我考府試，那就得兩年後才能免。」
「而且，要是我今年考院試，明年考鄉試，僥倖中了，那身為舉人，可以免稅三百畝，還可以免二十丁的勞役，到時咱們林家整族的勞役就都免了，可要是晚三年考鄉試，您算算這得要虧多少？」
林父頓時更猶豫了。
林清再接再厲，「爹爹，我要是明年中了舉，後年就可以參加會試。要是再僥倖中了，過了殿試就是進士，進士可以免稅兩千畝，還可以免全族的勞役，那以後您無論有多少個孫子，都不用服勞役，也不用交各種人頭稅，您算算這是多少？再者，一旦考中進士就可以做官，爹爹，您難道不想有個做官的兒子？」
提到孫子和當官，林父直接猶豫得搖搖欲墜了。
林清趁機問：「爹爹，您現在是不是覺得我今年考院試好？」

林父晃晃有些暈的頭，說：「其實，我還是覺得你考府試更穩妥些。舉人和進士你也說是僥倖，我這心裡還是不踏實。再說，我真的覺得小三元不錯，你能給爹考個小三元，爹就這輩子無憾了。」

林清看著林父灼灼的目光，頓時有些頭疼：我怎麼還沒把您忽悠過去呢？

林清最後把他爹丟給了他娘，他娘一向無條件支持他的任何決定，而他娘僅用了一晚上的枕頭風，就輕鬆搞定他爹。

林清心道：果然是鹵水點豆腐，一物降一物！

於是，林清立馬進入院試的備考中。

如果說縣試和府試是一個考試等級，只是錄取比例不同，那院試則是更高一層，它是科舉的第一個正式考試，更是成為秀才，踏入士族的第一個關卡。

因此，雖然人們經常把縣試、府試、院試連在一起，但院試考試的難度絕對比前面二者難得多，無怪許多童生一輩子卡在院試上，成為別人口中的「老童生」。

院試之所以難，就是因為它在縣試、府試的基礎上加了雜文和策論。

雜文不是雜亂無章的文，恰恰相反，雜文指的是各種公文，有著嚴格的公文格式。

院試一旦過了，就是秀才，而秀才作為最底層的士族，已經可以進入縣衙等做個文書或者混得好弄個主簿當當，故而會撰寫公文是其基本的素質要求。

這也是為什麼打官司一般找秀才寫狀紙，因為不到秀才，不過院試，根本就接觸不到雜文，連狀紙的格式都不知道，又談何會寫？

至於策論，也是如此。身為秀才，就已經是讀書人，而讀書人豈可不知道朝廷大事？秀才不出門，能知天下事，不是隨便說說的，而是必須知道。不知道就寫不出策論，就過不了院試，就不可能成為秀才，更不要說後面的鄉試。

所以，林清一確定要考院試，就開始狠刷雜文和策論。

考過院試的都知道，得雜文策論者，得院試。

◆◆◆

四月十二，沂州府院試。

「清兒，你不要帶些東西嗎？」林父緊張地圍著林清打轉。

林清搖搖頭，把考引仔細放在懷裡的內兜裡，這可是准考證，不能丟了。

他對林父說：「爹，院試不同於前面的考試，院試除考引，別的一律不許帶，就連筆墨紙硯都是官府提供的。」

「原來是這樣。」林父聽了點點頭，又問道：「那你這次要考幾場？考到什麼時候？家裡要不要準備什麼？」

「院試分帖經、雜文、策論三場，分別考記誦、辭章和政見時務。頭兩場各考一天，第三場策論要考兩天，每場間隔一天。家裡不用準備什麼，您要是不放心，去把蘇大夫請回來吧，萬一我考試時不小心有個頭疼腦熱的，也好不亂了手腳。」林清說。

「呸呸呸，說什麼不吉利的話！」李氏把林父擠開，對兒子說：「兒啊，你放心地去考試，娘在家給你準備好熱水，蘇大夫也給你請回來，你放心吧！」

果然還是他娘比較靠譜，林清笑著說：「娘，有您在，我放心。」

林父不甘被擠在後面，探頭說：「那一場要考一天，要不要府裡去送飯？」

「不用的，第一場、第二場的午飯，府衙會直接送去，學政為了防止作弊，是不會讓任何東西被送進考棚的。就連第三場的被子，也只能是考棚的。」林清說。

林父這才作罷。

林清吃完飯，看時間不早了，就和林澤一起坐馬車去了院試的考棚，至於躍躍欲試想要陪考的林父，被李氏拽回了正院。

李氏表示：兒子去考試，你一個當爹的瞎摻和什麼？跟著去不是讓兒子緊張嗎？

林澤和林清坐著馬車往府學趕，不同於縣試的考棚在縣衙，院試的考棚是在府學內，是標準的號房。好在離林清的家不算太遠，一刻鐘就可以趕到。

還沒到府學，遠遠就看到萬頭攢動，林澤嚇了一跳，「怎麼這麼多人？比縣試還多？」

林清掀起馬車的簾子看了看，「縣試只是一縣的啟蒙學子，院試卻是沂州府、兗州府、徐州府三府一起，而且縣試的學子只要兩三次考不過，就會直接放棄，但來考院試的，前面已經考過縣試和府試了，只差一腳就邁進秀才了，哪怕五六次不過，很多人也不放棄，所以歷年積累下來，怎麼可能不多？你看看旁邊那個老大爺，比咱們爹年紀大，還在考。」

林澤轉頭果然看到一個五六十歲的老人家，正在兒孫的服侍下等著考試，嘆道：「怪不得人家都說老童生。不過，怎麼是三個府，不是咱們沂州府？」

「府試只是一個府的考試，而院試是一個區域，咱沂州府和兗州府、徐州府是一片，每次院試，在三府之間輪著，上次是徐州府，這次是沂州府，下次就是兗州府，這也是為什麼我想這次考的一個原因，畢竟這次院試在家門口，要是等下次，就要去兗州府考了。」

正說著，卯時一刻到了，府學的大門開了。

數千名童生聚攏到府學門口，在衙役的安排下排隊，打算依次接受初查，進入府學。

林清跳下車，摸了摸懷裡的考引，對林澤揮揮手，「哥，我去了。」

林澤握了握拳頭，說：「盡力而為！」

在四名執燈小童的帶領下，學子們分別進入四個考區，在門口再次接受軍士的搜身檢查後，方才最後進入考棚，按考引尋找自己的號房。

林清進入號房後，外面的軍士關門落鎖。

他打量了一下號房，看著這不足三坪的號房，嘆了口氣：從這一場開始，以後的科考就要在號房進行了。

林清伸手摸了摸椅子和桌子，發現雖然看著舊，卻沒有多少灰塵，看來之前有人專門打掃過了。他放下心來，坐到椅子上，等著監考官發試卷。

院試的監考官是學政，全稱為提督學政，主管一省教育科舉，簡稱學政，俗稱學台，是由朝廷委派到各省主持院試、歲科兩試，並督察各地學官和生員的官員。

學政由翰林院或進士出身的官員擔任。

林清腦中過了一遍主考官的訊息，感嘆：古代能做主考官的，果然本身都是硬碴！

沒一會兒，外面漸漸亮了起來，林清從桌前的小窗戶，看見幾位官員帶著幾個手捧試卷的軍士，一個號房一個號房地往裡遞試卷。

到了林清的號房，一個官員拿著綁了紅繩的考卷，從小窗戶中遞進來。林清趕忙起身，雙手接過，並躬身行了一禮。

官員點點頭，帶著軍士去發下一個。

林清把試卷小心地放到桌子上，拆開紅線，把試卷展平，開始看題。

第一場是帖經，要求通三經以上，通五經者為上上，《孝經》和《論語》為必選。大經的《禮記》、《左傳》可選一，也可都選。中經的《詩經》、《周禮》和《儀禮》可選一經或二經。小經的《易經》、《尚書》、《公羊傳》和《穀梁傳》可選一經，按指定段落默寫。

林清從頭到尾仔細地看了一遍，鬆了一口氣，雖然這個學政出的題量有些大，卻沒有什麼偏題怪題，比起他上一世的那個變態學政好多了。

林清看完試卷，揉了揉眼睛。號房裡的窗戶有些小，看得有些費眼，而且為了控制統一考試的時間，現在還沒有發筆墨紙硯，就算想做題也沒法做。

林清打算先閉目養神，等會兒好更有精力做題。

過了約半個時辰，天色大亮，林清才聽到敲窗聲，睜開眼一看，有個軍士把考籃遞了進來。林清連忙接過，行禮道謝。

拿到考籃，他立刻打開看，裡面是筆墨、硯臺和草紙。

林清把硯臺和墨取出來，研好墨，這才拿起草紙，開始答題。

他先做《詩經》和《論語》的部分，這部分是必做題，也是最好答的。

做完了必做題，林清開始看《禮記》和《左傳》，這個雖然可以二選一，可是要想取得好名次，就必須全做，所以其實也算是必做題。

再下面是中經的《詩經》、《周禮》和《儀禮》，可選一經或二經，林清為了保險，選了《詩經》和《周禮》，這兩本他背得更熟些。

最後是小經，林清選了《尚書》，按照題目要求，熟練地默寫了要求的那一段。

全都答完後，林清鬆了一口氣，看看天時，快到中午了，他打算趁著午飯前，把草紙上的答案再檢查修正兩遍，這樣就可以將下午的時間都用來謄抄。

院試監考的是學政，是兩榜進士，對試卷要求比縣試和府試嚴格多了，只要有一點塗抹的痕跡，名次就會下降好幾個。要是因為謄抄扣了分，哭都沒地方哭。

林清把草紙從頭到尾檢查了兩遍，發現沒有任何錯誤，這才把試卷和草紙收起來，放到考籃，以防等會兒吃飯的時候不小心碰到油汙。

看了看外面的天光，正好正午，看來等一下就應該有人來送飯了。

想著上一世院試吃到的乾餅，林清摸摸肚子，雖然不是很好吃，可做了一上午的題，真的好餓啊，就是不知道這次是什麼，希望能好吃一點。

沒過一會兒，果然有個軍士提了一個大食盒從窗臺往裡塞。林清起身接住，看著這個勉強塞進來的大食盒，愣了愣。午飯的量好像有點大，難道是學政體恤，怕他們考試餓著？

林清好奇地打開一看，當場呆住了。

食盒裡面，左邊放了三張單層大圓煎餅，右邊放了三根蔥。

林清腦中突然冒出幾個字：煎餅卷大蔥！

林清：……

呵呵，他們沂州府院試的伙食，果然清麗脫俗得毫不做作！

可是，醬呢？

蔥能發汗解表，祛風散寒。

煎餅口感筋道，耐飢扛餓。

煎餅卷大蔥，鮮香開胃，便於貯存。

可是，醬呢？

煎餅卷大蔥不蘸醬，考官就不覺得少了點什麼嗎？

林清正想著，又有個軍士伸手遞了一個碗進來，然後用壺給他倒了碗水，並說：「大人囑託，各位學子小心用餐，莫要沾汙考卷。」

林清忙應道：「是。」

軍士點點頭，給下一個號房送碗和水去了。

林清喝了一口水，暗道：看來不用等醬了，考官大人肯定不會讓這種有可能弄髒考卷的東西出現在號房的。

他拿起一張煎餅，打算把它折疊一下，突然手一頓。看著這薄薄的煎餅，突然明白為什麼考官要讓吃煎餅了，這煎餅絕對是防止食物夾帶其他東西的利器。

每次科考由考棚提供食物時，考官都要面臨一個問題，就是食物夾帶。

要想提供食物，就得有人做食物，而考官監考又不可能自帶一隊廚娘，所以食物一般由當地縣衙或府衙提供，這樣一來，食物夾帶就成了科考另一個可行的作弊手段。

許多考官為了防止食物夾帶，最常用的方法就是把食物弄碎，上一世林清考試時就是這樣，雖然是乾餅，其實卻是碎餅。每塊餅切成手指肚大小的方塊，一人一碗，省得裡面不小心放了紙條。

林清把一張煎餅拿起來，對著陽光一看，由於煎餅很薄，別說在裡面塞紙團，連整個餅都是透的，有什麼看得一清二楚。

林清也明白為什麼這些煎餅都不疊了，因為疊了就有夾帶的可能，所以考官才寧願選個大些的飯盒，就為了讓煎餅都是單層的。

林清搖搖頭。考官為了防範作弊，還真是費盡心機啊！

這樣最好，防作弊越嚴格，對於他們這種憑真本事考的才越公平。

林清拿起煎餅，捲成一個卷兒，再把蔥扒去外皮，放在煎餅裡，咬了一口。

嗯，味道不錯！

除了有點累牙。

林清吃了兩張煎餅卷大蔥，又喝了一大碗水，就覺得差不多了。拉了拉號房上的紅繩，沒過多久，一個軍士走過來，來收食盒和碗。

林清趁機說：「這位軍爺，學生想要方便一下。」

軍士點點頭，「我只管收食盒和碗，另一隊兄弟管這個，我收完東西，替你去叫。」

軍士離開一會兒，果然來了三個軍士，一個給林清開門，兩個陪著林清去茅房。

林清知道這兩人不僅是要監視他，還有相互監督的意思。

跟著兩個軍士去了西南角的茅房，解決完生理問題，林清回到號房，先閉目養神了一刻鐘，這才拿出試卷和草紙，開始認真地謄抄。

謄抄雖然不用像做題時那樣一直思考，可為了謄抄得乾淨整潔，林清還是費了極大的心神，一直到了傍晚，才將整個試卷謄抄完。

看著謄抄完的試卷，林清鬆了一口氣，等墨跡乾了，他又仔細檢查了一遍，確認沒有問題，就拉了拉號房的繩，繩外面的鈴鐺響起。

兩位陪考官帶著幾個人走過來，林清將試卷放到考籃，從窗口遞出去。

陪考官讓後面的軍士接過考籃，當場指揮身後跟著糊名的工匠，現場糊好名字。兩位陪考官檢查無誤，就招手讓人把後面的楠木箱子抬過來。兩人分別從身上拿出一把鑰匙，各自打開箱子上的兩個鎖，將林清的試卷放進去，又當著眾人的面鎖好。

至此，陪考官才讓軍士把林清的號房門打開，讓軍士監督著林清出了考場。

林清在門口就看到蹲在馬車上的林澤，林澤也正緊盯著府學的大門，一看到林清出來，連忙從馬車上跳下來，跑到林清面前關切地說：「感覺怎麼樣？累不累？」

「還行，第一場而已，累不著。」林清說道。

林澤看了看林清的臉色，放下心來，「看來你身體還不錯，剛才我看到有幾個年紀比較大的人被抬出來了。」

「第一場就有堅持不下來的？」林清驚訝地說。

「可不是？」林澤說：「考到中午時，就有兩個昏倒了，一個是中暑，一個是頭暈。」

「這才四月就中暑？」林清嘴角抽了抽，今天最高氣溫才二十來度吧？

不過，想到院試比縣試和府試嚴格許多，題量又大，有些人緊張也沒什麼奇怪的。

林清說：「哥，咱快回家吧，吃完東西我好休息。」

「嗯嗯，快走，你後面還有兩場，要養精蓄銳。」林澤連連點頭，和林清上了馬車。

回到家，林清先去正院看了爹娘，說了一下今天考試的情況，就回西跨院洗了個澡，吃了點王嫣熬的粥，倒頭就睡。

伍之章

喜逢故人話前塵

「今天是最後一場了。」林澤再次陪考在府學門外，說：「人越來越少了。」

「前天考雜文，許多人覺得沒考好，今天這場就不來了。」林清從容地說。

「這場要考兩天，你注意身體。現在雖然過了初春，但早晚還是很冷，你們又不許穿夾襖，可要當心，別受了寒氣。前兩次是白天考還不算冷，這次是夜裡。」林澤叮囑道。

「放心，雖然只許穿單衣，可我讓嫣兒準備的都是厚料子的衣服，還是很暖和的。」

林澤聽了笑著說：「弟媳也是聰明，居然用羊毛紡成線給你做衣服。我也讓你嫂子給我做了一件，脫了夾襖穿也輕便。」

林清笑笑，當他知道院試在四月，又有夜場後，就考慮保暖的問題。沂州府四季分明，春天晝夜溫差大，雖然院試只待一夜，林清卻不想委屈自己。就想弄著保暖的衣物，而他最先想到的就是羊毛衫。

羊毛製的衣物，古代本來就有，尤其北方一些遊牧民族，衣物幾乎都是羊毛羊皮做的，而中原地區之所以不用，一是因為中原本來就少養羊，百姓更願意養牛，因為牛能耕地，二是羊毛有味道很難去掉，有棉花蠶絲這種乾淨漂亮的原料，人家吃飽了撐的弄羊毛幹麼？

就算保暖，羊毛再好，也比不上棉襖，所以很多人家裡哪怕知道羊毛羊皮可以做衣服，也很少用，最多弄個坐墊，既防潮又耐用。

只是科考一旦進號房，為了防止夾帶，只能著單衣，羊毛保暖的性價比就顯現出來了，林清才和王嫣提了關於做毛衣的方法。

王家不愧是開布莊的，林清只說了個大概，王嫣不僅找了工匠把林清要的羊毛去味紡成毛線，還織成了布和毛衣，問林清要用布裁衣服，還是直接織，甚至問要不要染色，王嫣躍躍欲試地想在林清的衣服上繡個「鴛鴦戲水」。

林清：……

因此，有時比純手工，現代人還玩不過古代人。

林清想著怎麼保暖怎麼來，裡面一件是絲綢的內衣，外面套了毛衣，毛衣外再套毛線布裁成的衣服，最外面則套了一層厚錦緞面料的袍子。除非晚上突然來了寒流大降溫，否則他穿這些直接在號房睡都沒問題。

府學的門開了，林清整整衣服下車，對林澤說：「今天你先回去吧，明天再來接我。」

林澤點點頭，「小心身子。」

由於這是院試的最後一場，考的又是策論，所以一進考棚，林清就感覺到考棚的氣氛緊張了許多，有些學子在跟著軍士進號房的時候，手都是抖的。

林清進了自己的號房，沒過多久就有考官開始發試卷。

考官一般是從一邊開始發，林清的號房在中間，當林清不斷聽到接了試卷的號房傳出的抽氣聲和不小心打翻椅子的聲音，一向淡定的他也開始緊張，不知考官出了什麼變態題目。

過了好一會兒，林清才看到考官的身影出現在小窗前，遞進來一疊試卷。

林清幾乎是虔誠地接過試卷，等考官走後，就急忙小心翼翼地打開試卷，心中祈求，可別出什麼變態的題目。想到當年，他們院試時學政出題太變態，連舉人都無從下手。他幾乎是踩著線過了院試，為此他僥倖了好久。

林清把紅繩解開，展平了試卷，看到了最上面的策論題目。

這一看，林清愣住了。

靠！學政，你出重題了，這題目他當年院試時考過啊！

看到這道題，他就知道為什麼前面的學子會倒抽冷氣甚至失態了。

這次的策論出的題目是一首詩，毫無疑問，是讓學子根據這首詩寫一篇策論。

題目是：洞房昨夜停紅燭，待曉堂前拜舅姑。妝罷低聲問夫婿，畫眉深淺入時無。

這首詩的意思很簡單：昨晚舉行婚禮，夫妻入了洞房，第二天一早要到堂上拜見公婆。新娘梳妝完後羞羞答答地低聲問丈夫：「我畫的眉毛顏色深淺符合現在流行的樣式嗎？」

這就是為什麼很多學子看到考題抽氣的原因，這是一首閨房詩，寫的是女子要見公婆，心情忐忑，小心求助丈夫的詩，寫的是夫妻間的閨房之樂。

這首詩要不是在考場上，很多學子會哈哈一笑，覺得這女子很有情調，可這是院試啊，是科舉啊，還要根據這首詩寫一篇策論。

很多學子幾乎要崩潰，難道要寫篇策論探討女子的心態，或者男子應該怎麼哄老婆？

林清聽著旁邊號房傳來跺腳聲和桌椅移動的聲音，直到主考官大聲喊道「肅靜」，號房才徹底靜下來。林清搖搖頭，這情景和他當年考院試時出奇的相似。

他重新拿起試卷看起這首詩，這首詩雖然是一首閨房詩，卻不是為了討好公婆，討好夫君，而是為了討好主考官，這其實是一首科舉自薦詩。

說起這首詩，就不得不說這首詩的背景。這首詩是唐朝舉子朱慶餘在考進士時，向當時著名的詩人張籍詢問自己能否科舉得中的詩。

唐代的科舉考試不糊名，考官在錄取進士時，不僅看文章的好壞，還看舉子的名聲，所以大凡參加進士考試的，有一個雖不成文卻頗為實用的流行性做法，那就是考生在試前往往憑著某位很有聲望的人士引薦，致使他很快便被主考官關注，從而順利取得功名，這就是當時流行的所謂行卷。

朱慶餘也在科舉前將自己寫的許多文章送給當時詩人張籍，希望他能幫自己宣傳。

朱慶餘當時雖然送了很多手稿給張籍，可還是心中忐忑，不知自己是否可以中進士，於是做了一首詩，想試探一下自己是否可以中進士，而這首詩就是考題上的這首，名為《閨意現張水部》。

這首詩其實是朱慶餘將自己比作新婦，將張籍比作新郎，將主考官比作公婆，問：我將要考進士，您看看我的這些手稿，符合主考官的喜好嗎？

之所以寫得這麼隱晦，是因為當面問別人自己的文章好不好很失禮。最妙的是，張籍看到朱慶餘的詩後，哈哈一笑，當即也作了一首《酬朱慶餘》答道：「越女新妝出鏡心，自知明豔更沉吟。齊紈未足時人貴，一曲菱歌敵萬金。」

在這首詩中，他將朱慶餘比作一位採菱姑娘，相貌既美，歌喉又好，因此，必然受到人們的讚賞，暗示他不必為這次考試擔心。

朱的贈詩寫得好，張也答得妙，文人相重，酬答俱妙，可謂珠聯璧合，成了詩壇佳話。

因此，這首詩雖然是閨房詩，卻實打實寫的是科舉。不僅應景，寓意也是極好的。

最重要的是，這道題不難，因為沒有具體要求，所以這道題破題有很多種，可以寫文人相重，重視學才，也可以寫這種作詩手法的高明之處，還可以批判一下不糊名的壞處，甚至可以討論應不應該毛遂自薦。反正只要搭上邊，都沒有問題。看得懂題目的話，身為童生，泛泛而談的寫篇策論是不成問題的。

前提是，你得看得懂題目。

要看不懂，這題就歪到南牆根了。

林清按了按額頭，想著該怎麼破題。

上一世，他看到這個題目時，也和其他學子一樣懵了，不過當時他留了個心眼。科舉考試有些內容是一定不會考的，例如閨房詩，只要主考官不腦抽，就不會出那種有爭議的題，畢竟閨房之私怎麼能拿來科考，尤其還是院試的考場，可當時他又確實想不出這首詩有什麼寓意，當時就寫了個萬金油策論。

科考中的人都知道，有一種文章表面看起來華麗無比，高端大氣，可要真正研究下來，就會發現整篇文章都是泛泛而談，其實啥都沒說。

林清當時在猜不出考題是什麼意思時，就寫了這樣一篇文章。這樣的文章肯定得不了好名次，可那時大多數人都寫錯的情況下，起碼林清這篇文沒明顯錯誤，所以他最後壓著線過了院試。而這一世，既然他知道了這首詩的背景，也知道如何破題，自然不會寫前世那樣的萬金油。他想了想，決定從文人相重這個角度寫，畢竟這個話題最安全，最不容易犯忌諱。

林清磨好墨，先在草紙上打草稿，寫了一會兒，突然頓住，想到了一個問題：這位主考官不會是當年和他一起考院試的吧？

對了，主考官叫什麼來著？

第二天下午，林清拖著疲憊的身體出了考場，一出府學的門，就被幾個人圍住。林清抬頭一看，居然是他爹、他哥還有他家的管家。

林清打了個哈欠，問道：「爹、哥，你們怎麼都來了？」

林父扶住林清說：「清兒，你沒事吧？」

「沒事，就是好睏，被子太髒了，我看得噁心就沒用，直接睡床板。床板還是我的桌子板拆下來的，硌得我沒睡好。你們怎麼都來了？讓哥來接我就行了。」林清說道。

林父看了林清幾眼，小心翼翼地說：「你感覺還好吧？就一場院試，別放在心上。」

林清聽這話有點不對味，奇怪地說：「爹，您怎麼了？」

「那個，那個……我聽說這次的院試有些難，怕你心裡不痛快。」林父努力想找個不那麼刺激人的說法。

林清愣了愣，「這次考題不難啊，只是策論有點偏。」

林清想到策論，有些想笑地說：「爹，您不知道，我們這次考了一首很好玩的詩，那首詩乍一看是寫閨房之樂，其實寫的是科舉……」

「什麼？」林清還沒說完，就聽見後面一聲吼。

林清氣得直接轉過身，對後面的人說道：「吼什麼吼，你想嚇死人嗎？」

那個人走到林清面前，紅著眼說：「你說最後那道策論寫的是科舉，不是閨房之樂？」

「那是唐代行卷的一首有名的自薦詩，在《全唐詩》中非常有名，你沒讀過嗎？再說，院試是科考，考什麼閨房之樂？主考官又不是有病。」林清說道。本來他不想這麼刺激人，可無故被嚇一跳，任誰語氣都不會好。

那個童生面色從漲紅到蒼白，又從蒼白到發青。

林清突然覺得自己說得有點過分，這人一看就是沒作對題。人家剛科考失利，自己剛才說的又有點重，這人不會被刺激壞了吧？

林清打算說兩句心靈雞湯緩和氣氛，還沒開口，就看到對方猛地拔腿就跑，以百米的速度，撲通一聲，跳到了府學前面的護城河裡。

跳河自殺？

林清傻眼了，立刻就要往前衝去救人。

天啊，他一句話就把人家刺激得跳河了！

林清剛跑兩步，就被林父和林澤一人一邊地拉住。

林清急道：「爹，那人被我打擊得跳河了，我得快去救他，您別拽我啊！」

林父抱著林清，大聲地道：「不用救！」

「怎麼不用救？人命關天啊！」

林澤趕忙說：「二弟，真不用救。今天出了考棚，府學已經有不下四十個人跳河了，府學的山長早就派人在旁邊拿著網等著撈人。我看他們跳河跳得心驚膽戰，才把爹也叫過來，就怕你跟著學。我聽府學的人說，他們每次大考考不好就跑去跳河，他們都跳習慣了。」

林清僵硬地轉頭看著他哥，又轉頭看他爹。

林父語重心長地說：「兒啊，你要想跳，咱們回家裡浴房跳，爹燒溫水給你跳。」

林清：……

林清還是不放心，拉著他爹和哥去前面看。

有一個穿著長袍的夫子正拿著戒尺揍幾個剛爬出水的學子，一邊揍一邊說：「書到用時方恨少，早不好好讀，現在知道跳河了，都滾回去給我把《全唐詩》抄十遍！平日叫你們多讀點書，你們卻都在偷懶！」

幾個學子一邊用手護著頭一邊躲，叫屈道：「院試本來就只是考帖經、雜文和策論，又不考作詩，怎麼能怪我們？」

「難道怪老夫？」夫子吹鬍子瞪眼地罵道：「回去抄二十遍！」

幾個學子抱頭逃竄。

林清嘴角抽了抽，其實人家的心理素質還是很好的。

沂州府府衙。

一隊軍士抬著十個大箱子進來，領頭的軍士抱拳說：「學政大人，全部考卷帶到。」

學政沈茹點點頭，「這些日子辛苦王參軍了。」

「分內之事。」王參軍說道。

學政旁邊的江知府起身對王參軍說：「府衙已經備好了薄酒，將軍這些日子為我沂州府操勞辛苦，還望莫要推辭。」

王參軍知道這是例行的答謝，也沒推辭，帶著兄弟跟著府衙的人去了後院。

江知府送走了王參軍，對學政笑著說：「學政大人這次出的題，可是難倒了我沂州府的不少學子，他們可是抱怨了此次秀才太過難考。」

沈茹笑了笑，「這次沂州府、徐州府和兗州府三府錄取秀才五十人，本就是定數，與本官出的題難易沒什麼關係吧？」

「雖是這麼說，可我等只怕背後挨罵不少。」江知府打趣說。

沈茹聽了哈哈大笑，「反正罵也是罵本官，本官也不會掉塊肉。」

旁邊一個老者插嘴道：「沈茹，你這傢伙就是小心眼，自己當年被這道題卡了一下，現在就出這題來難為這些小娃娃。」

江知府不由看向這位老者，沈茹是由禮部侍郎出任提督學政，從二品，雖然主管一省科舉教育，卻實際上是京官，相當於欽差大臣，所以哪怕他是四品大員，手掌一府政令，在沈茹面前也得畢恭畢敬，只敢開個玩笑，拉近些關係。而老者卻直呼學政的名字，這身分就不得不讓人側目了。

沈茹好像看出了江知府的疑慮，介紹說：「這位是崇陽書院的山長蕭山長，此次他帶領十位弟子來協助閱卷。」

江知府一聽，神情一肅。這蕭山長雖然不是官場中人，可崇陽書院是四大書院之一，朝中有不少大員可是出自崇陽書院，而蕭山長能成為崇陽書院的山長，本身就是一方大儒，難怪學政大人對他如此尊敬。

江知府連忙說：「不知大儒來此，有失遠迎，是本府的過失。」

蕭山長擺擺手，撫了撫鬍鬚說：「本來就是朝廷徵召，大家為朝廷盡力而已。再說，能讓優秀的學子從科考脫穎而出，也是一件幸事。」

每次院試，由於科考人數過多，朝廷會徵召五百里以外的書院的夫子來輔助學政審閱試卷，以保證院試可以公正進行。江知府本來以為這次來的也只是一些書院的教習，卻沒想到來了個大儒，頓時有著意外的驚喜，忙說：「山長親至，是沂州府學子的福氣。」

三人客套完，沈茹說：「這次三府童生不少，前兩場的帖經和雜文，就麻煩蕭山長帶來的教習們。最後的策論，蕭山長、江知府就和在下一起看。」

蕭山長和江知府點點頭，策論最重要，改題爭議也最大，交由別人改他們不放心，畢竟院試這件事，他們擔的責任最大。

沈茹見兩人同意，就讓幾位陪考官先用鑰匙把密封的考卷箱子打開，先讓其篩選掉第三場策論缺考的，又將策論沒答的，或者字跡不清的篩掉。再將格式不對，有忌諱的篩掉，這才把剩下學子的試卷拿出來，讓十位教習先領走帖經和雜文的試卷，三人才開始閱卷。

江知府看著還沒改就被篩下大半，有些尷尬地說：「吾沂州府的文教還是有些不足。」雖然考生考得差不是他的問題，可身為一府之主，文教也是他掌管的範疇，他也得擔責。

沈茹搖搖頭說：「江知府過謙了，哪裡的院試不是學子只要過了童生就拚命來考，哪怕明知道自己沒這實力，也想來碰碰運氣，因此，考卷水準參差不齊也不足為怪。再者，北地本來就缺少名師，連書籍都多有不全，哪能怪到江知府身上？」

江知府也知道這事本來就怪北方底子弱，可在上司面前，主動承擔責任比推脫強多了。

三人快速閱看試卷，每人將每張試卷看一遍，畫圈的接著傳給另一個人。三個人都畫圈的，留到最後再決定名次。

三人花了兩天才把上千份策論看完，從中選出二百份，又綜合帖經和雜文的成績去掉一百份，最後剩下一百份，用來排名。

第三日，到了最後定成績的時候，沈茹、江知府和蕭山長鬆了一口氣。兩天的時間，他們看了上千份試卷，如今終於快要結束了。

沈茹讓人將一百份考卷平放在屋裡的案牘上，看著擺滿屋的卷子，沈茹先挑出二十份一看明顯就有不足的試卷扔了出去，然後說：「剩下的，咱們開始排名吧！每人挑二十份，最後再來定名次。」

江知府挑了兩個寫得不錯的拿著，接著往前走，走了兩步，看到一份熟悉的考卷，當下腳步一頓。之所以對這份試卷熟，倒不是因為他通過字跡認出是誰的試卷，而是改卷時，他看著這份試卷做得不錯，就按流程畫了個圈，然後遞給沈學政，而沈學政看到這份試卷時呆了一下，才接著開始改。

江知府注意到了沈學政的異樣，心裡嘀咕：難道這份試卷是沈學政認識的人寫的？

不管怎樣，江知府還是把這份試卷拿起來。這份試卷做得不錯，絕對可以上榜。要是真是沈學政認識的，那肯定是他那個層次的人，說不定是哪位大人的晚輩回祖籍考的，也許可以趁機拉拉關係。想到這裡，江知府又把這份卷子放到了第一位。

一個時辰後，三個人各拿了二十份卷子出來。

院試的五十名，就從這六十份試卷中選出。

沈學政說：「先出案首吧！」說著，把自己排的第一位的試卷放到案牘上。

蕭山長和江知府也跟著將自己心目中的第一名放上去。

蕭山長年紀最大，故先開口說：「這三份考卷無論破題、文采、書法都是上上之選，要老夫看，都可當案首。」

另外兩人點點頭，蕭山長接著說：「沈學政手裡這份，立意新穎，文采還可以，只是字稍嫌不足。」當然也不是字不好，只是三份一對比，就看出不足。

沈學政說：「蕭山長點評得很是。」

蕭山長接著說自己這份，「這份文采極佳，書法也還可以，卻是有些老生常談。」他說完，開始點評江知府那份，「論破題，這篇不算新穎，但言之有物，文采不錯，書法在這三人之中也偏上。」

蕭山長看著沈學政，說道：「要取實，就取江知府這篇；要取穩，就取老夫這篇；要取新，就取您這篇。」

沈學政的視線從三份考卷上掃過，掃到最邊上那份，看到那熟悉的字體，眼神暗了暗，說：「取實吧！」

本來院試的主考官就是學政，而三份試卷又相差不大，既然主考官定下，剩下兩人自然沒有異議，就把其他兩份定為第二名和第三名，然後排出剩下的四十七份。

除了前十名是廩生外，其餘的相差不大，自然好排名。

沒到中午，三人就排好順序，叫來陪考官，在眾人的監視下，開始糊名發案。

等到沈茹用紅紙將圓案寫好，讓府衙的官差敲鑼打鼓地送飯到府學外後，江知府就熱情地招呼沈茹和眾位陪考官、閱卷人員一起去後衙用餐。

眾人忙了半天，早就飢腸轆轆，就跟著江知府去了後衙。

酒足飯飽後，蕭山長出去更衣，江知府看到桌上只剩下沈茹一個人，就低聲問道：「沈學政可是認識鹽商林家的人？」

他本來以為這次案首應該是某位大官的子嗣，可等到去了糊名，發案時才發現，居然是他府的富商之子，不由有些失望，卻也更好奇為什麼學政會對一個鹽商之子那麼關注。

「鹽商林家？這是誰？」沈學政喝著茶疑惑地問。

「案首就是鹽商林家的二公子。」江知府試探地說：「學政大人很欣賞這位案首？」

沈學政看著江知府的表情，就知道自己閱卷時的失態被人瞧去了，不過這人他不認識，也不犯忌諱，就說道：「不認識，只是那字看著有些眼熟，所以多看了兩眼。」

「不知是？」江知府以為那字像某位大人。

沈學政淡淡地說：「一個故人，死了二十多年了。」

江知府噎住。

◆　◆　◆

林清回來後，就覺得自己好像忘記了一件重要的事情，想了想，才猛然想起，自己考前忘了打聽主考官是誰了。

按照一般的科考潛規則，大家科考前都會打聽誰做主考官，然後搜集他平時寫的文章，或者他當初科考的答卷，以便在科考答卷時不要犯了主考官的忌諱，甚至有一些考生會主動寫合考官觀念的文章，以討主考官喜歡，畢竟科考改卷的名次是由主考官定，主考官的喜惡很大程度上影響學子的名次。

不過，這次林清參加院試比較匆忙，他又對自己能過院試有信心，再加上他的文章寫得中正平和，不太可能犯忌諱，也就沒有打聽主考官是何許人也。

這次看到考題，他才有了懷疑，難不成這考官是當初和他一起考院試的人？

林清扳著手指算了算，他當年是前朝末年中的舉人，中完舉人，他爹就了了心願，沒幾天就撒手人寰，他就開始守孝，結果第二年的開春，他還在家裡守孝，就被人一刀砍死了。

一閉眼，一睜眼，十年過去了，就到了新朝開元五年，他出生在了沂州府的鹽商林家。當年他如果不死，現在也才四十來歲。

想到當初發卷時，無意瞥見主考官的那一眼，大約好像是四十來歲，可惜他當初注意力光放在試卷上，也沒注意到主考官長什麼樣。

林清想想也就放下了，這二十多年都過去了，就算這主考官是他當年認識的人或同窗，現在也是物是人非，認不認識又有什麼差別呢？

於是，林清懶得去打聽，就在家裡一邊等院試的成績，一邊開始準備妹妹入宮的事。巡撫已經發下通告，沂州府採選的宮女，將於五月初由府衙派人送到京城。

自從接到通告，林家就又亂了起來，李氏又病了一場，只是沒兩天，李氏就拖著身子起來，開始幫女兒準備入宮的東西和各種囑託。

「淑兒，妳一定要記住，宮裡不比家裡，一定要處處小心。無論看到什麼，聽到什麼，都要當作看不見，聽不見，記住了嗎？」

「娘，我記住了。」林淑咬著嘴唇，努力不讓自己哭出來。

「萬事莫出頭，無論別人再怎麼爭強好勝，妳都要忍，千萬不要逞強，爭一時意氣。」

「是。」

「還有最重要的一點，就是別動歪心思。宮裡寂寞，多少人耐不住寂寞，就想著得寵，可沒有家世沒有背景，那就是無根之萍，受寵時風光無限，一旦失寵，除了死或冷宮，再無他法。當年娘的那幾個堂姊中，就有一個無論姿色教養都是上上之選，入了宮，受了恩寵，開始幾年還讓太監捎些東西回來，可沒幾年，什麼音訊都沒有了，所以，妳要記住，別羨慕那些妃嬪，她們一旦失寵，可能連宮女都不如。」

「娘，您放心，女兒知道。自古帝王多薄幸，女兒不傻，女兒會安安穩穩地在宮裡待十年，等爹爹和哥哥去接。」說到這裡，林淑的再也忍不住，抱著李氏哭道：「娘，您一定要記得宮裡還有一個女兒，您一定要記得讓爹爹和哥哥去接淑兒！娘，淑兒不要老死在宮裡，變成孤魂野鬼！」

林淑一哭，李氏也忍不住了，把林淑摟在懷裡哭道：「我苦命的兒啊，我的心肝，娘怎麼會忘了妳？娘到時就算砸鍋賣鐵，也會去接妳回來！」

兩人正哭成一團，一個婆子突然跑了進來，進門就大喊：「夫人，大喜啊！二少爺中秀才了，報喜的人來了！」

李氏和林淑的哭聲猛然一頓。

正在外院的林父，一邊拿紅封給報喜的衙役，一邊讓林澤去外面放鞭炮，還轉頭問林管家：「清兒呢，怎麼不見人影？報喜的都來了，他不在，怎麼接喜報？」

林管家擦著汗說：「剛才去西跨院的小廝說，二少爺這些日子見夫人和大小姐睡得不安穩，一大早就去天音寺上香，為大小姐求平安符，現在還沒回來，小的已派人去叫了。」

林清此時正跪在佛前，默默地念著經文，祈求佛祖能保佑他妹妹在皇宮裡平平安安。

林清第一次這麼虔誠地拜佛，他一直以為自己是學物理的，是無神論者，可今天他才知道，為了讓他妹妹平安，哪怕只是一點可能，哪怕只是一個虛無縹緲的可能，他也願意相信天上有神靈，相信神靈可以保佑他妹妹在皇宮中安然度過十年。

「林施主。」

身後傳來禪杖碰地的聲音，林清睜開眼睛，頷首說：「大師。」

「林施主，您不信佛的。」方丈嘆息道。

「那是因為我以前心中無所求。」林清看著眼前的金身佛像，「現在，我有了。」

他轉頭看著方丈，說：「大師是笑我不信佛，卻來臨時抱佛腳嗎？」

方丈搖搖頭，念了一聲佛號，「老衲只是覺得，林施主把自己逼得太緊了，有時候，有些事本就非人力所能及。」

林清搖搖頭，「有些事確實是非人力能及，但有些事卻是明明有能力，卻沒有去做。」

「何必如此？」方丈道。

「只是怨恨自己罷了。」林清閉上眼睛，接著念經。

「癡兒啊……」方丈見勸不住，嘆了一口氣，回禪房了。

林清將經文整整念了九遍，這才站起身來，打算去禪房找方丈要幾個平安符。

林清以前陪李氏來過多次，對路也熟悉，就順著小路往後面的禪房走去。

走到小路的拐角處，由於樹木的遮擋，再加上林清這幾日心情不好有些心不在焉，居然一頭撞上了一位剛從禪房出來的香客。
雖然是林清撞了人家，可反而是身子單薄的他往後倒，一屁股坐在地上。
被撞的人只是後退了兩步就站住，看到林清摔倒，還過來扶他，客氣地問：「在下出來得匆忙，不小心撞到了閣下，閣下可有恙？」
把人家撞了，人家還客氣地道歉，林清頓時感到窘迫，連忙從地上站起來，拍拍衣服，說：「是在下近來心情不好，神情恍惚，才不小心撞到閣下。」
對方哈哈一笑，「看來你我都是無心之過，也就不必深究誰對誰錯了。」
林清說：「閣下海涵。」
他抬頭看著對方，只見對方一身圓領錦衣，身高七尺，面色紅潤，五官方正，留有幾縷鬍鬚，儒雅的氣質怎麼都掩不住。
林清愣了一下，這人的穿著氣度，怎麼這麼像官府中人？要知道除了官府中人，很少有人會穿這種圓領的衣服，而且好像只有到了一定的品級才會穿。
更奇怪的是，這人怎麼有點眼熟？
林清搖了搖頭，他最近被家裡的事弄得失了理智，居然見個人都覺得眼熟。
對方一看就是大官，哪是他能認識的？
林清道了歉，就往禪房走。
對方攔住他，示意他看看身後。
林清回頭一看，嘴角抽了抽。
他走的是小路，一大早地又比較潮濕，他剛才摔那一跤，讓他後面的衣服沾了一層泥，難怪面前這位大人旁邊的僕人一直偷偷看他身後，敢情是覺得好笑？

林清拍了拍衣服，發現拍不掉，有些尷尬。禪房那邊每天來找方丈求各種符、算卦的人極多，這麼出去，只怕一路要被人圍觀。

林清正進退兩難，面前的人解圍道：「你穿這衣服出去有些不妥當，不如我讓僕從去寺外替你買一件，你先到旁邊的廂房稍歇。」

林清忙點頭說：「有勞閣下了。」

他從荷包裡拿出一些碎銀，遞給人家的僕從，又給了他一個打賞的銀豆，「辛苦了。」僕從收了銀兩，估量了一下林清的尺寸，就拿著銀兩往寺外趕去。

林清看了看旁邊的廂房，寺院的廂房是用來給香客歇腳的，倒是多有空置，他找了一間最近的推門進去，對外面那人說：「閣下的僕人替在下去買衣物，只怕得費些時間，閣下不如進來歇歇？」

那人點點頭，也跟著進來。

林清找了個凳子遞給對方，「倒是忘了問閣下貴姓，在下姓林名清。」

「免貴姓沈，單名一個茹字，晉中人。」沈茹笑著說。聽到名字，他倒知道這個少年八成就是他今年院試點的案首了。

林清突然問道：「令尊叫什麼？」

沈茹奇怪地看了他一眼，突然想到什麼，試探地說：「家父乃晉中沈家二房沈煊。」

林清跳了起來，叫道：「你胡說！我哪有你這麼大的兒子？」

沈茹瞪大眼睛，盯著林清輕喚：「沈煊？」

氣勢洶洶的林清安靜下來，看著沈茹，弱弱地說：「啞巴。」

沈茹愣了一下，聽到這個二十多年沒人叫的外號，忽地淚如雨下，捶著林清說：「你還記得我？我都當你死了呢！」

「我是真死了好不好？」林清咕噥道。

沈茹身子一僵，定定地看著林清。

林清說：「你怕我？覺得我是鬼？」

沈茹連忙搖頭，「不是，我只是想起來，你死後，屍體是我親手埋的。」

林清……

可不可以不要說這麼驚悚的話題？

沈茹用手摸了摸他，「佛經上說的果然不錯，人就如一個皮囊，果然靈魂才是永恆的，看來佛門弄的那些幾世輪迴，也不一定是假的。」

林清拍掉沈茹的手，「你別嚇人了！你這樣，我今晚就不用睡了！」

「你膽子還是這麼小。」沈茹笑著說。

「你膽子大，一個死了二十多年的人出現在你面前，你都不慌？」林清反駁道。

「要是別人，我自然沒這麼鎮定。你這人活著的時候，脾氣就好得過分，哪怕做了鬼，也成不了厲鬼。再說，你又沒做什麼壞事，死了說不定能成神仙呢！」沈茹調侃道。

「我怎麼不知道我有做聖人的潛質？」林清嗤之以鼻。

「起碼對我來說，你絕對算是好人。」沈茹嘆道。

「你不也幫我了嗎？當初要不是你幫我，我最後那次舉人還真中不了。」林清說：「當年真的很感謝你，要不是你，我那次中不了，我爹也不能死得瞑目。雖然當初我爹走的時候我很難受，不過想到他沒有經歷後面的戰亂，而是看著兒子中舉，心滿意足地去世，其實也是一件幸事。」

沈茹搖搖頭，「當年畢竟是你幫我在前。」

「都是親人，能搭把手就搭把手。」林清隨意地說。

沈茹冷笑，「最會落井下石的就是親人，尤其是血緣最近的。」

林清知道自己不小心戳到了沈茹的痛處，忙說：「是我不該提這事。」

沈茹說：「當初我因為娘的死被嚇得失語，後娘進門，到處說我是剋星，我爹本來還因為我從小天資聰慧向著我，可自從知道我失語後，覺得我再不可能科舉，就翻了臉，甚至連祖父看了我都覺得我晦氣。我被攆出家門，沒處去，只能遊逛到家學。別的人都取笑我，連一向照顧我的夫子都不管我，卻沒想到一直看我不順眼的你收留了我。」

林清訕訕笑道：「你小時候那麼跩，想對你有好感真不容易。」

「是啊，我那時覺得自己是四房嫡子，又聰慧過人，四歲識字，五歲讀書，六歲能文，七歲過了縣試，八歲過了府試，在我遭禍之前，整個家學只有你和我一樣，而你那時又家道中落，我當時確實傲氣得有些招人恨。」沈茹說道。

不一樣，不一樣啊！林清在心中吶喊，你那是真神童，我那是假學霸！你知不知道你讀一遍就能記下來的文章，我偷偷在煤油燈下背了多少遍？

你那哪是有點招人恨，我整個就是對你羨慕妒忌恨呀！

可是，這些林清不能說，只能說：「我和你不一樣，你是天資聰慧，我是用功勤奮。」

沈茹笑了笑，後來相處多年，他哪能看不出林清確實不太聰慧，當然這是對比他而言，不過想到林清最討厭別人說他笨，還是換了個說法：「勤能補拙，你最後不也考上了嗎？」

「去去去，別提我當年的傷心事！」林清連忙打斷。鄉試考三次，簡直是他的惡夢。

「看來當年二爺爺逼你讀書的事，現在你還記憶猶新。」沈茹取笑道。

「哪裡是記憶猶新，簡直是惡夢！上次我不小心看到那句『書中自有黃金屋，書中自有顏如玉』，還做了一晚上的惡夢！」林清拍著胸口說。

沈茹想到被二爺爺掛在正堂上的這兩句詩，還有林清一考不好二爺爺就要死要活地要上吊，要是換了他，他也會做惡夢。

「二爺爺太可怕了。」沈茹誠實地說。

「唉，」林清嘆氣說：「當初爹爹和你一樣，從小是神童，十歲就成了秀才，可從那以後，幾次鄉試都失利，反而是當時比不上爹爹的，好幾個都中了。自那之後，爹爹神志就不大正常。我娘去世後，他的瘋病就更厲害了。」

「當初你家那麼困難，居然還收留我。我那時都九歲了，半大小子吃窮老子，因為我，你天天當家裡的東西。」沈茹感慨地說。

林清笑道：「就算沒你，我也天天當東西。我爹要吃藥，我也要吃飯，我又小，幹不了什麼活兒，不當東西吃什麼？」

「你這性子還是沒變。」沈茹道：「不過，你這防人之心也太弱了，居然直接來認我。你當年知道我那麼多不堪，也不怕我為了名聲，直接滅你的口。」

「不堪？」林清奇怪地說：「你雖然嘴巴毒了點，性子乖張了點，別的還可以啊！」

沈茹認真地看了看林清，嘆道：「為什麼你腦子永遠和別人想的不一樣？最奇怪的是，別人還都沒覺得你有毛病。」

「你在損我嗎？」林清覺得他每次聽沈茹說話，都會很想揍他。

「為什麼別人眼中的大孝子沈煊，會覺得逆子沈茹一點問題都沒有？你難道不覺得當年我中舉，我爹來求著我回家，我不但沒回家，還和家裡恩斷義絕，有什麼不妥？」

「沒不妥啊，要是我有你那樣的爹和後娘，我也早叛出家門了。是我，我也不回去。」林清理所當然地說。就像他的第一世，自從他知道他是被拋棄在育幼院門口的，他就再也沒想過找親生父母這個問題。

「你爹爹天天打你，你還不計前嫌地服侍他。整個沈家都拿你當孝子教育兒女，我以為你會覺得他生了你，無論怎樣你都會孝順他。」

「不是這樣啊，他那是有病，我不照顧他，他會餓死的。再說，他真沒天天打我。」林清很想說，他爹那是精神病啊，他不照顧他爹，那就是遺棄。再說，古代沒有精神病院，他上面又沒爺爺奶奶，身為第一監護人，他也沒辦法啊！

其實他爹只是發病的時候比較凶，好往外跑，他每次都追著想把他爹拽回來，畢竟外面有水渠有水溝什麼的，萬一他爹掉進去淹死怎麼辦？他爹不想回來，就拚命掙扎，別人就以為他爹瘋了愛打人。

林清臉上確實有時會掛彩，但那是和他爹拉鋸造成的，真不是被打的。這事他和別人解釋很多遍了，別人都覺得他是為了他爹的名聲，故意為他爹開脫，反而覺得他有孝心。

不過，他考試考不好，他爹喜歡拿繩子上吊倒是真的，每次都弄得他考試簡直是折磨。

沈茹嘆氣說：「後來，我住到你家，哪能不知道實情。其實有一段時間我真的氣不順，明明我爹棄我在前，我不認我爹在後，我爹只是覺得我有用才認我，一點都不覺得自己當初做的有什麼錯，別人卻都覺得我不孝，而你只是照顧你爹，你爹不瘋的時候，還很心疼你心疼得要死，你卻是孝子。不過，後來，我的氣順了，因為你這個人笨，你這個人心眼好，老天要是不照顧你，你在這吃人的世間根本活不下去。」

林清無語。他這個好友兼死黨，為什麼三句話不損他就不舒服？

他為什麼討厭別人說他笨，就是這個傢伙老是這麼說。

他明明很聰明好不好？他第一世也是重點大學畢業的好不好？

沈茹看林清的表情，哪能不知道他心裡想什麼，便說：「你別老是覺得我說的不好聽，你覺得今天要不是我，你知道一個人從小到大的所有黑料，你冒冒失失地去覺得他鄉遇故知去認人，你看看最後結果會如何？」

「真抱歉，我上一世從小到大就你一個知己兼損友，別的沒了。要不是看到你，我會那麼興奮地認你？」林清沒好氣地說。

沈茹心裡感動，「那你怎麼不去找我？」

「當年咱們倆一起中舉，我守孝，你春天去了京城參加會試。你剛走幾天，外族就打進來，我就死了，我一直以為你也沒能倖免。當初我死的時候太痛苦，這些年我壓根兒就不敢回想當年發生的事。這麼多年，我甚至連晉中都不敢去想，一想就做惡夢。」林清想到自己死時的情景，忍不住發抖。

沈茹連忙扶住林清，「別去想，都過去了，都過去了！」

林清壓下心中的恐懼，轉移話題說：「你剛才還說是我兒子，嚇我一跳。」

「按律法上，我可真是你養子。」沈茹故意調笑說。

「你當年為了氣你爹，故意造了一份養子文書，那哪算數？」林清搖搖頭。

養子文書可不是收養孩子，其實是買賣人口。前朝末年，土地兼併得厲害，許多百姓沒有土地，紛紛賣兒賣女，而一旦被賣，就成了奴籍，就歸買家所有，也就不用交稅，導致國家稅收減少。朝廷不得不頒下政令，規定不允許良民私自買賣，還規定一定品級的人只能有一定數目的奴僕，平民甚至不允許有奴僕。

可惜，上有政策，下有對策。許多大戶人家被人服侍慣了，哪能沒有丫鬟僕人？可朝廷不允許買賣良民，於是出了養子文書這種東西。說是養子養女，其實就是奴僕丫鬟，只不過是良民身分。

沈茹當初為了不回去，就自己造了一份養子文書，養父的名字是沈煊，養子是他。之所以是沈煊，不是他爹，是因為沈煊本身就比沈茹大一輩，沈茹就聲稱當初為了有口飯吃，把自己賣給二房了，而當時林清也是舉人了，身為白身的沈茹的父親自然不敢來討要。所以兩個明明是同年的人，卻成了養父子。

沈茹說：「不，以後等我死了，我不打算去四房，我看著地裡的那些人噁心，我就埋在你們二房。你當初去得早，連個子嗣也沒有，我正好來給你傳香火。」

「其實你不用這樣。」林清乾笑道，心裡卻很感動。雖然他不介意，不過有個人給他爹他娘當孫子，想必他們還是很開心的。

沈茹看著林清，斜著眼說：「我活著的時候，可不給你當兒子！」

林清：「……」

丫的，你給我當兒子，我還怕折壽呢！

「不過，我都做了你的主考官了，你居然還沒認出我，你不會這次院試又忘了事先打聽主考官是誰吧？」沈茹一針見血地說。

林清翻翻白眼，拒絕回答這個問題。

沈茹搖搖頭，「看來當初你鄉試落榜，還沒吸取到教訓。」

「我以後會記得打聽的。其實當年我鄉試落榜兩次，第一次真的是我自己水準不行，第二次才是我不小心忘了避諱，我怎麼會想到有主考官忌諱那個。」林清無奈地說。

「那是。你十歲時的策論一團糟，居然還跑去考鄉試，活該落榜。」沈茹毒舌地說。

林清又很想揍人了。他當時確實水準不夠，可他那不是想去碰碰運氣嗎？萬一碰上了，他爹也能高興些。說不定一高興，瘋病就好了。精神病這種東西，誰也說不準啊！

揭短嘛，誰還不知道誰的黑歷史，林清笑著說：「你這些年的變化也夠大的，當初你長得像麻杆似的，現在倒是一表人才。我要不是聽名字，真不敢認你。人家都是女大十八變，你這簡直就是重投胎了。」

輪到沈茹翻白眼，他說：「我那是小時候沒張開。你竟覺得你小時候好看，死胖子！」

「我那叫喜慶。」林清說道。

兩人想起小時候長得那蠢樣，不約而同哈哈大笑。

「好了，別提小時候的事了，真是不堪回首。你這些年怎麼樣了？」林清問道。

「躲了五年的戰亂，新朝建立後，我重新考了科舉，在翰林院待了三年，後來轉到了禮部，前些年升到了禮部侍郎。三年前，我為了攢資歷，到了你們省做提督學政，今年期滿，主持完這次院試，我就要回禮部了。禮部尚書年紀大了，再熬個兩年，等他致仕，我看看能不能接上。」沈茹笑著說。

「你這官做得挺大的。」林清驚嘆道。他雖然知道沈茹是主考官，那肯定是提督學政，可提督學政是不定級的，是根據原來的品階，以部院侍郎出任學政，那是從二品，而以郎中出任學政，只是從五品，這差距可大了。

「只有有了權力，許多事才能掌控在自己手裡，而不是別人手中的棋子。」沈茹嘆道。

林清感慨，「我以前不明白這個道理，現在倒是明白了。」

沈茹奇怪地看了他一眼，「我真不知你也是會有這樣覺悟的人，你不是知足常樂嗎？」

「這社會沒人權啊！」林清繼續嘆氣。

沈如對林清時不時冒出來的古怪詞語早就習以為常，不過還是很高興林清能有向上的勁頭，「你能這麼想最好，我倒是很好奇你怎麼轉性子了？」

林清把最近發生的事說了一遍，沈茹驚奇地說：「你居然十六年都在吃吃睡睡，你怎麼沒變成豬呢？」

「你不罵我會死嗎？」林清沒好氣地說。

「你也算辦了一件正事，起碼成了親，雖然沒有立業，也算成家了。可還是比不上我，前陣子家裡從京城給我捎來消息，我的長孫已經出世了，你慢太多了。」沈茹笑道。

「你得意什麼，說不定我明年也抱兒子了。」男人怎麼能說慢這個問題呢，林清決定自己回去辛苦辛苦。嫣兒今年已經十八了，他們家應該很快就有孩子。

「要不然，你孩子出來，咱們訂個娃娃親？」沈茹說。

「可別，咱兩家現在差距太大了，現在講究門當戶對，就算咱倆關係好，可是你夫人會怎麼想？再說，兩人也差了輩分。」林清搖搖頭。一個二品官員的孩子和一個鹽商的孩子，這壓根兒是門不當戶不對，何必他們一時興起，讓孩子以後為難？

「你這傢伙，有時想的挺多的。我夫人你倒不用擔心，她向來賢慧，再說，我是一家之主，孩子的婚事自然我說了算。只是，你的顧慮也對，以後再說吧！」沈茹也是一時興起，聽到林清反對，也不再多提。

「你妹妹的事……」沈茹想了想，說：「如果早，我能直接幫你抹去，現在巡撫已經把名單報進京了，再改只怕不可能了。不過，我在禮部有些人脈，要是照看一下還是沒問題，你打算以後讓你妹妹怎麼辦？」

林清連忙說：「能讓她平平安安在宮裡待十年，待滿能出宮就行。我不求她出人頭地，只希望她能平平安安回來。」

沈茹說：「這個卻是不難，我們禮部掌管天下文教、祭祀、禮儀，甚至接待外邦，宮中一些慶典、祭祀、書閣都是我們禮部管。我到時給你妹妹找個書閣當差的活兒，那地清閒，宮中的妃子都忙著爭寵，不會去書閣，陛下天天日理萬機，也幾乎沒去過。再說，待十年根本沒必要，讓你妹妹待兩年，等大家將採選的事忘了，讓她沖個冷水得個風寒，宮裡忌諱這個，我找人幫你弄出來就行了。」

林清一聽大喜，忙拽著沈茹說：「這樣也行？」

「怎麼不行？不過是個宮女罷了，又不是內定入宮做妃子。每次採選好幾千，多一個不多，少一個不少。」沈茹說：「只是，你們採選的時候怎麼不使錢？那時候更容易。」

「爹爹使了不少錢，都沒有用。」林清嘆道。

沈茹一想就明白怎麼回事了，罵道：「這群餵不飽的傢伙，他們就想捏著這個要錢。」

林清也想明白是怎麼回事，頓時氣得肝疼。

他們一家人為了這事搞得人仰馬翻，敢情人家還當他家是搖錢樹？

沈茹見林清氣得不行，說：「你現在可看清這世道了，你家有錢卻沒權，在別人眼裡就是一塊肥肉，誰都想找個由頭咬一口。你們不給不行，給了，別人想要更多。」

林清攥了攥拳頭，「我懂你的意思，我以後不會再這麼下去了。」

沈茹說：「就算你不擅長勾心鬥角，可去考個功名，那也是個很好的護身符，也是林家的一個護身符。」

林清狠狠地點點頭，「我會去考功名，不考到進士，絕不甘休！」

兩人正說著，僕人捧著一套衣服回來，林清忙拿著衣服去裡間換上。

出來的時候，沈茹正和他的僕人說話，看他出來，就對他笑著說：「報喜的去你家了，你爹正派人滿寺院找你呢！對了，恭喜你，案首啊！」

「案首？」林清大喜。哪怕他再考一遍，能考到院試案首也很開心。各地都有學霸，不是你重來一遍就一定能得第一的。

「對，我親自定的。」沈茹得意地說：「怎麼樣，感激我吧，我可是你的座師！」

林清：……

林清帶著沈茹趕回林家，還沒進門，就看到在外面撒銅錢的林澤。

真的是撒，一篩子一篩子地撒。

林清上去揪回他哥，「哥，咱家是挺有錢的，可你不能這麼敗啊！」

林澤正興奮得找不著北，看到林清，一把抱住林清，高興地說：「小弟，你中秀才了，還是案首，以後就是廩生了，每月都有月銀，你以後吃皇糧了！」

林清嘴角一抽，「廩生一年才四兩銀子，我十年的月銀，只怕也沒你今天撒的錢多。」

「沒事，大哥有錢。」林澤表示，我有錢我不在乎我開心就好。

林清想用手捂臉。大哥，咱們能別這麼暴發戶嗎？

他拽著他哥往裡走，邊走邊說：「去正院，我有重要的事要告訴爹娘。」

林澤不想進去，「我還沒撒完喜錢呢！」

「是關於咱們妹妹的事。」

「怎麼回事？」

「進去再說。」

林澤點點頭，看到林清身邊跟著的人，問道：「這位是？」

「我的一位故交，能幫到妹妹。」林清沒多說。

林澤見對方朝他點點頭，立刻熱情地把人引進去。

林父一見林清進來，紅光滿面地說：「快過來，人家差爺都等了不少時候了！」

林清在回函上用印，驗明身分，這才接了喜報，又給幾個差爺封了紅封，讓管家送走。

接著，林清拉著林父直奔正院，一進正院，就對李氏說：「娘，妹妹的事有辦法了！」

李氏和林淑剛要迎出來，便看到林清旁邊跟了一個陌生男子，嚇得林淑躲回內室。

林清一拍腦袋，他急得忘了他妹妹不能見外男了。

李氏都有孫子了，倒不用忌諱這個，忙上來對林清說：「這位是？」然後對沈茹行禮說：「讓您見笑了，這孩子風風火火的。」

沈茹趕忙避開，沒受李氏的禮。這要是個普通商婦，他受得理所應當，可這位是沈煊的娘，沈煊大他一輩，上輩子他管沈煊的娘叫二奶奶，哪怕這輩子沈煊的母親和他沒關係了，他也不敢占這便宜，忙說：「老夫人不用客氣，是在下忘了迴避。」

李氏表情一僵，下意識地想要摸摸臉。

被一個四十多歲的人叫「老夫人」，她這些日子難道真的老了很多？

林清忙說：「娘，這位不是外人，您不用客氣。」

他把丫鬟婆子都趕出去，這才將沈茹說的方法跟李氏說了一遍。

李氏聽了又驚又喜，又不敢置信地說：「這樣真的行？」

林清把沈茹拉過去，說：「娘，我還沒介紹呢，這位是本省的提都學政。」

林清見林父、林澤和李氏三人迷惘地看著他，壓根兒沒弄懂啥是提督學政，只得又道：

「這是我這次院試的主考官，他以前是禮部侍郎，出任咱省的學政，從二品大員，巡撫也是從二品，他們一樣大。」

林父不知道提督學政是什麼，他從來沒跟文教打過交道，可他知道巡撫啊，一聽說是和巡撫一樣大的官，林父便要給沈茹下跪行大禮。

沈茹一把扶住林父說：「老人家，當不得！」然後把林父按到椅子上，「我和沈……林清是忘年交，您這樣實在折煞在下了。」

沈茹給林清使了個眼色，意思是你快點糊弄住你爹你媽，別讓他們跪他，他會折壽的。

林清忙說：「爹、娘，你們先別忙著跪。沈大人是我院試的主考官，就是我的座師，天地君親師，你們是平輩，你們動不動就下跪，會讓座師很不自在。」

林父和李氏一聽，迅速坐好，一臉恭敬地看著沈茹。

沈茹：……什麼時候輩分是這樣算的？

沈茹把手放在嘴前掩飾地「咳」了一下，然後說出和林清事先打好的草稿。

「林清這次在院試中能力壓眾人，奪得案首，本官甚是欣賞，聽聞他掛念家中之事，本官才出手回護一下。」

李氏得了准信，歡喜得直掉眼淚，也顧不得男女大防，立刻去內室把林淑拉出來，讓林淑給沈茹磕頭。

沈茹為了安林家的心，受了林淑的禮，還掏了個扇墜給林淑做表禮，這才離開林家。

沈茹一走，林父幾人立刻把林清圍起來。

林淑緊緊地握住扇墜，緊張地問：「哥哥，我真的只要進宮兩年就能出來嗎？」

林清用力點頭，抱著林淑說：「他到時會把妳調到偏僻的地方，妳待上兩年就裝病，宮裡忌諱有病的，怕會傳染主子，一般都會攆到冷宮去，任由自生自滅，不過要是家裡有人，去內廷走個程序，就能接出來了。沈大人是禮部侍郎，在宮裡有人，可以帶妳出來。出宮的宮女，都能自由婚配。」

「那……那位大人會把我帶出來嗎？」林淑擔憂地說。

「放心，我親自去接妳。」林清說。

為了安撫妹妹，他又說：「座師說，以我的學問，明年考鄉試肯定沒問題，等我中了鄉試，後面就要進京考會試，正好接妳出來。」

「清兒，沈大人說你可以中舉人？」林父的聲音瞬間高了好幾個分貝。

林清點點頭說：「只要不出意外，鄉試肯定沒問題。」

林父簡直不知如何表示自己心中的歡喜，拉著李氏的手說：「難怪人家沈大人肯幫忙，一定是清兒太優秀了，人家才拉咱家一把！」

李氏狠狠地點頭，非常同意林父的說法。

林清突然好心虛。

三日後的學子宴，比起上次縣試只是剛開蒙的學子，院試能過的可都是秀才，品級提升了，宴會的檔次自然也提高了，也就沒有再選在酒樓，而是選在了沂水邊舉辦。

如今正是四月，沂水邊的岸上桃花盛開，微風拂過，花瓣飄落，煞是好看。

眾人發現桃林下已經擺好了席位，上面放著點心和酒水。

主考官還沒來，大夥兒便趁此機會找相熟或不熟的人聊天，以便擴展人脈。

在官場上，同科同年同窗，自古以來就是拉關係最好的藉口。

林清剛坐定，旁邊下首的一個秀才就邀請他說：「座師大人還不曾來，我們這正好人不多，缺幾個人閒聊，兄台要不要給個面子過來湊個數。」

林清一看坐的位置，就知道這幾個是這次院試的前幾名，也就是這次的廩生，當下欣然地走過去坐下，「在下免貴姓林，單名一個清字，還未有字，不知各位兄台貴姓？」

剛才邀林清的人故意笑著說：「原來是這次的案首，幸會幸會。在下免貴姓王，單名一個坤字，癡長你幾歲，倒是有字，字厚德。」

「厚德兄。」林清頷首。

王坤又指著旁邊幾個人介紹說：「這位是李鑫，字金長，此次院試的第三名。」

「這位是胡勇，此次院試的第四名。」

「這位是田榮，此次院試的第五名。」

林清知道後面兩個應該還未加冠，就拱手道：「金長兄，胡兄，這位……」

田榮忙說道：「今年十七。」

林清說：「咱倆有緣，我是臘月的生辰。」

田榮忙喚道：「林賢弟。」

「田兄。」林清說完，轉頭看著王坤，「你們都相熟？」

王坤笑著點頭，「我們都是府學的學生。」

林清恭維道：「不愧是府學。」

王坤搖搖頭，「還不是被你拿了案首。」

「僥倖而已。」林清說道。

田榮說：「這個哪有什麼僥倖？我們都聽說了，你是上次縣試的案首，這次又考了院試的案首，可見是實力發揮。可惜今年府試和院試撞了，要不，就又要有個小三元了。」

「哪裡哪裡？」林清客氣地說。

「不過，林賢弟做的對。」王坤說：「小三元雖然榮耀，可也就是對於秀才而言，舉人還是更重要。明年就是鄉試之年，林賢弟要是錯過，那就太可惜了。」

其他三人包括田榮聽了都點頭。

林清心裡感嘆，這就是學習好和學子頂尖的區別，學習好的就想考個第一，而頂尖的，第一對他們已經沒有太大的吸引力了，更上一層樓才是他們的目標。

王坤等幾個人有心結交，林清看他們神色清明，又有上進心，也不是心胸狹隘之人，覺得值得來往。一來二去，五個人相談甚歡。

過了大約半個時辰，沈茹和江知府出現在桃林，眾學子忙紛紛起身行禮。

沈茹說：「不必多禮，今日是學子宴，眾學子在此多多交流，才會有益於學識增長。」

眾學子應道：「謹遵座師教誨。」

沈茹到主位坐好，江知府陪在下首，眾學子紛紛落座。

沈茹開口說道：「諸位通過院試成秀才，秀才，才之秀者，士之始也。今日起，望諸位勤勉進學，他日大展宏圖，鵬程萬里。」

眾學子起身應道：「是。」

沈茹說完，學子宴正式開宴。

江知府身為主陪，先帶著眾學子行了一次酒令，活絡氣氛。

沈茹身為學政，又是座師，率先講了幾件趣事，就開始按照慣例提點眾位學子，尤其是前十名的學業。最後，他話鋒一轉，對在場的人說：「本官打算在此收一徒。」

江知府聽了大驚，座師只是考官，可收徒，那意義就不同了，「是在這些秀才中？」

沈茹點點頭，「不錯，本官打算收此次案首為徒。」

眾人一聽，不約而同羨慕嫉妒地看著林清。從二品大員當老師，只要不出意外，日後必定飛黃騰達。唯有林清一臉懵逼地看著沈茹，這又是玩哪一齣？

江知府對沈茹道喜：「恭喜學政大人收此佳徒。」

沈茹客氣地笑了笑。

江知府又問：「可要現在行拜師禮？」

沈茹看著懵逼的林清，心道：我要是現在讓他向我行師禮，他八成會想掐死我吧？

他只好說道：「日子再定吧！」

江知府覺得收徒是大事，定個吉日也是應當的，就不再多言，便笑著說：「看來等會兒本官要給林案首補一份賀禮了。」

沈茹點點頭，「破費了。」

有了沈茹收徒這樣的大事，後面的事就顯得平凡無奇了，倒是有幾人看到沈茹收林清為徒，以為學政有收徒的意向，畢竟收一個就有可能收兩個，就在宴會上找機會展現才藝，可惜沈茹興趣不大，也就沒翻出什麼浪花來。

宴會結束，沈茹身分最高，先行離場，走的時候順便帶走了林清。

一回到沈茹下榻的地方，看到周圍沒人，林清剛要炸毛，沈茹就說道：「好了，別惱，收你為徒不過是在外面給你一個護身符。你這一世出身商家，本朝雖然允許商賈之子參加科舉，可畢竟時日甚短，許多讀書人對商賈還是看不起。」

「他們看得起看不起關我何事？我又不用他們認可。」林清不屑地說。

沈茹笑著說：「你有這心態，我倒是放心些，不用擔心你因為別人的眼光而不自在，只是，人人都好吃柿子撿軟的捏，你就不想想，為什麼別人縣試都沒有被傳作弊，偏偏就指明你？誰都知道你縣試時是提坐堂號，可別人還是傳，為什麼？不就因為你是商賈之子，別人覺得你一身銅臭，怎麼可能會讀書？」

「他們就不用錢，他們就天天喝西北風，假清高什麼？」林清撇撇嘴。

雖然嘴上這麼說，林清卻知道沈茹說的有道理。古代的階級之分，比現代厲害多了。

「你當我的老師，不就比我長一輩？我一下子就掉了兩輩。」林清很鬱悶。

沈茹哈哈大笑，「你上輩子壓我一輩，現在風水輪流轉了。再說，當年求學時，我可是幫你做過不少策論。」

林清翻翻白眼，「我也幫你做過啊！」誰求學的時候沒找人代寫過作業，抄過作業？

「可是，我幫你做的時候，教習沒認出來，你幫我做的時候，教習可是一眼就看出來了。」沈茹笑著說。

「我又不像你會臨摹，又會仿風格。」林清辯解道。

「那起碼說明我比你水準高。」沈茹得意地說。

「好了，不磨嘴皮子了。我主持完這次院試，三年期就滿了，夏天要回禮部了，到時就很難照顧到你。對外說你是我的弟子，別人會顧忌幾分，我也放心些。」沈茹叮囑道。

林清知道沈茹是為他好，點點頭說：「你放心，我不是愛惹事的人，等淑兒進宮後，我就開始閉關讀書，準備明年的鄉試。」

「這樣最好，你自己有個功名，比別的都強。」沈茹說：「鄉試我倒不擔心，以省裡現在的秀才水準，你中舉不難，至於會試，等中了舉人，你就起身去京城吧，到時我幫你再提提策論，過北榜還是沒問題的。」

沈茹想了想，又提醒道：「要是你去了京城，記得不要跟別的舉子走得太近。」

「有事？」林清問道。

沈茹想了想，還是決定說說，免得林清不小心惹禍，「最近京裡鬥得厲害，先帝當初起於微末，用了五年才建立新朝，建國後又各地平亂，沒幾年身子就不行了，於是在去前傳位給了當今聖上。」

「當今聖上既是長子又是嫡子，當年跟著先帝南征北戰，繼承大統幾乎沒有任何疑問，所以當今聖上皇位繼承得很順當，而且由於兄弟都是從小一起打天下的，聖上長兄如父，倒是難得的手足情深，只不過下一代就……」

「這下一代爭得很厲害？」林清問道。

「嗯。」沈茹點點頭，「聖上有五子，長子成王是先皇后所出，先皇后是聖上的結髮之妻，當年聖上娶先皇后時，還不曾改朝換代，所以先皇后只是普通人家之女。後來先皇后故去，先帝給聖上續娶了一起征戰的將領之女，就是當今的皇后。當今皇后生下了聖上的次子恭王，只是無論先皇后，還是現在的皇后，都不算得寵，聖上寵愛的是內閣首輔之女文貴妃，而文淑妃育有第三子代王。至於剩下的兩個皇子，一個早年因為風寒歿了，一個被過繼給聖上的親弟弟桂王。」

林清嘴角抽抽，「這還真是一個孩子一個娘，每個娘都不是吃閒飯的。」

「可不是？而且皇上現在還不曾立儲君，三位皇子鬥得很厲害，甚至蔓延到朝堂上。由於成王既占嫡又占長，一些守舊的大臣，大多支持成王。而恭王的外家是勳貴，跟著太祖打天下的，故而不少勳貴唯恭王馬首是瞻。至於代王，文貴妃的父親是內閣首輔，所以不少朝臣，尤其是新貴，大多依附代王。」沈茹解釋道。

「那你？」林清緊張地問道。

沈茹笑道：「你放心，我雖然年紀不大，卻是先帝時的老臣，聖上做太子時，我曾是太子府詹士，所以我只可能忠於聖上。」

林清這才放心下來，「你可要把持住，別因為一點眼前的利益就站隊，奪嫡這個事沾不得，人家兄弟三個再怎麼爭，在聖上眼裡也是自己的孩子鬧著玩，可你一旦捲入，那就是破壞人家手足情深的罪魁禍首。你要是有一點不合聖意，到時就成了被殺雞儆猴的雞了。」

沈茹哈哈大笑，「人家都說：智者千慮，必有一失；愚者千慮，必有一得。你天天看起來不大聰明，卻比朝堂上那些自詡聰明的傢伙活得明白。」

「我到底哪裡笨了？」林清終於忍不住了。

「好好好，你不笨。」沈茹隨口安撫，然後正色道：「不過，你說的只對我這種地位的人才適用，畢竟我算是天子心腹，他們只會招攬我，我要是拒絕，他們最多記恨我，想著以後整我，可下邊的人就不一樣了，沒有強硬的背景，拒絕就相當於送命。你以為下邊的那些人就不聰明，就看不清形勢？他們不過是身處其中，被逼無奈而已。從龍之功確實有不少人想要，更多的還是想安安穩穩地升官發財，可有時候形勢所逼，身不由己罷了。」

「是我考慮得不足。」林清感嘆道。

「這就是我要提醒你的，等你中了舉人，最好不要和同科的舉人來往過密，低調一些，省得被有些人帶累了。」沈茹說道。

林清點點頭，「這你放心，我平常不出門，而且我沒上府學，沒什麼同窗，也不愛交朋友，別人不太可能沾上我。」

沈茹想起林清的性子，放心了許多，又叮囑他一些要注意的事情，這才派人送他回去。

陸之章 過關斬將待長征

一陣珠簾碰撞的聲音響起，王嫣扶著丫鬟梅香的手，掀起簾子，走了進來。

李氏正在打算盤看帳冊，抬頭看到王嫣要行禮，忙讓身邊的婆子扶起，拉著王嫣坐到炕上，說：「妳懷著身子還行什麼禮，小心動了胎氣。」

「才剛剛三個月，不礙事的。」王嫣有些羞澀地說。

「就是頭三個月才要注意。」李氏叮囑道：「前三個月孩子小，受不得碰撞。對了，清兒呢，今日怎麼沒和妳一起來？」

平日兒子和兒媳都是一起行動的，尤其兒媳懷孕之後，兒子更是寶貝得不得了，今兒怎麼沒跟著來？

「二郎今日帶著東西進了後院的考棚了。」王嫣說道。

「看我這記性，清兒前些日子還說快到秋天了，打算在今年的同一天仿照明年的鄉試演練一次。」李氏說道：「不過，妳有孕，我還以為清兒會推後。這孩子也是不知道輕重，什麼時候不能演練，偏偏挑這個時候，委屈妳了。」

「娘，不是的，二郎本來要取消的，是我堅持讓他去的。我這些日子反應過去了，又有丫鬟婆子伺候著，不礙事。再說，科考是大事，明年二郎這個時候就要參加鄉試，同樣的時間練上一遍，大家先熟悉一下，到時也好不出差錯。」王嫣忙解釋道。

「還是妳賢慧，」李氏拉著王嫣的手拍了拍，滿意地說：「難怪清兒喜歡妳。」

王嫣低下頭，被婆婆這樣說，雖然害羞，心裡卻歡喜。她的夫君待她確實好，從不在外面拈花惹草，平時不是讀書就是陪她，哪怕她懷孕不能服侍，也沒見他動過屋裡的丫頭。

本來她剛懷孕時還糾結要不要給夫君弄個通房丫頭，可剛一提起，就被夫君訓斥了，甚至為了安她的心，還把他貼身丫鬟梅香和蘭香都撥給了她，自己帶著小廝去睡書房。

想到上次她娘知道她有孕來送催生禮時，得知她的夫君現在連個通房丫鬟都沒有，為她高興的樣子，王嫣摸摸肚子，她娘和婆婆都想要男孩，她夫君卻真的很想要女孩。

她到底生個什麼好呢？

林清正在後院的考棚裡對著卷子認真地答題。

春天過後，林清和王嫣就從林家大宅搬出來，住進旁邊五進的大院子。雖然搬了家，可其實兩棟宅子是連在一起的，從連著的角門走，倒也遠不了多少。

考慮到林淑剛進宮，李氏難免寂寞，林清和王嫣就日日去請安，陪著李氏說說話。

林清看了看頭頂的日頭，想必這時候嫣兒已經到正院了吧？

對於這次的模擬考，林清還是非常重視的，雖然他上一世考過三場，可這一世他太過於養尊處優，想到考棚那惡劣的環境，他覺得自己還是先模擬一次為好。

其實這次不但他演練，他家陪考的人也跟著演練，例如他哥，他哥正全程帶著蘇大夫坐在後院的廂房裡等著。

三天後，林清帶著一身怪味從考棚裡出來，一出來，林澤就趕忙迎了上去，扶住他關切地問道：「怎麼樣？」

「沒事。」林清擺擺手，表示不用扶。

林澤把林清拉到廂房，讓丫鬟婆子端沐浴的熱水來，又將蘇大夫請過來診脈。

蘇大夫說：「你們這鄉試怎麼這麼嚇人，八月的天，暑氣還這麼重，居然要在這麼小的棚子裡關三天，這是人過的嗎？」

林清喝著水，笑著說：「怎麼不是人過的日子？只要想考舉人，哪有不過這一關的？再說，這可不是三天，而是九天，後面還有兩次三天呢！」

「你居然還想繼續？」林澤吃驚地說。

「要是現在都過不去，明年的鄉試也不用考了。你別忘了，明年也是這個時候。」

林澤想到明年林清就要真正下場，嘆了一口氣，「難怪咱們商賈之家從開國到現在，就沒聽說過誰中舉。這苦，真不是咱們這樣的人能吃的。」

林清搖搖頭，「哪有什麼吃不了的苦，不過是沒被逼到分上罷了。你當年跟著爹爹大夏天的去運鹽，有一次遇上山洪，被困在半山腰半個月，你不也撐下來了嗎？」

林澤想到當初的事，還心有餘悸，「我當時真怕自己撐不下來，可沒想到我啃了半個月的榆樹葉，還是活了下來。」

「所以，沒有什麼事是不可能的。」林清說道，看到蘇大夫診完了，問道：「老爺子，我身子怎麼樣？」

蘇大夫撫了撫鬍子，「有些中暑氣，倒是不很嚴重，也不用吃藥，只要喝些綠豆水去去暑氣就可以了。」

「辛苦您了。」林清謝過蘇大夫，讓人帶蘇大夫下去休息。

「既然沒事，你也快去洗洗，我讓人給你準備些綠豆湯。你歇一會兒去見見娘和弟妹，她們三天不見你，也擔心得要命。」林澤說道。

林清點點頭，「大哥也回去歇歇，去看看大嫂。」

林澤看著林清洗漱好，又喝了綠豆水才回去。

林清歇了一會兒，感覺還可以，就到正院去看他娘和他媳婦。

他一進門，李氏和王嫣就迎了過來。李氏看著林清，連聲說道：「怎麼才三日不見就瘦成這樣？」王嫣也心疼地圍著他轉。

林清把王嫣按到旁邊的椅子上，又把他娘扶到炕上，「哪裡瘦了，只是曬得有點黑。」

李氏還是心疼，「你連飯都不許人送，只帶那點乾糧，怎麼可能不瘦？」

「娘，鄉試本來就不允許送飯，只能帶乾糧。何況只是吃幾天，不會有事的。」林清好說歹說，才把李氏安撫好。在李氏屋裡吃了碗補品，方帶著王嫣自家宅子。

林清抱著王嫣問道：「妳身體怎麼樣？孩子這幾日可鬧妳？」

王嫣搖搖頭，「孩子很乖，我這些日子害喜也過去了。」

「那就好，能吃就好，別虧著自己的身子。」林清囑咐道。

王嫣心裡甜蜜，她的丈夫每次都是先問她，才問孩子。雖然跟孩子爭寵有些可笑，但她還是相當開心，她說：「你這幾日累著了，要不要先吃點東西然後歇歇？」

「嗯，準備些容易消化的東西吧，吃完我睡一下。明天不要叫我，後天我還要接著考第二場。」林清說道。

王嫣有些擔心地說：「這些日子日頭很大，二郎你雖然重視考試，可也要愛惜身體。科考再重要，也沒有身體重要。」

林清拉著王嫣的手貼在自己的臉上，說：「放心，我懂這個道理。科考再重要，我也不會拿身子去填。」

王嫣臉一紅，忙縮回手，「說著說著就沒個正經！」

「要是正經，咱們的小嫣兒哪裡來的？」林清笑著說。

「說不定是兒子呢！」王嫣反駁道。

「兒子就兒子，是啥都無所謂，反正是我的孩子我都喜歡。」

「那我們先生個兒子，再生女兒，好不好？」王嫣睜大眼睛看著林清，期待地說。

林清抱頭呻吟道：「媳婦，妳的要求太高了，我做不到啊！」

王嫣：……

不是她生的嗎？關他什麼事？

經過九天的模擬考，林家上下對林清的看法有了徹底的轉變，連林父都不得不感嘆：我兒子真不是懶，而是以前沒睡醒！

如今睡醒了，他兒子直接變成了拚命二郎。

林清可不管別人怎麼看，他現在每天就做三件事，第一件是去向他娘請安、聊天，第二件是陪老婆，順便胎教，第三件是刷題。

當學習學到一個程度，刷題真的可以把成績從量變提到質變，當然前提是基礎要扎實，否則不但不能提高，反而可能會倒退。

林清刷的是山省歷年的鄉試題。鄉試題已經不是平常書肆有的了，好在沈茹當初走的時候考慮到這點，利用自己當學政掌管文教之便，直接從學署找人把山省從開國以來所有的鄉試題和前十名的考卷給他抄了一份出來，甚至連林清前幾日做的模擬題都是他親自出的，參考答案也給他做了幾份。

林清看著整整一箱子的考卷，感嘆道：他這個死黨還真是盡職盡責啊！

林清看書加刷題到第六個月時，除了刷出答案，還刷出了一個小棉襖。

對，紅彤彤的小棉襖，親生的！

林清看著他老婆奮鬥了三個時辰生出來的小肉球，雖然小小的，可林清仍然覺得自己只看一眼就喜歡上了。

「嫣兒怎麼樣了？」林清問從產房出來的李氏。

「有些脫力，不過她底子好，應該很快就能恢復。」李氏笑著說。

「我進去看看她。」林清抱著閨女就要往裡走。

李氏連忙攔著，「產房這種地方，你怎麼能進去？」

「我不在意這個。」

「你不在意，兒媳婦在意啊！她剛生完，正是最難看的時候，女為悅己者容，她怎麼可能讓你見？你要想跟她說話，去那邊。」李氏指了指產房外的窗戶。

林清嘴角抽了抽，原來說產房不能讓男人進，還有這個理由。

林清抱著閨女又跑到王嫣的窗戶底下，之所以說又，是因為剛才王嫣沒生時，他又當了一次避邪聖物，在這裡提刀呢！

林清拍了拍窗戶，問道：「嫣兒，妳還好嗎，感覺怎麼樣？」

王嫣聽到林清的聲音，雖然疲憊，仍然歡喜，「妾身沒事，只是有些乏了。」

「還疼嗎？」林清問道。

「已經不疼了。」雖然有些疼，不過聽著丈夫的話，王嫣突然覺得不那麼疼了。

「那妳好好養身子，注意不要著涼了。」現在雖然已經立春，可三月正是春寒料峭的時候，林清想到以前經常聽別人說的月子病，還是囑咐道。

王嫣說：「娘剛才已經吩咐過我和丫鬟了，我會小心的。」

林清這才放下心，他娘生了兩個，又看著他大嫂生孩子，這經驗還是值得肯定的。

「那妳快些休息吧，別累著了，我去給咱們女兒餵點水。娘說剛出生的孩子還不用吃東西，可以餵點水。」

林清小心地裹了裹抱被，他娘怕他凍著她孫女，可林清又稀罕，他娘就先給包好，外面用了個大紅雙喜抱被給包著，保證她孫女一點風都見不著，才把人交給他。

王嫣聽到林清要走，突然掙扎著起來，趴在窗戶上小心翼翼地掀開一條縫問：「妾身這次沒給二郎生個小郎君，二郎可怪妾身？」

林清哭笑不得地隔著縫隙看著王嫣，說：「怪妳什麼？我在地裡種顆花生，難不成妳能給我長個黃豆出來？」

王嫣……

「嫣兒，姑爺對妳怎麼樣？」今日是林家二房嫡長女洗三的日子，王母一大早就帶著大包小包來看閨女。看到閨女，便偷偷地問道。

「娘，二郎對我很好。」王嫣說。

「那對小小姐？」王母還是有些不放心。

王嫣笑道：「二郎很喜歡小花生，天天自己抱著，都不肯給奶娘。」

「這就好，這就好！」王母拍拍胸口，稍微放下心來，又問道：「那妳婆婆？」

「婆婆雖然更喜歡孫子，可只要夫君喜歡的，她都愛屋及烏，所以也是極喜歡的，昨兒還特地去天音寺給小花生求了一個平安鎖。」

王母聽了，徹底鬆了一口氣，「我這兩日都擔心死了，妳嫂子第一胎就生了兒子，可妳大伯畢竟不是妳婆婆的親兒子，而妳第一胎生了個女兒，我擔心姑爺和親家母會心氣不平，到時拿妳出氣。」

「娘，哪有這事，您多心了。」王嫣說：「二郎和他大哥關係是真好，二郎昨天還說女兒生得正好，說加上他大哥家的小侄子，一男一女，正好湊齊一個好字。」

「我這不是替妳擔心嗎？不過姑爺能這麼想，我也就放心了。對了，小花生是我外孫女的名字？怎麼叫這個？」王母好奇地問道。

王嫣捂著嘴偷笑，小聲把林清那天在窗戶外說的「花生」和「黃豆」講給她娘聽，「二郎本來給小花生起了大名，聽說還是出自《詩經》，可公公婆婆都怕孩子太小起大名會壓不住，不許他叫，他就只能重新起小名，然後也不知他怎麼想的，起了叫『小花生』，還說正好隨著他大哥家的『小小』。」

王母也笑道：「這姑爺不愧是讀書人，想法就是和一般人不一樣。」

王嫣點點頭，「娘，其實我剛生出小花生時，心裡也忐忑不安，雖然二郎嘴上說喜歡女兒，可身為男子，哪有不喜歡兒子傳宗接代的，我真怕他會怨我。」

王母嘆了一口氣，「這世道就是這樣，生不出兒子，就怨女人肚子不掙氣，可像姑爺說的那樣，這種瓜得瓜種豆得豆，還真不一定是誰的原因。妳命好，攤上姑爺這樣明理的，這是妳的福氣。」

「女兒曉得，女兒會好好服侍夫君，侍奉公婆的。」

「這就對了，」王母拉著王嫣說：「難得妳遇到明理的公婆和丈夫，可要好好珍惜。」

正說著，外面丫鬟進來說夫人來了，就見李氏抱著大紅的抱被進來。

王嫣剛要起身，李氏忙走過來按住她，「妳才剛生幾天，在床上好好躺著。都是自家的人，禮什麼時候不能行？」

李氏又轉身對王母說：「親家母來了，正好來看看我的小孫女，妳的外孫女。」

李氏把抱被打開一角，遞給王母。

王母小心翼翼地抱在懷裡，看著裡面巴掌大的小臉，疼愛地說：「沒想到才三天，這小臉就長開了。看這水靈靈的樣子，以後定然是個美人胚子。」

「可不是？我這孫女的樣貌可是隨她爹。清兒小時候就像個人參娃娃似的，這孩子像了他十成十。」李氏開心地說。

王母見李氏是真心喜歡小孫女，終於把這些日子的擔憂全放下，卻還是客氣地說：「可惜沒能給林家添丁，是嫣兒不爭氣。」

李氏看著王母這次送來這麼厚重的洗三禮，就知道王母的心思，心裡感嘆了一下可憐天下父母心，哪怕女兒出嫁了，當娘的也怕女兒受了委屈。

她說：「親家母，孩子還小，先開花後結果也是好的，妳說是不是？再說，就算不是孫子，也是我林家的孩子，是我孫女，我高興。」

王母聽得熨貼，「嫣兒能遇到親家母這樣的婆婆，是她幾世修來的福氣。」

王母抱著小花生，讓人把準備的布老虎、虎頭帽、虎頭鞋拿上來。

沂州府有舊俗，凡事女兒生了孩子，當姥姥的，必定準備布老虎、虎頭帽和虎頭鞋給外孫，既能避邪祛災，又能給孩子玩。

王母把小花生頭上的小帽子摘下來，打算給換上虎頭帽，突然發現她外孫女額頭上有一塊黑跡，還以為是胎記，定睛一看，發現不是，好像是畫上去的，忙招呼李氏過來看看。

李氏一看，笑罵道：「還不是我家那臭小子弄的，他剛見著閨女，稀罕得要命，居然連讀書都抱著，還說要給小花生啟蒙，結果不小心把墨汁滴到我寶貝孫女頭上，我才把她抱過來。果然就不能讓當爹的看孩子，妳看這不靠譜的。」

王母想笑，就聽到外面窗臺下傳來女婿的聲音：「娘，您能別霸著我閨女嗎？我都大半天沒見著她了。您說給她找奶娘餵奶，怎麼就抱跑了？」

「臭小子，我還能搶了不成？我這是抱來給她姥姥看看。來，梅香，快把小花生送去給他。」李氏又是笑罵：「等會兒別忘了抱到前院，要洗三的。」

梅香把小小姐仔細包好，送去給門外的林清。

林清逗了逗小花生，隔著窗戶說：「娘，這麼冷，洗什麼三，萬一凍著怎麼辦？」

「就拿蔥蘸點水拍拍，你還真當放盆裡洗啊？」李氏扶額。

「可是，我看小小不就是直接放盆裡的嗎？」林清還是擔心。

「那是大夏天，現在春天能一樣嗎？」李氏開始攆兒子，「去去去！抱我孫女去前院，別在這裡礙事！」

攆走了林清，李氏對王母抱怨道：「這糟心的臭小子，也幸虧嫣兒降得住他。」

王母見李氏嘴上抱怨，心裡還是對兒子的親近很受用，便笑說：「我家那兩個臭小子，天天除了請安，一天都見不著面。妳看妳，這孩子多親妳，我是想羨慕都羨慕不來。」

李氏說：「這臭小子打小黏著我，這麼多年，也沒見長大過。」

王母說：「孩子長大有什麼好？長大就不在眼前了，想看都不容易。」

「唉，就是這個理。」

林清抱著閨女去了前院，先找到岳父和兩個大舅哥，給他們看看自家寶貝閨女。

王父歡喜地接過去抱了抱，又問了下他閨女的情況，知道一切都好，才說：「我和你爹結親的時候，也沒能想到你有做秀才的命，如今嫣兒也算秀才娘子，我心裡高興。對了，聽說你過些日子要去濟南府參加鄉試？」

「嗯，鄉試是八月，我打算五月就啟程。六七月太熱了，不適合趕路。」林清說道。

王父想了想，說：「大郎過些日子要去省府一趟，看看那裡的一些鋪子，你們一起，也有個照應。我在濟南府有一處別院，每次我都去歇歇腳，平時也空著，裡面的東西也齊備，你去科考，住客棧或者租別人的院子不方便，反正我那院子也不大用，不如送你。那院子是四進的，你住在裡面很清靜。」

「怎麼好勞岳父破費？」林清忙推辭說。

王父說：「這個算是送給我外孫女的洗三禮，可不是給你的。」

王父這麼說了，林清倒是不好推辭，只能道了謝接過房契。

林清陪著岳父和小舅子說了會兒話，就抱著閨女去找他爹，洗三快開始了。

找到林父時，林父正接待幾個和林家差不多的富商，林清把他爹爹叫過來，說了他岳父送宅子的事。林父笑道：「王老頭家裡底蘊大，在省府有宅子不奇怪，他送你你就收著。」

「可是，收這麼重的東西？會不會……」省府的宅院可比沂州府的值錢多了。

林父說：「你是怕現在收了東西，拿人手短吃人嘴軟？那是你岳父，就算他今天不送你宅子，等以後他有事你幫不幫？你還是得幫。聯姻就是這樣，聯兩姓之利，結秦晉之好。王老頭這人還算有分寸，知道欲取先予，比那些一味吸血的親戚強多了，所以你現在知道了為什麼結親要門當戶對了吧？這樣才能不光一門付出，徒生怨懟。」

「不過，」林父話鋒一轉，又道：「這王老頭也是個疼閨女的。」

「怎麼說？」林清問道。

「你沒聽說他讓你大舅哥陪著嗎？」

「大舅哥不是去濟南府看鋪子嗎？」

「看什麼鋪子？他家在濟南府有幾間鋪子我難道不知道？他是讓你大舅哥陪你去。」

「陪我去？我去科考，他陪我去幹什麼？」林清不解地問。

林父敲敲林清的頭，「傻兒子，當然是怕你去科考時不小心碰上什麼野花給帶回來。」

林清：……

五月初，林清就在林澤和王蔚的陪伴下，帶著一隊家丁僕從，從沂州府往濟南府趕。叮叮噹噹的馬車上，林清抱著一盒點心，一邊吃一邊透過簾子看外面的風景。

林澤從被子上支起身子，說：「你這吃了一路了，也不怕身上長膘。」

「不吃要幹什麼？這一路顛顛碰碰的，想睡也睡不著，看書又晃眼，除了吃，我想不出來要做什麼事打發時間。」林清說。

「你不是在看風景嗎？」林澤拿起林清的點心咬了一口，覺得味道不錯就吞下。

「剛開始看還覺得新鮮，可是這路上的風景大同小異，看了八九天早就看夠了，再加上路這麼顛簸，哪有什麼心情看風景？」林清嘆氣。

「這樣的路你還嫌顛？這可是官道，是所有路中最平的。要是走別的路，你豈不是會更加受不了？」林澤驚訝。

「唉……」林清繼續嘆氣。

「而且，怕你身體受不了，咱們每天才行六十里，要知道，我和爹爹走商的時候，每天從來沒低於百里。」林澤再次重擊。

林清抱著被子透過馬車簾子看著天。

老天，請送我一條水泥路吧！

林澤看著林清生無可戀的樣子，笑著安慰說：「好了，別鬱悶了，就快到了，今天咱們就能進濟南城了。」

「快到了？」林清翻身坐起來，「真的？」

「當然是真的，沂州府離濟南府總共不到六百里，要不是馬車走得慢，早就到了。」

「太好了，終於不用坐這個可惡的馬車了。」林清高興地說。

果然，不到一個時辰，林清就遠遠地看到了官道盡頭的有個巨大的城池，上面用大篆寫著濟南兩個大字。

看到濟南城，林澤也坐了起來，伸了個懶腰說：「到了。」

「我們直接入城？」林清問道。

「嗯，不過，得先在城門前等一會兒。」林澤指了指在城門口排隊的百姓，「這次託你的福，咱們不用交錢了。」

林清抬眼看過去，果然見出去的百姓正在排隊通過城門，要先查看路引，然後按人頭交稅，如果攜帶貨物，還得加錢。

林清這一隊自然地跟在後面，等輪到他們時，林清把自己的秀才文書拿出來遞給官差，不僅不用交錢，連搜查都沒有，讓林清感嘆道：這世道，果然權比錢好用！

進了城，王蔚在前面帶路，領林清去了王家送他的那座別院。

◆　◆　◆

「幾位客官，裡面請。」門口的小二看到三人的穿著打扮，就知道是有錢的主，立刻躬身把他們往裡面領，並說：「客官，三樓有雅間。」

「去二樓，找個視野開闊些的位置。」王蔚摸出一個銀豆扔給小二。

小二看了一眼，當下眉開眼笑地說：「好的，客官，你們這邊請。」

王蔚一邊跟著小二走，一邊對林清和林澤說：「這裡離貢院最近，許多趕考的秀才都喜歡來這裡，你要想聽些消息，這裡最好。」

林澤說：「還是大哥消息靈通，不然我和小弟到省府真是兩眼一抹黑。」

「我也是跟著父親來過，你家沒這邊的生意，當然不熟了。」

小二果然找了個靠欄杆的桌子，用毛巾把桌椅又擦了一遍，才請三人入座。

小二問道：「不知三位客官要點什麼？」

王蔚熟練地報了幾個菜名，又點了一壺酒，就問：「這些日子，你在酒樓可聽到什麼關於這次鄉試的消息？」

作為貢院附近酒樓的小二，一聽到王蔚問，立刻就明白了王蔚話中的意思，看了三人一眼，最後落在穿著青衫的林清身上，說：「這位公子也是參加這次鄉試的吧？」

林清點點頭。

小二說：「這兩個月，各府來參加鄉試的差不多都到了，大多住在這條街的客棧裡，聽說這次有幾個比較有名。」

小二看三人意動，接著說：「這第一位是濟南府的本地人，名叫張羅，曾中小三元，據說他五歲識字，六歲啟蒙，十歲能作詩。」

「他是世家子弟？」林清問道，一般世家子弟啟蒙較早。

「正是，這位張秀才的父親是位舉人老爺，張家在濟南府也是有名的耕讀世家。」小二繼續說：「這第二位是青州府的一位神童，名叫許巍，據說過目不忘，天賦過人。雖然出身農家，卻從小被青州府學的教習收為弟子，曾奪過府試和院試案首，只比前一位差些。」

小二見林清沒什麼反應，又道：「第三位聽說是沂州府這次的院試案首，名叫林清。這位半年內從縣試直接跳過府試，又中了院試的案首，如果不是沂州府府試和院試撞在一起，八成又是一個小三元。」

林清嘴角抽了抽，問：「有沒有關於這次鄉試考官的議論？」

小二說：「這次鄉試來的主考官是翰林院的梅翰林，咱們酒樓旁邊的書肆，最近有不少梅翰林的詩集。」

小二說完，就下去叫菜了。

王蔚笑著說：「想不到妹夫在濟南府也這麼有名。」

林清拿起桌上的茶壺，給王蔚、林澤和自己各倒了一杯茶，端起來喝了一口，說：「不過是最近臨近鄉試，所以談論的人多了些。」

一個秀才，哪怕再出名，不是鄉試這種時候，也沒幾個人會在意。

林澤有些擔心，「剛剛聽小二說的，前兩位看來是勁敵。」

林清搖搖頭，笑道：「勁敵可不是就兩位，這兩位只是近兩年比較有名的秀才，可鄉試是全省所有的秀才來爭名次，你可別忘了，三年前、六年前，或者更早，每次鄉試都有一部分落榜的，有些只是火候不夠，經過幾年錘煉，這些才是真正的勁敵。」

「那？」林澤一聽更擔心了。

「擔心什麼？」林清輕笑，「科考本來就是這樣，萬千人馬過獨木橋，過去的，就算贏了。只要自己能穩當地過，管別人幹什麼？指望別人弱，就是對自己學識的否定。」

「還是妹夫看得透徹。」王蔚說道。

正說著，幾個同樣穿著青衫的秀才進來，也上了二樓，找了個靠窗的位置坐下。其中一人說道：「這青州府的許巍也太目中無人了，居然敢當面嘲諷我等無才。」

「就是，一個農家子，做了人家的上門女婿，舔著岳父，中了秀才狂什麼？」

「說我們做的策論肯定中不了，他以為他是誰，主考官嗎？」

幾個人要了幾個菜、一罈酒，在那邊一邊吃一邊罵。

王蔚、林澤和林清三人面面相覷，王蔚低聲說：「這位許秀才風評好像不怎麼樣。」

「鄉試糊名，又不看名聲，再說，還不一定是許秀才的問題。道聽塗說，誰知道實際是怎麼樣的情況？不過，有一點可以確定。」林清說。

林澤問道：「什麼？」

「這個許巍應該真的很有才，要不，這些人只怕早就撕了他。這些人只敢在背後發發牢騷，本來就是技不如人。」林清淡淡地說。

三人正說著，就聽幾個人又說起濟南府某位大儒要舉辦文會，預測這次鄉試的考題。

聽到幾個人說那位大儒有多麼厲害，連續幾次押中鄉試的題目，王蔚都有些不淡定了，問林清說：「要不，我找找關係，幫你也弄張帖子？」

王家雖然在濟南府沒有太多的產業，可王家經商多年，在濟南府找些關係，弄張帖子，還是不成問題的。

林清搖搖頭說：「不用。」

王蔚以為林清不好意思，忙說：「我王家和濟南府的陳家交好，陳家家大業大，弄張帖子真的不算什麼。」

林清笑笑，小聲說：「那幾個人是玩仙人跳的，剛剛那些話都是說給咱們聽的。」

王蔚和林澤一驚，悄悄側了側身子，果然發現那幾個人正一邊說著一邊偷看他們。

兩人看到這裡，哪還不明白，人家果然是要引誘他們上鉤呢！

王蔚和林澤心裡氣憤，只是做生意多年，知道能設仙人跳的，一般都是本地有背景的潑皮，這樣的人能不惹就不惹，否則只會沾得身上一身騷。

王蔚氣得喝了一口水，壓壓心中的怒氣，「想不到我行商多年，差點被人玩到頭上。」

「大哥也是關心則亂，想幫幫我，才一時不慎。」林清又倒了一杯茶給王蔚。

王蔚也是知道自己太過於看中妹夫這次的科考，方一時被牽著鼻子走，聽了林清的話，心裡舒坦些，就說：「是我急躁了，不過，妹夫，你怎麼看出來的？」

王蔚可是知道這個妹夫幾乎沒出過遠門，怎麼可能摸透那些邪門歪道？

林清笑道：「考前押題，各府學的教習、大儒都做過，可能押準多少就要看運氣。剛才那幾個人說得天花亂墜，說上次那位大儒押對好幾次的策論，呵呵，要是有這個能耐，府學早就請他去押題了，還開什麼文會？」

「這些把戲不過是要騙騙那些外來的學子，許多外來的學子獨自在外科考，本就心中忐忑，一旦聽說，都會抱著寧可信其有的態度去試一試。這一試，帶來的盤纏只怕就要被騙光了，而且哪怕最後知道被騙，可押題本來就可中可不中，官府也沒法管。」

「這些人太可惡了！」王蔚憤憤地說，又嘆了一口氣，「難道就沒有什麼辦法？讓他們一直囂張地騙下去？」

林清想了想，「其實還是有辦法的。」

「什麼辦法？」王蔚和林澤異口同聲問道。

「有位厲害的人曾經說過，在絕對的實力面前，一切都是紙老虎。」

王蔚和林澤一臉莫名其妙。

「以暴制暴。」林清興奮地說：「兩位哥哥，我們找人偷偷給他們套麻袋吧！」

「妹夫，你……」王蔚不敢相信地看著林清。

「怎麼，我說的這個方法不好嗎？」

「不是不好，只是……」王蔚吸了一口氣，「我沒想到你會想出這樣的辦法。」

「你不覺得這個方法很實用嗎？」林清反問。

「實用，可是……」

林清接口道：「那好，這件事就交給你了。」

王蔚瞪著眼睛。

林清眼中露出一絲笑意，「我們三個只有你在濟南府有熟人，再說，剛剛他們可是想騙你，正好給你一個報仇的機會，哈哈哈！」

小二端了飯菜過來，林清連忙說：「菜來了，快吃快吃！」

王蔚剛要出口的話，直接被堵在了喉嚨裡。

一直到林清吃完，那幾個人都沒等到林清三人主動搭訕，不由有些可惜。那三人一看就是肥羊，居然沒有上鉤，卻不想出去沒走多遠，就被人套了麻袋，等醒來的時候，已經和狀紙一起被丟到了府衙門前。

◆ ◆ ◆

八月初八，不同於以往的縣試、府試、院試，需要張榜公告考試時間，鄉試的時間，除非朝廷發生重大變故，或者加恩科，否則日子是固定的。

新朝初立時，太宗皇帝將第一次鄉試定於八月初九，故自此以後，每隔三年的八月初九便定為鄉試開始的日子。

鄉試分為三場，每場提前一日進場，因此，八月初八時，貢院門口已經被前來趕考的學子們圍了個水洩不通。林清這日卻罕見的沒有早起，而是睡到了下午才起來。

來到前院，就看到正焦急等待的王蔚和正在坐著喝茶的林澤。

林清看了淡定的林澤一眼，滿意地點點頭，果然預先演練過一遍就是不一樣。

看到林清進來，王蔚趕忙走過來，說：「妹夫，你可來了，我本來還打算去叫你，可是聽你哥說你在休息，我又不敢去叫你。」

「大哥，別急，今天只是進場，明天才開始考試。今天進場越早，在號房等得越急，越不利於考試。」林清說道。

王蔚聽了，這才放心下來，問道：「那我們什麼時候過去？」

「鄉試要求前一天天黑前進場，咱們吃過飯就去。」林清算了算時間說。

王蔚連忙叫人擺飯，林清三人吃完後，林澤把事先準備好的考籃遞給林清。林清提著考籃，和林澤、王蔚一起往貢院去。

到了貢院，由於林清來得比較晚，早已沒有剛開貢院門時的擁堵。林清下了馬車，對林澤說：「按咱們事先安排好的來。」

林澤點點頭，「放心，外面有我。」

林清提著考籃進了貢院大門，先跟著前面的人去廂房，裡面有搜身的軍士。

軍士仔細把林清的考籃搜了一遍，看有沒有夾層，又把他身上從裡到外摸了一遍，另一個軍士就對他說：「跟我來。」

林清乖乖地跟上，走了一會兒，到了一排排號房前，軍士掏出鑰匙，打開其中一個號房的門，然後說道：「進去。」

林清進去後，軍士俐落地關門落鎖，轉身離開。

林清嘴角抽了抽，要不是知道自己是來科考的，還以為是來坐牢呢！說是科考，其實和坐牢還真差不多，整個號房內十分狹窄，只有上下兩塊木板，上面的木板當作寫答卷的桌子，下面的當椅子，晚上睡覺再將兩塊板子拚起來當床。

林清將桌子椅子上的木板拿下來拚成床，用手摸摸，還算乾淨，就合衣躺在上面。鄉試在八月，天氣還不算冷，一般號房不會有被子，不過晚上會提供火盆，如果覺得很冷，可以生火取暖。

等了一會兒，果然有軍士敲了敲號房的小窗戶。林清起身，看到一個軍士遞進來一個火盆、兩顆火石和一根蠟燭。

林清先用火石點燃蠟燭，又用蠟燭點燃火盆裡的炭。炭剛點燃時煙比較大，他就把考籃裡的瓦罐找出來，放在上面燒水。

考鄉試時，只要進了號房，除非考試結束，否則吃喝拉撒睡都必須在號房中，所以在發卷前提前準備好吃喝也是很關鍵的事。

燒好水，林清喝了一點，剩下的就留在瓦罐裡，放到不礙事的角落，然後林清把燒得已經不出煙的炭盆放到床邊，等半夜天涼了可以不讓外面的寒氣進來，接著合衣而睡。

第二日清晨，林清在一陣敲窗聲中醒來，看見外面有人從小窗戶外遞進一捲試卷。

林清顧不得衣服上的褶皺，連忙起身接過試卷。

發卷的人還好奇地看他一眼，彷彿在說：在這種情況下，居然還睡得這麼香？林清把試卷放到一邊，整了整衣服，再將床拆了，變成桌子和椅子，這才坐下，拿起試卷，解開紅繩，小心地展開。

林清從頭到尾看了一遍題目，題目為《論語》一題、《中庸》一題、《大學》一題、《孟子》一題，五言八韻詩一首和經義四首。前四題約要二百字以上，經義要寫好不能低於三百字，再加上一首詩，題量不小。

心裡有數後，林清就拿起草稿飛快地開始答題。

到了中午，林清揉揉痠痛的手，放下筆，打算先吃些東西。

他從考籃裡拿出乾糧，又倒了點水，慢慢地吃喝起來。

林清邊吃邊思索那首詩。提起作詩，他覺得作詩真是個技術活，卻算不得難活。以前他在看唐宋詩詞時，很佩服人家的才華，佩服人家張口就來一首，等到他到了這個世界後才發現，作詩和他想像的有點不一樣。

作詩，更確切地應該說是填詩。作詩是有平仄規矩的，不僅如此，還有韻腳等規則。誰對誰，某些時候也是有規範的。

只要學會作詩的規矩，想做幾首詩還真不是難事，難怪有句話說：「熟讀唐詩三百首，不會作詩也會吟。」

當然，這只是會作詩，離做好詩還差得遠。要想做好詩，不但要熟悉作詩的規矩，還要掌握大量的典故，更要會把這些典故巧妙地填在詩中，才能使詩讀起來更有韻味和意境。

想要做一首好詩，要搜集大量的典故，精雕細琢，不斷修改，若是能靈光一閃，來點靈感，那絕對是再好不過，故而說要想做一首好詩，絕對是費時費力的。

林清也是這時才知道，大多數的好詩並不是現場做的，而是預先準備好的。

例如科考的詩，九成九都是提前作的。

林清上一世的教習曾說過，鄉試之前如果沒備詩百首、策論千篇，那這鄉試就沒必要去考了，考也考不過。

別人都是提前準備好精雕細琢的詩，你卻是現作的，還是在科考的考場這種環境下現作的，誰好誰壞，簡直不用比都知道。

當然，要是有李杜那樣的詩才除外。

可是，放眼天下，有這種才華的，一百年都未必出幾個。

因此，林清在此次鄉試前，還是老老實實地把各類各方面的詩都作了一遍，修修改改，才挑出了一百首詩。

等看到五言詩的題目時，林清恨不得仰天大笑。這個題目的詩他準備了五首，然後……林清悲催地陷入了選擇困難症中。

這五首都是他非常用心作的，他到底要挑哪一首？

每一首都很好啊！

林清一邊吃乾糧一邊糾結，終於在吃完乾糧時做出了決定。

抓鬮！

通過抓鬮，林清迅速擇定了一首詩，再把這首詩寫在了草紙上。

對於作詩，林清從來沒有想過抄第一世的那些詩詞，倒不是他有多高的道德修養，而是凡是他們中學課本上的詩，那真不是考科舉的人能用的。

用了，不但可能科舉不中，分分鐘進大牢都有可能。

林清曾把中學課本上的詩總結了一下，發現大體可分為幾類。一是造反詩，二是批判現實黑暗的詩，三是描寫百姓疾苦的詩，四是歌頌春花秋月的詩，五是亡國之恨的詩。

可是，這些適於科考嗎？

試想，有哪個考官敢錄取一個想造反，或者天天諷刺朝政，更不要說在太平盛世天天唱亡國之恨的人，這不是詛咒嗎？

所以，林清還是愉快地把那些詩都還給了國文老師，一頭奔向了自己作詩的康莊大道。他的詩雖然不一定好，但勝在安全無危害啊！

作完詩，林清開始看下面的四道經義。

看到經義，他點點頭，雖然難了些，但不是很偏的題。

相比前面的題，他做經義慎重了許多，畢竟經義可是第一場的大頭，占的比重極高，對於名次的好壞具有極大的作用。

林清用了一下午，才把四道經義題做完，正想把草紙拿來再從頭到尾仔細檢查一遍，突然聽到旁邊的號房一陣放屁聲和拉肚子的聲音。

林清正要落下的筆僵住。

他就知道鄉試會遇到這樣的情況！

鄉試用的是號房，而每場要考三天，所以號房不僅相當於考場，還相當於考試客房，也就說這三天的吃喝拉撒，都得在這裡完成。

人既然吃五穀雜糧，就肯定離不開排泄，因此林清一拿到試卷就開始飛快地做題，就是為了儘量避免被這些瑣事影響。

林清熟練地從考籃裡摸出一小包香料，點燃昨晚發的那根蠟燭，再把香料粉末拈了一點放到蠟燭上。不一會兒，林清的號房便被一股濃郁的香氣充盈。

林清鬆了一口氣，接著檢查草紙。

等他把草紙上的答案刪刪減減，又添添補補，終於滿意地放下筆。

看了看小窗戶外的天色，太陽已經快要下山。

看來今天沒法謄抄了，林清把試卷收到考籃裡，打算吃些東西。

可是，想到隔壁的傑作，頓時有些吃不下。不過，這才第一天，不吃肯定撐不下去，林清逼自己吃了些乾糧，喝了些水，就拆了桌椅拚成床，側躺在上面睡著了。

第二日清晨，林清起床後先解決生理問題，吃了點乾糧，就開始專心謄抄答案。

……

貢院的大門一開，一眾在外面陪考的人，立刻湧到貢院門口。

林澤和王蔚也不甘示弱，雖然他們不是那種身強體壯的漢子，可兩人比較有心眼，各自帶了兩個健壯的小廝，在小廝的開道下，輕鬆地擠到了最前面。

當林清出來的那一刻，還沒等他邁著的腳落下，兩人就一人一邊，架住了林清。

他們不敢在門口這麼擁擠的地方耽擱，在小廝護持下，趕緊把林清從人群中架出來。

王蔚和林澤把林清放到馬車上，林澤就對馬車裡的蘇大夫招手，說：「蘇大夫，快點來看看我弟弟。」

被重金請來陪考的蘇大夫拉起林清的手，也不用脈枕，就開始把脈。

王蔚連忙問林清說：「妹夫，你這是怎麼了？怎麼進去才三天，就面有菜色？」

林清接過林澤遞過來的水，喝了幾口，才說：「昨天我幾乎一天水米未進。」

「怎麼會這樣？」林澤嚇得趕緊問。

「我隔壁那人從第一天晚上就開始拉肚子，後來拉稀，差點死在裡面。」林澤和王蔚彷彿在想像著裡面的情形，一臉擔憂地看著林清。

林清搖搖頭，「第一日我就把題做完了，第二日我只是謄抄到考卷上，所以影響不大，只是著實被噁心壞了。」

王蔚和林澤這才鬆了一口氣。

林澤抱怨：「來參加鄉試，居然也不先養好身子，不但自己不行，還差點拖累別人。」

「也不能怪他，咱們的鄉試本來就是八月，雖然晚上涼了，可白天仍然很熱，許多東西都放不住，他再不注意，更容易拉肚子，再說，有些人科考緊張也會如此，這個防不勝防。好在這事我遇多了，提前準備了熏香，倒是多撐了不少時候。」林清說道。

「我說你拿那些上好的香料幹什麼，敢情是用在這裡？」林澤恍然大悟。

蘇大夫給林清把完脈，對三人拱手說：「二公子沒事，只是二日不曾進食，難免有些體力不濟，在下給公子開副湯藥，二公子再吃些米湯類不易積食的就可以了。」

王蔚和林澤這才放下心來，一行人急急地回了別院。

林清沐浴更衣後，吃了些易消化的飯菜，回房倒頭就睡。

第三天又到了該進場的時候，可能是第一場就遇到了意外，王蔚和林澤格外擔心。

林澤說：「要是那個人身子還沒好怎麼辦？」

林清經過兩天進補，倒是一身輕鬆，「不要緊，那天開門的時候，我瞅了被軍士拖出來的他一眼。那人面色都發白了，再說，他第一場就沒考好，後面兩場肯定不會參加了，所以可以不用擔心。」

進了號房，不出林清所料，他旁邊的號房一點動靜也沒有，看來那人真的放棄了。

林清雖然對對方半途而廢感到可惜，可相比於身體，還是健康更重要。就像前世他爹，要不是在鄉試中因為風寒弄成癆病，也不至於無望於科考而瘋癲。

第二場的考題內容是詔、判、表、誥各一道。這個是比較實用的題，當然這個實用是對於做官的人而言，對於普通人，絕對是八輩子也用不著，故而從這場的考題就可以看出，舉人是為做官而預備的。

沒了隔壁那人的干擾，林清這次做題意外地順暢。雖然另一邊也有些動靜，畢竟在可忍受的範圍內，因此，這場考完，林清比起上一場簡直可謂神清氣爽，連擔心不已的王蔚和林澤都鬆了一口氣。

最後一場是五道策論，前兩道較為簡單，中間兩道難度適中，最後一道壓軸。

林清掃了一眼前四題，還算中規中矩，再看到第五題，眼前一黑。

題目倒是簡單扼要：先朝重文輕武對否？

這答案肯定是不對的，要是對，前朝能滅亡？

可是，能答不對嗎？

不能啊！他們是文人，否定重文輕武，難道要重武輕文？

哪有自己挖自己牆角的？

林清在心中暗罵主考官變態，天底下題目這麼多，為什麼不能出個中規中矩的題，非要出這種動輒得咎的題。

林清乾脆先把這道題目放一邊，將前面四道題在草紙上寫好改好，謄抄完，然後再接著來研究最後那道題。

林清盯著這個題目看了足足半晌，突然哈哈大笑，引得一個軍士過來查看。見他沒瘋，才敲了敲窗戶，要他不要打擾別人。

林清看著考卷上的題目，突然覺得他刷題刷得有些死板了。策論本來就是用來針砭時政的，既然是政事，哪有什麼標準答案？有理就好，有用就好。而且，每個人對政事都有自己的見解，豈能和做物理題一樣，處處有標準答案。就算是物理題，有時也有不同的解法。

再者，這個題目要是別人遇上了，會糾結於哪種答案更討主考官喜歡，可是，對於他，這是他親身經歷的事，若他還只是為了名次而答這道題，那就太違反策論的本意，也太對不起他的上一世了。

林清拿起一張草紙開始下筆，他今兒不寫別的，就寫前朝重文輕武的危害，就寫前朝長江以北，如何在一年內淪喪於外族鐵騎之下，就寫有多少手無寸鐵之人被無辜砍死，就寫有多少讀書人還沒能大展伸手，便死在外族手上。

雖然這篇策論肯定備受非議，甚至落選，可他上輩子活了一世，戰戰兢兢地活了一世，總得留下點什麼吧？尤其是為死去的人留下點什麼……

林清以前寫策論時還會打草稿，這次不但沒草稿，反而一揮而就。

他怕他打了草稿，就再沒勇氣把這篇備受非議的策論謄抄上去。

林清寫完最後一個字，等考卷的字乾了之後，便把考卷重新綁好，放到考籃裡，擱在窗前，等待考官收卷。

至於他，重新爬回拼好的床上會周公去了。

這次科考，就這樣吧！

當貢院門再次打開的時候，林清放鬆地從貢院走出來。

林澤看到林清，一手把他拉出來。見林清表情輕鬆，有些驚喜地說：「怎麼樣，最後做得很順？這次有把握嗎？」

「是很順。」林清頓了一下，接著說：「八成會落榜！」

「啊！」林澤和王蔚大驚道：「怎麼會這樣？」

做得順，怎麼還說八成會落榜？

林清看著林澤和王蔚，說道：「因為我終於中二了一次！」

林清說完，拍拍屁股上了馬車。

王蔚和林澤在外面大眼瞪小眼，反應過來後，也跟著上了馬車，一左一右地問道：「你說的是什麼意思？」

林清把最後一道題說了一下，然後說：「最後一道題我答得有些太現實了，只怕在判卷的時候會引起爭議，而對於有爭議的考卷，往往會不取，除非入了主考官的眼。」

林澤聽不太懂林清說的題，不過還是問道：「既然你知道這麼做會引起非議，那為什麼不換個答案？我看你並不是不會做這道題的樣子。」

林清嘆了一口氣，「因為只有這個答案是我心中真實的想法。」

林清認真地看著林澤，說：「唯獨這道題，我不想也不願昧著良心做。」

林澤簡直想抽林清，一道題而已，怎麼就到了昧不昧良心的地步？

鄉試這麼重要的事，是你能義氣用事的嗎？

王蔚本來也想念叨林清，可看到林澤的表情，連忙打圓場說：「妹夫寫的也只是有爭議一些，不一定不過。妹夫不是說了嗎？要是入了主考官的眼，也是能過的。」

林澤氣呼呼地說：「他明明有更穩妥的答案，偏要寫那種不確定的，我以前怎麼就沒發現他這麼愣呢？」

王蔚在心中嘀咕，大家本來就覺得林家二公子憨，也就你們自己覺得他沒問題。

考卷已經交了，林澤再想押著林清去改答案也不成，只能作罷。

雖然林清說不太可能中，林澤和王蔚還是沒有考完就走，而是等著放榜。兩人的想法倒是出奇一致：反正是自己家的院子，他們又不缺錢，幹麼不等放榜再走，萬一中了呢？

參加鄉試的人多，題目也多，故出榜的時間頗長，這一等，就等到了九月初。

九月初三，一大早，林澤和王蔚就派了身邊的小廝去看榜，至於林清，他壓根兒還沒起床。自從考完鄉試，林清就打著補覺的藉口，開啟了他的睡神模式。

對於林清來說，考試完了放鬆幾天，為下個衝刺做準備，這才是健康的學習模式。

結果，還沒等王蔚、林澤的小廝回來，就見一隊報喜的人浩浩蕩蕩地到了別院門前，在門口一站，大聲吆喝道：「恭喜貴府的林老爺，高中桂榜第八十名！」

門房一聽，驚得打開大門，然後撒開腳丫往裡院跑，邊跑邊大聲喊：「大少爺、林大少爺，二少爺中了！」

這個門房是王家原來的僕人留下來的，一急起來，連該換的稱呼都忘了。

王蔚和林澤在正院喝茶等著放榜的結果，聽著這一嗓子，林澤手中的茶杯抖了抖，啪一聲掉在地上。林澤卻沒管，刷一下站起來，對王蔚說：「中了？」

王蔚激動地說：「外面是這麼喊的。」

「快出去看看！」林澤說完，直接往外跑，王蔚連忙跟上。

兩人剛跑出去，就看到氣喘吁吁的小廝，小廝興奮地說：「二位少爺，報喜的進門了，說二少爺中了，第八十名！」

林澤從袖中掏出一塊銀子扔過去，「賞你的。」然後拉著王蔚奔去前院。

門房得了賞銀，喜笑顏開，想到還沒看到二少爺的人，要是告訴二少爺，肯定也少不了喜錢，當下往二少爺的院子跑去。

林澤和王蔚來到前院，報喜的差爺剛進前院，兩人急忙迎上去。

領頭的差爺說：「恭喜貴府的林老爺高中鄉試第八十名，不知林老爺是哪一位？」

林澤和王蔚猛然停下腳步，對視一眼。他們光忙著來接喜報，竟把正主忘了。

林澤對身邊的小廝說：「還不快去把二少爺叫來，報喜的都來了，他還在睡。」

小廝應了一聲，匆匆往後頭跑。

王蔚讓下人快點準備茶水點心和喜錢，招待報喜的差爺。

林清來得倒是快，畢竟在這之前，門房就先跑去向他報喜了。

報喜的差爺知道這位就是林清，笑著恭喜道：「恭喜林老爺，高中桂榜第八十名。」然後把一份大紅喜報拿給林清，「林老爺，這是您的喜報，請您在這份文書上用印。」

林清拿出自己的私印，翻開喜報，就見上面龍飛鳳舞寫著幾個大字：「捷報，貴府老爺林清高中山省鄉試第八十名，京報連登黃甲。」

林清確認無誤，收下喜報，在報喜差爺遞過來的文書上用了印。差爺拿出林清報考時的文書核對，確定無誤後，收好文書，便對林清客氣地道：「林老爺是今天我們兄弟送的第一份喜報，林老爺好福氣。」

林清正打算把喜報往袖裡裝，聞言手一頓，他怎麼好像記得鄉試的捷報是從後面往前報的，這第一個送，該不會……

林清問報喜的差爺：「這次鄉試桂榜上總共有多少人？」

報喜的差爺說：「此次桂榜正榜總共八十位，副榜十六位，恭喜林老爺，您正好是正榜最後一位。」

林清：……

他恰好是孫山！

天啊，他以後再也不中二了！

自從得知了這個消息，林清就如同霜打的茄子般蔫了，而與之相反的，就是高度興奮的林澤和王蔚了。

對於林澤和王蔚來說，最後一名也是舉人。是舉人，那就是有身分的人。對於陪考的林澤和王蔚來說，意味著他們圓滿完成任務了。

等林澤參加完鹿鳴宴，兩人就立刻帶著林清啟程回去，準備回家對父親、妹妹傳達這個天大的好消息。

林清去的時候，用了十天左右，回程的時候，在林澤和王蔚的快馬加鞭下，硬是六天就趕回到了沂州府。

馬車在林府門口停下，林清腰瘦背痛地從馬車裡爬出來，一下車，就看到在門口等著他的林父、李氏、小李氏和王嫣，想必家裡早就接到府衙傳來的喜報。

林清忙上前說：「爹、娘、嫂子、嫣兒，我回來了。」

「好好好！」林父欣慰地看著林清，拍拍林清的肩膀說：「清兒，你真給咱林家爭氣！報喜的來了，我兒子真的中了，哈哈哈！」

林清尷尬地說：「沒想到居然吊車尾。」上一世雖然也吊車尾，可是那是他盡力了，只能那樣了，可這一世，因為他一時意氣用事而吊車尾，著實尷尬得很。

林父大手一揮，「那是舉人，好幾千人你考了第八十名，那是咱林家祖墳冒青煙。」

林父又對林澤說：「老大，辛苦你了，一直忙前忙後跟著你弟弟。」

林澤說：「弟弟能中舉是咱們全族的榮耀，我出點力算什麼？兒子還巴不得經常有這種力可以出呢！」

「說的好！」林父哈哈大笑，「兄弟同心，其利斷金，你們能這樣齊心協力，以後林家肯定能在你們手裡興旺起來！」

李氏看了看兩個兒子，問了問他們路上怎麼樣，科考時辛不辛苦，又看到後面兩個兒媳婦都眼睛不眨地望著自己的丈夫，不由笑說：「好了，既然回來了，就別在門口杵著了，快點進去。先洗漱一下，看看你們的媳婦孩子，晚上再來正院吃飯。」

小李氏和王嫣臉一紅，趕忙低下頭。

林澤和林清眼中閃過笑意，各自拉著自己的媳婦回自己的院子去了。

林父和李氏本想請王家大郎也進去歇歇，可王蔚也想回家，就先告辭了，說等林家辦喜宴時再過來。林父和李氏留不住，就派人送他回去。

林清和王嫣回到自己的宅子後，一進門，就看到宅子的新管家，林管家的兒子，帶著宅子裡的丫鬟婆子，齊聲說道：「恭喜老爺高中！」

林清嚇了一跳，反應過來，笑說：「你們這幫小子是來討賞錢的嗎？哈哈哈，好了，每人多發三個月的月錢。」

小林管家以前就是林清的小廝，知道林清的脾氣，當下笑嘻嘻地說：「可不就是等老爺回來，好討一次喜錢嗎？」

林清用手指頭戳戳小林，「你這個滑頭！對了，怎麼給少爺我改稱呼了？」

「少爺，您中舉了，就是舉人老爺了。老太爺發了話，從今往後，大少爺以後要稱呼大老爺，您稱呼二老爺。」小林說。

林清愣了一下，後知後覺地反應過來，老太爺指的是他爹，也就是說，以後他家裡他爹是老太爺，他大哥是大老爺，他是二老爺。

林清無語望天，他爹這是自己給自己長輩分嗎？

林清笑了笑，也知道他爹做事是有道理的，畢竟他和他大哥都有孩子了，等下一輩長起來，他和他大哥在外再稱呼少爺就有些不妥當了。

林清給院子裡的小廝丫鬟婆子發了賞錢，就和王嫣一起進了屋。一進屋，就看到奶娘正抱著的他的閨女小花生，林清連忙上前接過來。

一別好幾個月沒見到寶貝閨女，林清想得厲害，一見面就恨不得抱著閨女親兩口。

對於小花生來說，她才出生六個月，四個多月不見，她早忘了自己的親爹長啥樣了，所以林清剛一抱住她，她就委屈地「哇」一聲哭了出來，一邊哭，還一邊向王嫣伸手討抱。

王嫣忙接過女兒哄了哄，有些尷尬地看著林清，怕林清不喜，忙說：「是妾身不好，沒有每天在她面前提二郎，才讓她和二郎生分了。」

林清哈哈大笑，「她才這麼點大，哪能聽懂妳說什麼？妳就是天天在她面前說，她也對不上號。妳要弄個畫像給她天天看，說不定她還能記得一點。沒事，孩子太小，容易認生，是我不好，她才多大，我就丟下她去趕考，她不記得我也是應該的。」

林清說完，拿起旁邊的撥浪鼓逗小花生。

王嫣這才鬆一口氣，她倒不怕林清埋怨她，而是怕林清對女兒不喜。身為女子，她更明白父親的重視對女兒有多重要。不過，聽到林清提起畫像，王嫣眼睛一亮，決定等以後丈夫要是出門，就準備一張丈夫的畫像給女兒看。

林清還不知道他隨口一說被王嫣記在心裡，他正拿著各種玩具逗寶貝閨女。也許他天生對小孩子有親和力，或者他是孩子的親爹，沒一會兒，林清就和寶貝閨女玩熟了。

小花生更是表現出喜新厭舊的個性，從她娘懷裡掙扎出來，伸手投入美人爹爹的懷抱。

「這個小沒良心的，養了她大半年，還比不過他爹哄半個時辰。」王嫣笑著罵道，把孩子遞給林清。

林清逗著小花生，笑說：「咱們閨女這是愛美色。」

王嫣恍然大悟，「難怪我身邊的這幾個丫鬟抱她，她獨獨喜歡梅香，我還以為梅香照顧得最好，原來是因為梅香這丫頭最俊啊！」

「可不就是這樣。」林清和王嫣分享了一下女兒的小祕密，兩人逗了孩子一會兒，說了半天私房話，等到傍晚，才抱著孩子去正院。

李氏早已準備了一大桌菜，林澤和小李氏也帶著小小相偕而來。

李氏見人到齊，就道：「既然都來了，那就先開飯，邊吃邊說。」然後對著兩個兒媳婦說：「澤兒和清兒好不容易回來，你們也坐，不用伺候。」

用餐到一半，林父談到這次林清中舉的事，說：「本來還接到信說你可能中不了的，卻沒想到居然中了，這真是祖宗保佑。到底是怎麼回事？」

林清笑著說：「沒事，就是最後一篇策論寫得有些爭議。一開始以為會不中，沒想到主考官看我前面兩場的題做得扎實，最後一道雖然有爭議，但覺得以我的實力中舉沒問題，就把我放上去了。」

當然，林清也有沒說的，那就是鹿鳴宴後，他的考官梅翰林，也是座師，曾隱晦地提醒他，以後作文章不要太實在，以免犯了忌諱。

林父不知道這裡面的內情，聽了還是覺得僥倖，忙說了一句「祖宗保佑」，又對林清說：「能中就好，能中就好，真是多虧了人家主考官慧眼識珠。」

林清點點頭。

林父又說：「這次你中了舉人，咱們家這一片的幾個家族都震驚了，你爹我現在出去，別人都羨慕死你爹了，哈哈哈！」

林清知道他們這一片住的都是沂州府有名的富商，雖然家裡有錢，可真沒幾個孩子走讀書的路子，就算走了，也沒有能中秀才的，所以他這個舉人一出，想必震動很大。

不過，林清還是對他爹說：「爹，雖然別人羨慕是好事，可也要防著別人嫉妒，樹大招風，還是低調些好。」

林父點點頭，「這個不用你說我也知道，你爹我行商這麼多年，豈能不知這個道理？放心，我做事有分寸。林家我也會約束好，不會讓別人有可乘之機的。」

林父繼續說：「這次你過了鄉試，雖然咱們要低調，可該走的流程還是不能少。明日咱們整個林家聚一聚，後日請請街坊四鄰，再後日辦幾天流水席。」

林清知道這是每個中舉的家族都要走的流程，也就沒反對，「爹爹安排就是了。」

林父又說了幾句關於後面幾天的安排，突然想到一件事，「對了，你外公家也來信，說過幾天你舅舅要來，來賀你中舉。」

林清皺了皺眉頭，諷刺地說：「這次他們得到的消息倒是快。」

林父看到林清的樣子，喝斥道：「怎麼這樣說話？那是你舅舅！」

林清撇撇嘴，「我就不信上次採選的事他們沒得到消息，您可見那邊傳來一絲消息，再說，這麼多年，我還真沒見過那所謂的舅舅、外公長什麼樣子。」

此話一出，林父、李氏和林澤、小李氏頓時尷尬。

林父本想訓斥兒子，可想到兒子這麼多年確實沒有見過外公、舅舅，不由嘆了一口氣，說：「你外公舅舅這些人確實現實了些，功利了些，不過那畢竟是你的外家。」

林清心道，確實現實，就因為他不是長子，又沒有表現出經商的才能，所以這些年的節禮，從來只有他哥的份，李家從來就沒想過他那份，畢竟在李家眼裡，他這個不能繼承林家家業的子嗣，哪怕有李家的血脈也是無用。

當然，要只是這樣，林清也不惱，不過一份節禮，沒有就沒有，他也不缺，可這次他妹妹的事，李家家主，也就是他外公，身為鹽場的主簿，一個幹了幾十年的老油條，怎麼可能這點消息都不知道？不過是不在意罷了，甚至在李家眼裡，還巴不得他妹妹進宮呢，畢竟林淑長得極好，要是林淑有一天出了頭，那身為林淑的親外公，肯定少不了好處。要是林淑不小心死在宮裡，那不過是一個外孫女，李家為了利益，連親生女兒都可以送人做繼室做妾，更何況是外孫女了。

林父見林清不說話，知道林清還是心有芥蒂，就說道：「林李兩家，唇齒相依，莫因為小事便傷了和氣。」

林清這才說：「爹放心，我知道分寸。」

林父知道兒子心裡不痛快，也不再說這個話題，而是問道：「聽說你中了舉之後，家裡就可以建舉人牌坊？」

林清點點頭，「是這樣，只要中舉後向官府報備，官府錄入後，不僅會免除二十丁的勞役、二百畝的稅，還會贈二十兩的牌坊銀。」

林父一聽興奮了，忙對林澤說：「明兒林家全族聚會，咱們和你二叔、三叔家商量，在林家找個好地方，把牌坊建起來。」

林澤連連點頭，「兒子今晚就讓人去請城裡最好的工匠和風水先生。」

「對對對，這是大事，可不能馬虎。」林父說道：「咱們一定要用最好的料子和工匠，選最好的風水。」

林清阻攔說：「爹，只是剛中了舉人，何必立牌坊？」

「中了舉人就是大事，現在不立，什麼時候立？」林父說道。

「可是，爹，萬一兒子以後中了進士，這牌坊怎麼辦？」林清反問。

「當然是拆了重建。」林父理所當然地說：「進士的牌坊規格更大，也更氣派，當然要重建，咱們家又不差這點銀子。你要是中了進士，老子立刻拆了換個更好的。」

林清嘴角一抽。

好吧，只要您不嫌拆掉麻煩，您就建吧！

反正按您的話說，咱們林家不缺錢！

林父見林清不反對，就和林澤熱烈地討論起建牌坊的地點。

兩人討論了半晌，最終決定，建在他家門前的街上。

這條街都是他家的，建在街口，正好來來往往的人都能看到。

林清在一旁默默地喝下杯中的茶水，心道：說好的低調呢？

第二日，林父果然在林家大擺筵席，林家所有人都興高采烈地聚在林家大花廳裡。

林父吃了幾口酒，就與林二叔、林三叔商量起立牌坊的事。

林二叔一拍大腿，驚訝地說：「大哥，咱們家能立牌坊了？」

林三叔有著蔡氏的熏陶，還是知道一些門道的，趕忙為他的大老粗二哥說明，「二哥，朝廷有規定，凡是進入國子監讀書和獲得舉人及以上功名的人，官府都會贈予牌坊銀，用來建牌坊。」

林二叔一聽，高興地說：「那好啊，還等什麼？咱們家又不缺錢，趕快建啊！牌坊那可是光宗耀祖，流傳後世的！」

林三叔也跟著點頭，「就是就是，咱們家這麼多年總算出了一件光宗耀祖的事，哪能不立個牌坊傳給後人？」

林父見自己的兩個弟弟也贊成，就把昨天與兩個兒子討論的又說了一遍。

林二叔連連點頭，「大哥想的就是周到，既然要建牌坊，當然是要建在別人都看得到的地方，街口再好不過了。」

林三叔附和道：「大哥、二哥說的不錯，既然咱們要建，就要讓人看見。對了，大哥，你們想好用什麼材料建了嗎？」

「當然要用石材建，這樣才能萬古千秋。」林父一錘定音。

林二叔說：「不錯，比起木材、竹材，石材最結實。既然用石材，就用最好的石材。」

「用漢白玉吧，我有個石材鋪子，裡面正好有幾塊好料子。」林三叔說。

林父和林二叔一聽，點點頭，漢白玉確實是建牌坊的極好料子。

林清無語地望著屋頂的雕花。

這以後要拆，得多費勁啊！

開完家族聚會，林父就催促兒子去府衙報備，更換秀才文書，換成舉人文書。

林清無奈，只能帶著小廝去了一趟府衙，心中吐槽，不知道的，還以為他家為了那免稅免雜役的名額有多急。他家家大業大，這一下能免不少，可誰能想到，他爹急著要那區區二十兩牌坊銀，好用這個名頭來建個牌坊。

林清換完文書，報完了免勞役的男丁和他名下的土地，就把領到的牌坊名額給他爹，剩下的宴請鄰里，辦流水席，建牌坊，都是他爹和他哥的事了。

林清在家裡待了幾天，好好地歇息後，一掃前些日子考試和趕路的疲乏，又有嬌妻和女兒陪伴，正有些樂不思蜀，就收到正院傳來消息，他舅舅和他舅媽來了。

雖然林清對素未謀面的舅舅和舅媽沒什麼好感，但人家既然來了，他也不能失禮，就和王嫣收拾一下，帶著小花生一起去了正院。

舅舅和舅媽都來了，林清自然要先去前廳見舅舅，然後再到後宅見舅媽，林清就對王嫣說：「妳先帶小花生去後宅看舅媽，我去見舅舅。」

王嫣點點頭，帶著丫鬟，抱著女兒去了後宅。

林清的舅舅李錦正在前廳與林父、林澤說話。

李錦看見林清進來，笑著對林父和林澤說：「這是我的二外甥吧？」

林父說：「可不是？一轉眼，孩子都這麼大了。」

林清上前向李錦見禮，李錦趕忙扶起，說：「自家人，哪就這麼客氣了？」

林清見完禮，在林澤的下首坐下，聽著他們說話。

李錦說：「這次聽說外甥中舉，我和父親真是驚喜，想不到外甥居然有如此才學。」

林父笑道：「我也沒想到他能這麼容易就考上，一開始他說要去科考，我還當他說著玩玩，哪想到他真就考上了。」

李錦聽了羨慕萬分，他爹當年就因為是舉人，才在新朝初立缺人時，補了鹽場的一個主簿，要是放在現在，肯定是不行的，而他爹這幾年年紀大了，幹不了幾年，想讓他接差事，可鹽場的主簿雖然官不大，卻也是九品，沒有正經的官身是不行的。他也曾想過考個舉人，再加上他爹的人脈，好接他爹的差事，但他三十才中秀才，如今好幾次鄉試不中，也只能歇了心思。看到外甥還未加冠就輕鬆中了舉人，怎麼能不羨慕？

李錦感嘆道：「外甥好福氣，雖然吊車尾，卻一次就中了，哪像我這個當舅舅的，考了多少次，連副榜都沒上過。」

林父安慰大舅哥說：「大哥只是火候未到，多考幾次，肯定能中的。」

李錦擺擺手，「妹夫啊，你不用安慰我，我早就放棄了，今年的鄉試我就沒參加，我現在就指望幾個兒子了。唉，那幾個臭小子，和澤兒、清兒一般大，現在居然連個秀才也沒混上，也不知道靠不靠得上。」

李錦看著林父，又說：「妹夫，我真是羨慕你，家業有大外甥以後給你撐著，外面有二外甥給你護著，日後兩個孩子相互扶持，林家百年之內不用擔心。」

林父雖然心裡聽得高興，可自己的大舅哥正傷感呢，也不敢表現得太明顯，連忙謙虛幾句，就開始安慰李錦。

李錦不過有感而發，要失望也早就失望過了，所以也沒太難受，待林父說了幾句，也就不再提這事了，而是轉頭看向林清，問道：「外甥成親兩年多了？」

林清點點頭，「是的，舅舅。」

「膝下只有一女？」李錦接著問。

林清繼續點頭。

李錦感慨一句：「外甥膝下倒是單薄了些。」

林清滿頭黑線，「舅舅，我才成親兩年就有了一女，哪裡就膝下單薄了？」

當他老婆是母豬嗎？一窩生十好幾！

李錦笑笑，對林清說：「你還沒去見你舅媽吧？」

「先來前廳見舅舅了。」林清實話實說。

李錦對林父說：「讓孩子見見他舅媽吧，咱哥倆在這裡聊，孩子在這也不自在。」

林父點點頭，對林澤和林清說：「你們去後宅找你們娘吧！」

林澤和林清來到後院，還沒進門，就聽見李氏的屋裡傳來一陣陣說笑聲，幾個從沒聽過的人在說話，中間偶爾夾著李氏、小李氏的聲音。

林澤和林清不好直接進去，先讓丫鬟去通報，丫鬟出來後回報：「老夫人說了，都是自家親戚，沒外人，請二位老爺進去。」

既然娘讓進去，那肯定是舅媽首肯的，林澤和林清便讓丫鬟打簾子進去。

李氏正坐在主位上，旁邊是個四十來歲的婦人，想必是他們的舅媽，而他們舅媽身邊跟著一個小姑娘，應該是舅媽的女兒，他們的表妹。

李氏說：「還不快來向你們舅媽見禮。」

林澤、林清上前行禮，元氏笑著把哥倆給拉起來，對林澤和林清說：「這個是你們的表妹平姐兒。」

三人又相互見禮，林澤和林清才在李氏的下首坐好。

林清的旁邊是王嫣，坐下後，林清就伸手從王嫣懷裡接過女兒，卻發現王嫣的臉色不是很好看，正想問怎麼了，想到還有別人在，只好暫時把話嚥回去。

元氏說：「妹妹，我可真羨慕妳，生了外甥這麼好的兒子，以後等著享清福吧！」

李氏笑說：「妳也不差，兒子孫子一大把，我還羨慕妳呢！」

「這有什麼好羨慕的，妳要是真想要，還不是說一聲的事？」元氏說完，又轉頭看向林清，「不過，清兒的膝下確實單薄了些。」

李氏笑笑，「他剛成親，哪就這麼快有兒子？」

元氏否定說：「哪就剛成親，這不都成親兩年了？」

李氏面色不變，「先開花後結果，不急。」

元氏搖搖頭，「大妹子，不是我說妳，妳這心也太寬了，外甥現在都是舉人了，再沒有個兒子，出去外邊人家會怎麼說。」

李氏笑了笑，不接這話。

元氏看李氏不接話，也不急，接著說：「外甥現在也算成家立業了，妳這當娘的不急，我這當舅媽的可不能不疼外甥。」

元氏對林清招招手，林清只好走過去，元氏拉著林清的手說：「好外甥，舅媽疼你，送你一房貴妾怎麼樣？」

林清瞪著無辜的大眼睛，眨了眨，說道：「我吃飽了撐的，睡一個我都嫌累得慌，您居然還要我睡兩個？」

柒之章

老鄉相見不相識

元氏被林清說得噎住，卻還是笑著說：「舅媽這是送人服侍你，怎麼會累著你？」

林清認真地問：「一滴精十滴血，舅媽，您沒聽說過這句話嗎？」

元氏愣住，眼珠一轉，忽然說：「你光愛惜自己，你娘卻沒有孫子，豈不是不孝？」

林清驚訝地說：「舅媽怎能這麼說？我娘怎麼會沒有孫子？小小難道不是我娘的孫子？還是舅媽您認為小小不是我娘的孫子？」

這話元氏可不敢接，雖然大家都心知肚明知道李氏是繼室，小李氏生的兒子不是李氏的親孫子，可這話誰敢說？

按照禮法，李氏就是林澤的母親，是小小的奶奶，這個到哪誰都不能說出個不字，尤其元氏還是小李氏的親娘，今天她要敢說小小不是李氏的孫子，那林澤就得當場休妻向李氏跪地請罪，否則就是不孝。不用出去，光林氏家族的唾沫星子就能砸死他。

元氏尷尬地看著李氏，支支吾吾地說：「大妹子，我不是……不是這個意思。」

李氏當初在娘家就不太喜歡這個大嫂，她雖然是庶女，可畢竟是小姑，元氏卻從來沒有正眼看過她。如今她是林家的宗婦，她的兒子是舉人，元氏還在她這裡指手畫腳，真當她是麵團捏的不成？

李氏淡淡一笑，「我這麼多年一直把澤兒視如己出，清兒有的，澤兒從來沒少過，清兒沒有的，澤兒也不見得沒有。澤兒娶了妳家大丫頭，我這個當婆婆的，不說拿她當女兒，也差不多了。小小出生後，我這個做奶奶更是疼到心坎裡，大嫂，難不成在妳眼裡，我這個當娘的，當婆婆的，當奶奶的，做得還不夠好？」

李氏說完，把手中的茶杯往旁邊的小桌上重重一放。

林澤和小李氏嚇得忙在李氏面前跪下，李氏今天的話要是傳出去，以李氏這麼多年對林澤的撫養之情，林澤和小李氏這忘恩負義和不孝的名聲算是坐定了。

元氏怎麼也沒想到自己只是說了幾句話，就把女兒和女婿坑了進去，還成了挑撥人家母子關係的罪魁禍首，忙說：「妹妹，我真不是這個意思！妳這麼些年怎麼對澤兒的，大家都看在眼裡，唉，是我不會說話，我這張嘴啊……」元氏作勢要掌嘴。

李氏知道過猶不及，就嘆了一口氣說：「我十五歲嫁給我家這位，進門就當娘，二十年來，生怕做得有一絲不好，大嫂您這一說，我可不就是急了？」

元氏急道：「是我說話沒分寸，妹妹這些年做的，誰也說不出一個不字。」然後轉頭看著跪在地上的林澤和自己的女兒，說：「這兩個孩子？」

林澤和小李氏連忙向李氏磕了個頭，林澤說：「是兒子和媳婦不孝，惹娘生氣了。」

李氏搖搖頭，「算了，起來吧！」

林澤和小李氏這才敢從地上爬起來，小李氏站到李氏身邊，從丫鬟手中又端過一杯茶，遞到婆婆手中。

李氏看了小李氏一眼，接過茶喝了一口，小李氏方鬆了一口氣。

林澤和元氏也放下心來，知道這算是揭過去了。

元氏剛剛惱了李氏，也不敢再提林清的事，陪著李氏說了幾句話，就推說身子乏了。李氏也懶得和元氏說話，就讓丫鬟帶元氏去早就備下的廂房。

元氏走後，李氏看著林澤、小李氏和林清、王嫣，伸手把林清拎過去，揪著林清的耳朵，斥道：「你這個臭小子，膽子大了，居然敢拖你哥哥下水！」

林清捂著耳朵，「哎喲，娘，輕點！我這不是看舅媽非要送我美人，我怕消受不起！」

李氏一巴掌拍在林清的頭上，「你還有理了？還不快點向你哥哥嫂嫂賠禮。」

林清摸摸被打的頭，對兄嫂說道：「大哥、大嫂，實在對不住，我沒想到會誤傷。」

林澤和小李氏知道李氏沒有真的生氣，徹底安下心來，尤其是林澤，這些年雖然知道自己不是李氏親生的，可李氏一把屎一把尿地將他拉扯大，他還真怕李氏因為別人的話和他生分了，如今看著李氏沒往心裡去，正高興，哪裡還會怪弟弟，當下笑著說：「你把我嚇死了，我還當娘真生氣了，還在考慮今晚要不要去跪祠堂呢！」

林清摸摸頭，乾笑兩聲，不敢接話。

李氏看這兄弟倆沒有芥蒂，便道：「老大，你和媳婦先回去，王氏，妳也回去。」

林清剛要開溜，李氏拽住了他，「你待在這裡，陪我說會兒話。」

林澤、小李氏和王嫣知道李氏這是要訓兒子，就起身告退，倒是王嫣走的時候，抱著女兒擔憂地回頭看了林清一眼。

林清回了個眼神，讓她安心回去。

等人都走了，林清便狗腿地跑到李氏身邊幫李氏捶腿。

李氏好笑地看了兒子一眼，把他拉到身邊坐好，「看你今天鬧得，要不是我幫忙善後，看你怎麼收場？」

「娘最好了，娘最疼兒子了！」林清討好地說。

李氏用手指頭戳戳林清的額頭，「你啊，我怎麼就生了你這麼個孽障？」

林清嘿嘿兩聲，「娘，今天舅媽是不是想把表妹給我做妾啊？」

李氏斜睨了林清一眼，「不裝傻充愣了？」

林清連忙討饒，「娘……」

李氏點點頭，「你舅媽確實是這個意思。你舅舅和舅媽想把平姐兒給你做貴妾。跟我說時，我沒接這話，你舅媽才把心思動到你身上，覺得你年紀輕，比較好哄。」

「去！」林清撇撇嘴。

李氏知道自己的兒子雖然平時看起來呆頭呆腦的，卻是個有主意的，也不擔心，反而取笑道：「怎麼樣，我看平姐兒長得不錯，要不，娘做主，給你收房裡？」

「不要。」林清搖搖頭說：「兒子還要忙學業，沒時間天天睡女人。再說，那平姐兒還不知舅媽從哪裡弄來的，誰知道是不是什麼揚州瘦馬？」

李氏詫異地說：「兒子，那真是你表妹，是你舅媽的親閨女，是你大嫂的嫡親妹妹，不是你舅舅家養的那些往上面送的。」

林清差點咬了舌頭，剛剛他舅媽說送個貴妾給他，他還真以為是舅舅家養的那些揚州瘦馬。他外公在鹽場，每年要向上面送錢送人，所以舅舅家養了不少精心調教的女子。當然，鹽場和許多揚州的大鹽商都會這麼做，這也不是什麼祕密，但林清沒想到，他舅媽真會捨得一個親閨女給做作妾。

「怎麼，後悔了？」李氏挑眉。

林清又搖頭，「我還以為不是揚州瘦馬，就是舅舅家的庶女，沒想到舅媽真捨得親生閨女。這可是做妾，就算是貴妾，也是妾。舅媽這樣，豈不是讓大哥和大嫂難堪？」

「可不是？」李氏嘆道：「你沒來時，你舅媽剛提起來，你嫂子的臉色可難看了。」

林清心道：這只怕不是難看，是想找個地縫鑽進去。姊姊做宗婦，嫡親妹妹的做弟弟的妾室，這簡直就是打臉啊！

「舅媽怎麼會出這麼不靠譜的主意？」林清問道。

李氏無奈地說：「還不是你外公年紀大了，快要退下來了，可你幾個表哥和表弟又不爭氣，李家處於青黃不接的時候。而你這麼小的年紀就中了舉，以後可能會更進一步，你舅舅和舅媽難免失了分寸。」

「可是，送妾？這又不是聯姻，這個主意管用嗎？」林清想不透。

李氏解釋道：「你這孩子，還是年輕了些。雖然你舅舅送的是妾，不是讓你娶，可你別忘了，你現在還沒有兒子，你表妹的姿色又比王氏強不少，一旦你納了你表妹，你說誰生下長子的機會大些？一旦你表妹生了長子，哪怕妾的娘家不是正經的親戚，可以後看在孩子的面子上，李家有事，你管還是不管？再說，只要你表妹受寵，李家又是你外家，以後你表妹雖然做不了正室，可未必做不了繼室。」

林清一驚，「娘，您可要把住，萬萬不能讓表妹進了我後院，否則我家可再無寧日！」

李氏笑笑，「我就是考慮到這點，才不接你舅媽的話。你舅媽要是送個揚州瘦馬來，我就直接做主給你收了，反正就是個玩意兒，又不能生養，想必你媳婦也不會介意。」

「呵呵，還是不要的好。」林清乾笑兩聲，突然想到什麼，又說：「不對啊，平姐兒既然是我親表妹，就是良家女，怎麼沒參加採選？依她的姿色，不可能被刷下來。」

李氏說：「本來我也奇怪，還問你舅媽呢，結果你舅媽說，你表妹參加採選了，結果在採選時突然生了重病，才被刷下來的。」

「生重病？」林清一臉古怪，「咱們怎麼沒想到？」

李氏嘆道：「怎麼沒想到？你當時吐血昏了，你妹妹參加採選前，我特地大冬天狠心提了一桶水澆了你妹妹一身，你妹妹得著風寒都沒躲過去。後來你醒來時，你妹妹已吃了藥。這事又不能說出去，你才不知道。」

林清這才想起當初他頭幾天去看的時候，他妹妹確實面色慘白，他一直以為她妹妹是傷心過度，原來是有這個緣故。

「那表妹得的是什麼病？怎麼就能刷下來？」林清好奇地問。

李氏皺了皺眉頭，「也不知是什麼病，就知道是急病，採選的時候直接沒氣了，嚇得採選的人直接給送回來。李家還以為孩子不行了，誰知又活過來了，還得了失心瘋，天天胡言亂語的，你舅媽請了不少大夫和道士，才給治好的。」

林清皺眉，怎麼感覺不太對勁？

另一邊，林澤和小李氏回到東跨院後，林澤想了想，對小李氏說：「慧兒，妳還是去看看岳母，跟岳母說說，平姐兒真的不適合送給小弟做妾。」

小李氏點點頭，就算他丈夫不說，她也打算去勸勸母親，怎麼能拿她嫡親妹妹給她小叔子做妾呢？這以後讓她在林家如何自處？如何再與弟妹王氏打交道？

小李氏把兒子遞給丈夫，說：「那你先在家看著兒子，我去廂房那邊看看娘和妹妹。」

林澤接過兒子，點頭道：「好好說，這事確實不大妥當。」

小李氏換了身衣服，拿了點東西，就帶著丫鬟往廂房去了。

元氏正站在門口讓丫鬟把她們帶的東西放到屋子裡，平姐兒則拿著幾本書在院子的石桌邊看書玩。小李氏上前叫了一聲：「娘。」

元氏難得見女兒一面，看到小李氏自然非常高興，連忙把小李氏拉到屋裡坐下，將丫鬟都趕出去，低聲問：「在林家過得怎麼樣，姑爺對妳好嗎？」

小李氏眼中一酸，差點掉下眼淚來，「都好都好，大郎對我挺好的。」

「那妳婆婆呢？公公呢？」元氏又問。

「婆婆對我很好，很少讓我立規矩。公公對我也好，從來沒說過重話。」

元氏鬆了一口氣，繼續問道：「那小叔子、小姑子怎麼樣？哦，對了，妳小姑子春天進宮去了，那妯娌呢？」

「小叔子孩子氣了些，性子卻很好，從不鬧人，弟媳也是不錯，而且公公早早分了家，小叔一家搬出去了，我們沒什麼矛盾，大郎和小叔關係非常好。」

元氏仔細看了看女兒，見女兒面色紅潤，保養得極好，沒有愁苦之色，就知道女兒說的應該不假，這才說：「妳能過得好，我就放心了。唉，妳嫁得遠，我天天擔心妳會過不好，不過妳現在有兒子了，又是長孫，能在林家站穩腳了，我也就不用擔心了。」

小李氏是長女，雖然她爹重視她弟弟，從來不問她，可她娘很疼她，什麼都為她打算。當初她爺爺本想把她送給一個上司，是她娘拚命給她爹吹枕頭風，將她定給了林家大郎。

聽到元氏這麼說，小李氏再也忍不住了，趴在她娘腿上哭道：「女兒也好想娘，出嫁六七年，女兒天天想得慌！」

「我的慧兒啊……」元氏紅了眼，「娘也想妳啊，就怕妳在婆家做不好，被人苛待了，娘又隔得遠，怕幫不上妳。」

小李氏和元氏抱著哭了一會兒，才止住淚。元氏又問了問女兒這些年怎麼過來的，聽女兒說完，直念佛，「真是佛祖保佑，妳能過得好，我也能安心了。」

小李氏擦了擦眼淚，說：「這還多虧了娘，要不是娘當年說動爹爹把我送來林家，我也不會現在享福。要是真被爺爺送去給那位公子做妾，女兒現在還不知受什麼折磨呢！」

元氏抱著小李氏說：「我怎麼捨得讓妳去當妾呢？」

小李氏順勢問：「娘既然捨不得我當妾，怎麼就捨得妹妹當妾？妹妹也是娘親生的。」

提到小女兒，元氏嘆了一口氣，「我這不也是沒辦法嗎？平兒在採選時突然得了急病，居然沒氣了，被官衙的人送回來。雖然及時救回，可她醒來就瘋瘋癲癲的。」

「這不是看起來好了嗎？」小李氏一驚，轉頭透過窗臺看著外面的妹妹。

「我給她請了不少大夫，還有道士和尚，才把她治好的，可治好之後，她什麼都不記得了，我又教了她大半年，這才能帶她出門。」

「這麼嚴重？」

元氏再次嘆氣，「妳爺爺因為平姐兒死過一次，就比較忌諱她，妳爹也是，我這不沒辦法，就想找個人家把她嫁出去，可妳妹妹連採選都沒有過，別人家都覺得她有什麼隱疾，愣是沒有人來提親。」

「這次妳爺爺確實要讓我們送個丫頭給妳小叔，算是賀妳小叔中舉之喜。我本來想送個瘦馬給妳小叔，畢竟妳那幾個庶妹都進宮了，誰知平姐兒知道了，非要自己來，說她喜歡讀書人，娘拗不過她，只能帶她來了。」

「她一個嫡女，怎麼會想著當妾？」小李氏簡直是恨鐵不成鋼。

元氏還是心疼小女兒的，忙說：「八成是我給她找夫婿的事她知道了，她心灰意冷，這才鑽了牛角尖。」

「牛角尖是這麼鑽的嗎？」小李氏氣憤地說：「她知不知道當妾意味什麼？妾通買賣，要是做了妾，那就是任當家主母處置了。」

「我本來也不同意，可是平姐兒勸我，說妳小叔成親這麼久還沒有兒子，妳又有兒子，妳婆婆肯定急，肯定想著快點抱孫子，她要是入了妳小叔的後院，只要生了兒子，生了二房的長子，到時妳婆婆小叔肯定喜歡，李家又是林家的外家，她未必不能……」

「娘！」小李氏打斷元氏的話，氣得發抖，「我看她不是鑽了牛角尖，而是失心瘋！她怎麼就確定進了小叔的後宅就一定能得寵，還能順利生下長子，取代王氏？人家王氏是王家的嫡長女，從小王家主母手把手教大的，看著老實本分，那是人家聰明，小妹要是露出一點想取而代之的念頭，看王氏弄不弄死她！王氏是妻，她是妾，王氏弄死她，人家身後有整個王家，咱們李家還能因為一個做妾的女兒打上門去？」

元氏本來也覺得小女兒說的不妥，可小女兒天天給她洗腦，說多了，她也就覺得理所當然了，如今聽大女兒一說，猛然醒悟，說：「我險些讓二丫頭誤了，慧兒，妳說的對，這麼做確實不妥當。」

「再說……」小李氏委屈地道：「娘，您不想想，您把我的嫡親妹妹給小叔做妾，以後別人怎麼看李家？怎麼看女兒？女兒以後如何和弟妹相處？」

元氏忙把大女兒摟在懷裡，連聲道：「是娘想差了！是娘老糊塗了！」

小李氏和元氏道完惱，又回到妹妹的婚事上。雖然再恨鐵不成鋼，可那也是她親妹妹，她也不能讓她妹妹嫁不出去。

小李氏說：「娘，妹妹雖然在採選中壞了名聲，可也就咱們那裡知道，如今好了，妹妹身體一向不錯，想必也是不想採選，才私下把自己弄病了。我看不如這樣，我在沂州府打聽打聽，給妹妹找個好人家。沂州府也剛經過採選，許多家族的男丁都找不著好的，妹妹從小金貴地養大，就算忘事，娘這段時間也養回來，找個門當戶對的大家族嫁了也不是難事。」

元氏點了點頭，「其實我一開始帶她來，也有這個意思，也不知怎地，被妳妹妹一說，就想左了。妳說的不錯，這個才是正理。雖然遠了一些，可和妳嫁同一個地方，以後相互之間也能有個照應。」

小李氏見她娘聽進去了，這才鬆了一口氣，「那我去勸勸妹妹，省得她胡思亂想。」

元氏擺擺手，「勸啥？等妳給她挑好了人家，能做正室，她還有啥不願意的？妳妹妹我從小帶大的，還能不知道她的心思？她不愛說話，心思重，也是怕嫁不出去才想岔了。要是有好人家，怎麼可能不願意？」

小李氏想想也是，對於她們這些嫡女，要是能做正室，哪有上趕著做妾的？於是也不再提這件事，打算回去就好好扒拉扒拉，幫妹妹挑個好夫婿，她親妹妹可不能找差的。

元氏和小李氏解決完了平姐兒的婚事，頓時一陣輕鬆，母女倆又說了會兒悄悄話，直到天色不早了，小李氏才扶著丫鬟的手趕回去。

元氏看著小李氏走了，想到大女兒婚後過得不錯，二女兒的婚事也馬上能解決，一直以來的焦慮沒了，腳步瞬間輕快了三分。看到院子裡的小女兒，便走過去在石凳上坐下，對小女兒說：「平姐兒，妳姊姊剛才過來，妳這丫頭怎麼也不過來打招呼，妳姊姊很關心妳。」

平姐兒眼中劃過一絲不自在，連忙說：「娘，我好久不見姊姊，怕過去不自在，再說，娘和姊姊說話，我不好去打擾。」

「那是妳姊姊，從小看著妳長大的，妳有啥不自在的？」元氏不在意地說：「妳姊姊可是很關心妳的，妳要多去妳姊姊那裡走走。」

平姐兒忙點頭說：「娘，我知道了。」

她心中卻想著：也不知道能不能在姊姊和姊夫那裡見到他！

小李氏扶著丫鬟回來，把她和她娘說的話跟林澤說了一遍，林澤點頭，「原來是這樣，難怪岳母這次做得有些不妥當，岳母也是關心則亂。依妹妹的條件，怎會嫁不出去？既然妳和岳母商量好，那這些日子妳就留意一下，給妹妹挑個好的，斷不能委屈了妹妹。」

「大郎放心，事關我妹妹的終生大事，我這個當姊姊的哪能不操心？這次幸好小叔阻了母親，母親只是說給小叔送貴妾，卻沒說送誰，不會礙了妹妹和小叔的名聲。」

林澤說：「這樣就最好，要是妹妹真嫁了小弟，最尷尬的反而是咱們，以後見到王家也沒臉。對了，這件事妳明天去母親那隱晦地提提，正好把這事揭過去。」

小李氏說：「這還用你說？弄了這麼一齣，我可不得向婆婆好好賠個禮。」

第二日，小李氏果然把這事在李氏面前委婉地提起。

李氏說：「大嫂這是關心則亂，才失了分寸。妳做得很對，既然妳打算把妹妹嫁到這邊來，那就好好挑挑，別虧了妳妹妹。平姐兒出嫁時，跟我說一聲，我給妳妹妹添妝。」

小李氏知道婆婆對自己的處理很滿意，就笑著說：「看娘說得，好像我這一說，是來向娘討要添嫁似的。」

李氏笑道：「我這不是疼妳嗎？妳倒是來吃醋了。」

婆媳倆說了一會兒話，小李氏看今天的事已經處理完，婆婆也乏了，就起身告退。

回到院子裡，小李氏看到妹妹過來，一把拉住她說：「平姐兒來了，快讓姊姊看看，昨天忙著和娘說話，也沒顧得好好看看妳。這一轉眼，幾年不見，妹妹都成大姑娘了。」

小李氏一邊說著，一邊讓丫鬟送些妹妹喜歡的水果和茶點來。

李平被小李氏拉住，本來想抽回手，又見小李氏看到她時毫不掩飾的驚喜，一時心虛，還有些感動，就任由小李氏拉上了炕。

小李氏看著李平吃了些水果，就開始問她這幾年在家裡怎麼樣，得知妹妹因為生病把事情忘了大半，反而安慰道：「沒事，忘了就忘了，讓娘再教妳就是，還是身體最重要，不過我看妳這一病，倒是開竅了，愛說話了。以前我就讓妳不要把事情憋在心裡，有事就要說出來，可妳打小就靦腆。現在看到妳這樣，我總算放心下來。」

李平聽了心中一緊，本來還要說幾句話掩飾，發現姊姊只是感慨一下，反而覺得她現在這樣好，這才放下心來，「妹妹病了一場，才覺得生命可貴。」

「可不是？」小李氏接著道：「人活著，才能什麼都有，以後可別再什麼事都自己憋著了，容易悶出病來。」

小李氏又仔細問了妹妹生病的事，得知妹妹現在一切都好，方說：「那就好。聽娘說妳得了急病，我擔心死了。明兒我請蘇大夫來給妳瞧瞧，可別留下什麼不妥當的。」

李平最近被大夫和道士和尚折騰怕了，忙說：「不用了，姊姊，我真的大好了。」說著忙轉移話題：「姊姊，妳在林家過得怎麼樣？妹妹也很擔心妳。」

小李氏聽了心裡微暖，「姊姊過得不錯，妳姊夫是個會疼人的，姊姊又有了妳外甥，現在在林家算是站穩了腳跟，公公婆婆也公正，不大管晚輩的事，姊姊我過得很鬆快。」

李平聽了很高興，自從她穿越到這個世界，她身體的爺爺爹爹都一副看她是什麼不乾淨東西的樣子，弄得整個家的人都不待見她，只有她娘疼她，所以她才能好吃好喝的。如今到了林府，居然還有個親姊姊，而且這個姊姊看起來還很疼她，李平也希望她能過得好。

李平陪著姊姊說了會兒話，就開始旁敲側擊地打聽林清的住處。

小李氏現在心心念念都是幫妹妹找個好夫婿，早把妹妹上趕著給林清做妾的事忘了，再說以前她妹妹和小叔又從來沒見過，小李氏也沒當一回事，就隨口說：「小叔早就被分出去了，當然不在大宅住了。」

「分出去了？怎麼分出去了？」李平大驚。來到這裡半年，她可是知道，只要父母在，一般子女不能輕易分家的。

「公公做主分的。」小李氏笑著說：「要不，妳以為姊姊現在能這麼輕鬆？」

小李氏說的是心裡話，雖然分家以後，伺候婆婆的事就落到她一個人身上，弟妹一般要到晚上才來伺候，可正是這樣才沒有對比，要不，王氏身為親兒媳婦，她有一點做不好，豈不是難看？再者，如果不分家，兩個妯娌在一起，天長地久，哪能一點矛盾都沒有？所以她現在雖然累了點，心裡卻是輕鬆不少，而且兩房早早分開，沒什麼利益瓜葛，她和王氏這對妯娌反而更像是姊妹，平時關係好得不得了。

李平可不這麼想，如果不是她和姊姊還不熟，簡直都想使勁搖她姊，把她搖醒。什麼叫做分出去輕鬆？這麼好的金大腿不好好抱著，居然還給推出去了！姊姊這是哪根筋不對啊？

想到林清，李平就一陣激動，她真沒想到自己居然有幸穿越成林清的表妹。

李平前世是現代一個平凡的女孩子，雖然從小父母離異，但父母還算有錢，直接把她送到了寄宿制學校。沒享受過什麼父母親情，卻也沒缺過錢。

由於有些寂寞又不缺錢，李平從初中開始，就迷上了看小說。

她這次之所以穿越，就是因為拿著手機邊走路邊看小說，不小心被過往的車子擦撞到，掉進了路邊的水溝。她以為自己死定了，卻沒想到一睜眼就到了古代。

正當她茫然無措時，腦中突然蹦出了一個晉江系統，告訴她，只要能攻略書中的人物，獲得好感度，就可以獲得晉江幣。等獲得足夠的晉江幣，就可以從商城中買到回程車票，這樣就能回現代了。

也就是這時李平才知道，原來她穿越到了一本書裡，還是她剛剛看過的一本晉江金榜上的完結小說。

想到這本書寫的是一個罪臣之女從一個冷宮的妃子，憑著兒子在奪嫡中成功，一躍成為太后的傳奇故事，李平就動了心思，打算進宮去攻略未來最大的贏家，那位太后。其實她更想攻略未來的皇帝，可系統告訴她，那個皇帝現在還只是顆精子，連受精卵都不是。

她想得很美好，睜眼後才發現，原身病逝，她已經失去了採選的資格，李平氣得簡直想摔東西。不能進宮，她要怎麼攻略宮鬥文裡的人物？宮鬥得在宮中鬥才叫宮鬥！

正當她束手無策的時候，她從她娘那裡聽到一個消息，就是他娘打算和他爹一起去沂州府，祝賀他們的外甥中舉。

李平本來沒注意，等她無意間聽到她娘說出她那個外甥的名字，李平才驚訝地發現，她那位中舉的表哥，竟然也是書中的人物。

雖然出場不多，可每次出場都能引起讀者一陣驚呼，有些讀者甚至為了能多讓他出現幾章，而拚命地給作者打賞。原因無他，因為她這個表哥太完美了，孝順、溫文爾雅、博學多識、氣度不凡，長得又俊美。最重要的是，他很癡情。

他從一開始出場就只愛他妻子一個人，一生一世一雙人，在他身上簡直是完美的體現。就是在現代，這樣有權有勢的好男人也快絕種了。

當李平知道她這個表哥是書中的林清之後，喜出望外，又聽到她爹讓他娘準備一個丫頭送給林清當賀禮，李平直接纏上了她娘。

她表哥這樣的男神，怎麼能便宜家中的那些揚州瘦馬呢？

元氏最初不同意，可經不過她的再三糾纏，終於同意把她帶來。

李平在李氏那裡見了林清，發現林清果然如書中寫的一般，芝蘭玉樹，頓時一見傾心。

雖然林清最後阻了她娘送妾一說，可李平非但不覺得丟臉，還覺得林清果然像書中所寫的那樣，不愛美妾，當下更加歡喜。

正當她打算和林清來一場偶遇，為以後發展感情作鋪墊時，她姊姊居然告訴她林清被分出去了，李平一時僵住了。

不住在一起，她上哪裡和林清來一次偶遇啊？

李平很快就發現，要林清偶遇比登天還難。

她本來想在花園和林清偶遇，可她守了三天，愣是沒發現林清的身影，後來才通過丫鬟打聽到，林清已經一年不曾逛過林府的大花園了。

李平：……

要是林清知道李平的舉動，肯定會吐槽：他打小在林府長大，自家的園子天天看，有什麼好逛的？

受了一次挫，李平學聰明了，先讓丫鬟去打探林清平時會在哪裡出現。

得到的結果卻讓她更抓狂，林清天天都待在自己的屋裡，換句話說，林清很宅。

李平頭一次知道，原來古代也有宅男一說，她不由想道，那本書中林清之所以出場這麼少，不會是因為林清本來就宅在家裡不出來吧？

不過，經過李平的細心觀察，發現林清還是有出來的時候，那就是每隔兩天，林清就會到大宅來向林父和李氏請安。

李平心中一動，一個主意冒了出來。

這天傍晚，林清照例帶著小廝丫鬟來大宅向母親請安。

還沒走到正院，經過抄手走廊時，林清聽到了一個清脆悅耳的聲音在低聲吟道：「明月幾時有，把酒問青天。不知天上宮闕，今夕是何年。我欲乘風歸去，又恐瓊樓玉宇，高處不勝寒。起舞弄清影，何似在人間？轉朱閣，低綺戶，照無眠。不應有恨，何事長向別時圓？

人有悲歡離合，月有陰晴圓缺，此事古難全。但願人長久，千里共嬋娟。」

林清奇怪地抬頭看了看天色，現在正是傍晚時分，太陽還沒下山，雖然月亮出來了，可還很暗地掛在天邊，這個時候對月背詩，這個表小姐在發什麼神經呢？

不過，人家是客，哪怕林清很想說現在這個時間背這首詩有些不妥當，還是忍住了，說不定人家表小姐只是突然想起這首詩，背著玩玩。

林清繼續往前走，雖然表小姐在前面，但他帶著丫鬟小廝，一大群人瞅著，倒也不用避嫌，再說，這裡是他去正院的必經之路，想避也避不掉。

林清走過去，叫了一聲：「表妹。」算是打招呼，然後就打算往前走。

林清剛走幾步，就聽到身後傳來李平的聲音：「表哥，請等一下。」

林清扭頭說：「不知表妹有何事？」

李平有些羞怯，紅著臉問：「不知表哥覺得我作的這首詩怎麼樣？」

林清聽了一愣，「這首詩不是東坡先生的詞《水調歌頭》嗎？」

李平比林清更驚訝，「表哥知道蘇軾？」

林清奇怪地看著李平，「東坡居士為宋代有名的文豪，唐宋八大家之一，這樣的名人，讀過書的都知道。表哥也是進過學的人，怎麼可能不知道？」

李平一聽，差點嘔出一口血。

那部宮鬥小說不是架空的嗎？

怎麼會有宋朝？

林清好心解釋說：「表妹是在哪裡不小心看到這首詞的，覺得好吧？這首詞確實挺有名的，不過，這首詞是丙辰中秋，東坡居士和眾人飲酒到天明，想到自己的弟弟，一時睡不著所作。現在是傍晚時分，表妹睡不著很正常，不必如此糾結。」

林清言外之意，人家東坡居士大半夜思念遠方的親弟弟，睡不著作首詩也就罷了，妳大傍晚的睡不著，滿天找月亮對著月亮背詩，這不是作嗎？誰大傍晚的也睡不著啊！

李平聽得滿臉通紅，正為自己鬧了個大烏龍而尷尬，卻聽林清對她說了一句「我還要去見家母」，就帶著一幫人浩浩蕩蕩地走了。

李平看著離去的林清，氣得跺跺腳，打算先回去翻翻史書，看這時空到底有什麼朝代。

林清來到正院，看到李氏正在給他收拾東西，笑說：「娘，這些讓嫣兒準備就行了。」

「她還年輕，又沒有經驗，哪能事事妥當？」李氏不捨地看著林清，「過兩日你就要去京城參加會試了，真的要這麼早走嗎？」

「嗯。」林清點點頭，「再不走，過些日子天就冷了，運河結冰就不好走了，而且我的策論還差些火候，早點到京城，也能先去找沈……老師，讓他給我改改策論。」

李氏知道這是正事，也不能阻了兒子上進的路，就撫著兒子的頭，囑咐道：「路上一定要注意安全，這次還是你大哥陪你去，好在你大哥從小跟著你爹爹走南闖北，我也放心些。路上好好吃飯，千萬別缺著自己，一定要留意身子……」

林清認真地聽著他娘念叨，知道他娘這是放不下心。

李氏念叨了一會兒，就給他看她準備的東西。她一件件跟他說備了多少，怎麼用，又把身邊的陪房，也就是林管家的媳婦叫來，對林清說：「你這次出去的時間長，路途遠，娘放心不下你。你又不是個會管事的，你帶著娘的陪房，她跟著娘多年，對這些都熟。」

林清忙說：「娘，您讓我帶著林嫂子，您在家豈不是沒幫手？」

「怎麼沒幫手？不是還有你大嫂和你媳婦嗎？」李氏又嘆氣，「要是王氏沒有孩子，讓她陪著你去，服侍你，娘才更放心。」

林清本來也想帶著王嫣，可是考慮到現在的交通情況、醫療條件都不行，小花生又小，實在是不敢冒這個險。王嫣也捨不得小花生，林清只好把王嫣和女兒留在家裡。

林清看他娘堅持，也不推辭，對林嫂子說：「這段時間要辛苦林嫂子了。」

林嫂子忙說：「不辛苦，不辛苦，能陪著二老爺去科考，是奴家幾輩子修來的福氣。」

林清點點頭，「這次小林也跟著我去，你們娘倆正好有個照應。」

安排好瑣事，林清陪著李氏用了晚飯，才慢悠悠地回去。

等李平查完書，準備和林清再來次偶遇的時候，才知道林澤和林清帶著一大幫人，已經啟程去京城參加會試了。

元氏和小李氏也在這段時間給她定下了一門合適的親事，李平知道後本想抗議，可父母之命媒妁之言，元氏哪裡會聽女兒的婚姻自由論？她好不容易才給女兒找了一個家境好，本身又肯上進，各方面都不錯的富家公子，怎麼會因為女兒使小性子而壞了婚約？再加上他們已經給林家賀完了，大女兒也看了，林清也去趕考了，李錦和元氏就直接和林家告辭，把女兒打包回家，讓她待在家裡安心備嫁。

◆ ◆ ◆

林清坐在馬車上，看了半晌手中的簡易地圖，發現以他的知識水準還真看不懂，就隨手把地圖丟給林澤，問道：「哥，咱們怎麼走？」

「先走陸路，然後到運河邊上乘船，就可以直接到金陵。」林澤說道。

林清點點頭，先朝和現在的朝廷都是定都金陵，他們要一路往南走，而到達南邊，顯然走運河更快更舒服。

林澤翻過來身，問：「到了京城，你打算怎麼辦？」

「什麼怎麼辦？」林清問道。

「當然是你打算住哪裡？」林澤問道：「你是打算包個院子，還是買個宅子？」

林清想了想，說：「還是包個院子吧。京城不比老家，什麼都講究規制，我一個舉人，去京城買不了什麼好院子。」

林澤點點頭，「也是，要想在京城買個好宅子，買好位置，必須有一定的品級，咱們還是先包一個，等你中了，咱們再做打算。」

「京城寸金寸土，房子也是極貴的。」林清說道。

林澤笑了，「你還用擔心銀子？出門的時候，爹爹和兩位叔叔不是給了萬斤鹽引？」

林清想到他出門前，他爹掏出一個荷包給他，荷包裡是一捲鹽引。

前朝雖然有交子等銀票出現，可朝廷不穩，再加上朝廷印銀票不加節制，所以銀票很快如廢紙一樣。到了今朝，雖然朝廷也想印銀票，但百姓們不買帳，寧願用金銀銅板，也不願兌換銀票，生怕過幾日就變成廢紙，因此，現在市面上是沒有銀票的。

人們一旦出遠門，最好的方法就是兌換一些金銀縫在衣服裡。

這次林清去京城趕考，林父考慮到路途遙遠，帶大量的金銀不僅不方便，還容易招賊，就從鹽號中拿出一部分鹽引給他帶上。

鹽引是鹽號提鹽的憑據，無論是誰，只要拿著鹽引，就可以去鹽場按數量提鹽。拿著鹽引，就能到任何一個鹽商那裡兌現銀。朝廷從來都不用管理鹽商，因為有鹽引的就是鹽商，而鹽商納的鹽稅都在買鹽引的錢裡，才有鹽引一本，一本萬利之說。

臨出門前，林父將一疊鹽引塞到他手裡，認真地說：「兒啊，你這次去京城趕考，爹爹也幫不上什麼忙，這一萬斤鹽你帶上，好路上花用。」

林清：……

他為什麼感覺這麼鹹呢？

林清摸摸胸口，為了防止被偷或者不小心掉了，他特地讓王嫣在他裡衣裡縫個小口袋，然後把鹽引放在裡面，又用線縫死。在到達金陵之前，他不打算動鹽引，反正除了鹽引，他還在包袱裡塞了一些盤纏，足夠路上花銷。

至於鹽引，他準備到金陵再用。金陵是京城，物價極貴，沒足夠的錢可不好生存。

「對了，哥，這一萬斤鹽引要是換銀子，大約能換多少？」

林清雖然知道他爹從鹽場買鹽引要多少錢，可他從來沒賣過鹽引，畢竟鹽引對於鹽商極為珍貴，可以說是鹽商的命脈。鹽商只有拚命買鹽引的，很少有賣鹽引的。

這次要不是他去參加科考，關乎整個林家的命運，他爹和兩個叔叔也不會咬牙從鹽號中抽一小部分鹽引給他。要知道，當初他和他大哥分家的時候，林父可是連鹽號都沒敢動，更別說是分鹽引了。

林澤估算了一下，說：「在金陵，這一萬斤鹽引，賣上千兩銀子應該很容易。」

「這麼值錢？」林清驚訝地問：「朝廷不是規定鹽三百斤為一引，一引要銀六錢四厘，稱為『窩本』，另稅銀三兩，公使（運輸）銀三兩。也就是，三百斤的鹽引，總共銀六兩六錢四厘嗎？」

林澤扶額，嘆氣說：「小弟，我現在真慶幸爹爹沒把鹽商傳給你，要不，不用一年，你就能把整個林家敗光了。朝廷確實規定三百斤鹽賣六兩六錢四厘，可實際呢，你覺得你拿著六兩多的銀子，鹽場能給你一張鹽引？你知道每年爹爹光在鹽場上下打點需要多少錢？你知道爹爹為了買一張鹽引，需要給鹽場多少錢？」

「我和爹爹算過，一張三百斤的鹽引，沒有十兩以上的銀子，根本拿不出鹽場，這還不算每年過年孝敬的錢，而且，每年淮北和淮南兩大鹽場產的鹽都是有數的，所以鹽引的數也是一定的。雖然朝廷劃為十片，可每一片的鹽其實都不寬裕，鹽引自然也不寬鬆，每個鹽商手中的鹽引也就剛剛夠。你沒看以前每年放鹽時爹爹都要親自監工，就怕運鹽的時候少了，到時不但會出現鹽荒，還會被朝廷怪罪。」

「因此，鹽引這個東西，從來沒有任何一個鹽商嫌多。一旦市面上出現鹽引，鹽商都會高價收購，一張三百斤的鹽引，在金陵絕對不止五十兩。要是到了川中，那多半可以達上百兩。川中鹽荒，已經不是一年兩年的事了。」

「當然，你也不用擔心鹽引貴鹽商會虧本，反正鹽引貴，鹽商賣的鹽價格也高。你去金陵看看就知道了，金陵鹽號的鹽價，絕對是咱林氏鹽號鹽價的好幾倍。咱們沂州府靠近淮北鹽場又靠海，再加上私鹽販子多，鹽價才會相對便宜。不過，即使咱們賣得便宜，還是有五倍的利潤，至於金陵那邊，至少有不低於十倍的利潤，而川中，絕對二十倍不止。」

林清聽了，不由感嘆，難怪世人都知道鹽商有錢，他們家那邊私鹽氾濫，還能有多達五倍的利潤，何況別的地方？

想到林清對錢財一向不甚精通，林澤叮囑道：「你要是想拿鹽引換錢，你別去，給我，我給你去兌，省得你被人坑，賤賣了。」

林清點點頭，「經你一說，我也怕被人坑了，還是大哥去換比較好。」

兩人說完，林清掀開簾子，看了看外邊，「大哥，咱們這是到哪了？」

「馬上要到徐州府了，等到了徐州府，咱們就可以從徐州府的碼頭上船，搭船南下。」林澤說道。

「聽說徐州府很繁華？」林清問道。

林澤點頭，「徐州府有運河的碼頭，無論向南向北，水運都極為便利，很多行商都會經過那裡，故貨物極多。咱們從徐州去金陵，坐官船比較安全，只是官船幾天才一趟，你要是好奇，正好趁這個時候出去玩玩。」

林清一聽，果然興致大增。平時坐馬車出遠門實在是太受罪了，他又一直比較懶，從小到大，除了沂州府和趕考去濟南府，幾乎沒去過外面，如今既然來了，當然要去看看。

第二日，晌午的時候，林清遠遠地看到一個巨大的城池，上面用古篆寫著「徐州」兩個字，看城池的外觀，比起省府都不遜色。

進了城，林清掀開馬車的簾子，看到了道路兩邊都是賣各種貨物的小販，街道旁邊還有一個挨一個的商鋪。

林清轉頭對車裡的林澤說：「哥，徐州府果然比咱們府要熱鬧多了。」

林澤見林清眼睛亮晶晶的，笑說：「你想出去玩就直說，不過這不是咱們家那邊，你人生地不熟的，又不常出門，還是不要自己亂跑。咱們先去找個客棧住下，我讓小林去碼頭訂船，然後陪你出去逛逛。」

「謝謝大哥。」林清滿口應下。

林澤指揮著馬車直接到了一個相熟的客棧，讓車隊先安頓下來，眾人吃了飯，然後派林清的管家小林去碼頭訂船，這才和林清換了衣服，帶他出去轉轉。

「大哥，這裡有發糕！」林清看到一個點心鋪子剛出鍋的發糕，眼睛一亮，忙跑過去。

林澤搖搖頭，也不知道平常在家看著還算穩重的弟弟，怎麼一出門就像個孩子似的，見什麼買什麼，還最喜歡買吃的。

林清提著兩塊發糕回來，一塊遞給林澤，「哥，給你一塊，我用四文錢買了兩塊。」

林澤好笑地說：「你吃吧，我不太愛吃甜的。」

「哦，對了，我光買得高興，忘了你一向不吃甜的。」林清把另一塊遞給身後的小廝。

林澤看著林清身後小廝大包小包地掛了一身，勸道：「你少買點吃的，不然今天晚上咱們帶的人就不用吃晚膳了。」

林清看了後面的小廝一眼，不好意思地摸摸頭。

「好了，我帶你去有趣的地方玩玩，你再這麼吃，小心吃壞了肚子。」林澤無奈。

林澤帶著林清穿過幾條街，來到了一個大院子。

林清好奇地瞅了瞅，才明白林澤說的好玩的地方原來是戲班。

「咱們來看戲？」林清問道。

林澤點點頭，「這是徐州府最大的戲班，這個戲班和別的戲班不一樣，這個戲班愛演新戲，比別的戲班有趣。」

林清對看戲沒有多大的興趣，也很少去戲班，一般都是家裡請戲子，所以頭一次進來，也覺得挺新奇的。

林澤帶著林清直接上二樓，找了個靠前的位置坐下，然後拿出幾個銅板，叫了一壺茶和一疊瓜子。戲臺上已經開演了，好在剛演了一點，倒是不影響觀看。

林清看了一會兒，發現演的是《鍘美案》。《鍘美案》是前朝就有的老戲，不算新，不過這個戲班演得極好，下面有不少喝彩打賞的。

等戲演到高潮，包拯用龍頭鍘鍘駙馬時，底下更是一片激動，許多人直接拿著銅板往臺上扔，林澤看得也興奮，扔了二十多個銅板上去。

待戲演完，林澤才平靜下來，端起桌上的茶喝了幾口，轉頭看林清，問說：「怎麼，你覺得不好看嗎？」

林清實在是欣賞不來戲劇的內涵，答道：「還好，只是覺得這戲有些問題。」

「哪裡有問題？」林澤奇怪地問。

林清說：「陳世美進京趕考三年，秦香蓮的公公婆婆因為饑荒，為了把一口吃的留給孫子和孫女而上吊自盡，你難道不覺得有問題嗎？」林清第一世看包青天的時候，也沒覺得有問題，可在古代待了兩世，他突然發現《鍘美案》簡直是胡說八道。

「怎麼了？」林澤想了想，還是沒想出有什麼問題。

林清知道林澤不是讀書人，不大會去注意這個問題，就說：「大哥，我現在要去京城趕考，你說我現在是什麼身分？」

林澤聽了，恍然大悟。

林清接著說：「哥，你也發現問題了吧？陳世美既然能去京城趕考，那就一定是舉人身分，只有舉人才能進京趕考。

可他既然是舉人，舉人是可以免稅的。陳世美是宋朝人，宋朝從宋太祖杯酒釋兵權開始就重文輕武，尤重讀書人，所以免稅的田產不會比現在少。就算陳世美家貧，沒有田產，可一旦他中舉，立刻就會有許多人為了免稅，把田掛在他名下，每年固定交一些租子給他。你想想，就算他三年不曾歸家，可那些租子必定會交到他父母或妻子手裡，他父母又怎麼會因為沒有飯吃而自殺？」

林澤聽了覺得確實有道理，卻還是說：「不是有天災嗎？說鬧饑荒。」

林清笑了笑，「鬧饑荒？可鬧饑荒你什麼時候見過鄉紳沒飯吃？你什麼時候見過舉人沒飯吃？再鬧饑荒，主家也只有可能減免租子，從來沒有說過不用交租子的。何況就算鬧饑荒，家裡有二百畝免稅田，你覺得會餓死嗎？要是這樣都會餓死，那百姓豈不是早就死絕了，那包拯和皇帝還忙著審什麼駙馬，還不快點開倉賑災？包拯可是一代名臣，什麼時候腦子這麼不好使了？」

林澤：……

林澤和林清正說著，戲班的下一場戲又開始了，林澤的注意力立刻轉移到戲臺上。

林清看了一會兒，好嘛，這場是《楊家將》，能看到二樓上的人邊看邊罵潘仁美。

林清嘆了口氣，明明當初是楊業和王侁不合，王侁譏諷楊業，楊業憤而出兵，最後兵敗自殺，潘仁美身為主將，不得不跑來給擦屁股，收斂殘軍，還因為被牽連，最後連降三級，潘仁美其實才是最憋屈的那個。

當然，他身為主將，必須擔責也無可厚非，可楊業的死真和他沒關係，而且歷史上楊業和潘仁美關係不錯，楊業受了王侁的氣，還跑潘仁美那裡哭訴告狀。要是兩人真有仇，楊業跑潘仁美那裡哭什麼？

想到潘仁美一代開國名將，戰功赫赫，卻被黑得如此慘，林清心中有些戚戚然。

果然，寧得罪小人，不得罪文人的一枝筆！

這真是殺人不見血，分分鐘讓你遺臭萬年。

林清頓時決定，以後如果他當了官，他一定要出重金找個名人給自己好好寫一部傳記。

怎麼好聽怎麼寫，一定不能讓自己百年之後留下罵名。

卻不曾想，他找的這個人後來不小心成為一代文豪，而他又是這位文豪親筆寫的唯一一篇他人傳記，所以……

一代文臣典範，由此而生！

林澤看完戲，見天色不早了，才意猶未盡地拉著林清回去。

林清這才發現，原來他大哥居然是個戲迷。

「大哥，你既然喜歡看戲，幹麼不養個戲班天天看？」林清問道。以他家的財力，養個小戲班絕對不是問題。

「我有錢養，卻沒時間看啊！爹爹沒分家前，大事都是爹爹處理，我還能偷些閒，自從兩年前爹爹分了家，爹爹倒是在家裡輕鬆了，可我天天忙得簡直想把身子劈八瓣。今年也就我陪你科考，爹爹才又搭了把手，要不，我簡直忙得要上牆了。」林澤嘆氣。

林清知道他大哥這兩年確實挺忙的，可這事他也幫不上忙，只能拍拍他大哥的肩膀，安慰道：「多和嫂子生兩個兒子吧，以後就有幫手了。」

林澤絲毫沒感到安慰，繼續嘆氣，「我得有時間和你嫂子生啊，而且就算生了，也得十好幾年才能搭把手。」

這林清就沒辦法了，倒是想到他還有不少堂兄堂弟，想必也能用來頂事。

林澤和林清走回客棧，林嫂子已經提前把飯訂好，兩人先吃了些飯，就洗漱休息了。

林澤和林清在徐州城玩了兩日就不得不啟程，因為他們訂的官船到了。

「這船好大啊！」林清剛到碼頭，看著林澤指給他看的官船，不由驚呼道。

眼前的官船長七八丈，甲板離水高約一丈，上有三層船樓，遠遠看去，簡直是個龐然大物，讓一向沒怎麼見過船的林清興奮不已。

「大吧？這可是官船，工部裡的良工巧匠特地造的，就是為了在運河中使用。」林澤笑著說：「這船吃水很深，船艙底部用來運貨，上面用來載人，每來回一次，光船費就是一筆很大的銀錢。」

林清躍躍欲試，「大哥，咱快上去吧！」

林澤看著林清順著人群往船上走，搖搖頭，心道，你現在好奇，等在船上待幾天，必定天天想下來。

上了船，林清就被林澤帶到船樓的三層，林澤邊走邊說：「這第三層都是上房，視野開闊，房間極大，平時很難訂得到。不是有身分的，幾乎訂不到。這次託你的福，你是進京趕考，朝廷有規定，凡是上京趕考的舉子，乘官家船隻，不僅不用船費，還包食宿。小林來訂船時，報了你的身分，船主就立刻撥了間上房給你。我本來還想多用些銀子訂二層的艙房，這下也不用了。」

林清點點頭，朝廷對於入京趕考的舉子還是很優待的，不但地方送二十兩當盤纏，凡是乘官家的車，住驛站，乘官船，都不收銀兩。萬一半路遇到突發事件，例如生病，還可以憑舉人文書，找最近的縣衙借錢應急，而這錢通常也不用還。

林清想到帶的那些僕從，問道：「那小林、林嫂子他們呢？」

「他們自然是不能免，我讓小林給他們訂了幾間房，也是甲板上的，雖然房間小些，不過勝在乾淨。」林澤說道。

兩人根據號牌找到房間，推門進去，發現裡面果然很大，有正廳、臥房，甚至連僕從住的耳房都有。

林澤瞅了一眼，說道：「這樓船的上房，居然一點都不比頂尖客棧的上房差，難怪這一層這麼大，才有十間房。」

林清看著這個古代版的頭等艙，說：「官船上房本來就是給有官身的人住，怎麼可能裝修得不好？」

兩人正說著，一個僕役在門外叫道：「兩位老爺，小的是三層的雜役。」

「進來。」林清淡淡地說：「什麼事？」

雜役說：「兩位老爺，這第三層有單獨的小廚房，兩位老爺要想吃些什麼，可讓下人去訂。要是覺得不合口味，帶了廚娘，也可以用小廚房做。船上有幾名機靈的雜役，要是兩位老爺人手不夠，可以隨時叫喚。」

「知道了。」林清從荷包裡拿出一個銀瓜子扔過去，「賞你的。」

雜役連忙接住，看到是銀瓜子，頓時更為恭敬，「小的是這層雜役之首，賤名李狗子。兩位老爺要是有什麼吩咐，儘管叫小的，小的一定辦得妥妥當當。」

林清點點頭，「有事再叫你。」

李狗子又送了一壺茶給林清，這才退下去。

「我本來還擔心你吃不慣船上的飯菜，這下好了，我等一下就讓小林在開船前去集市上多買些菜放到小廚房備著，就不用擔心路上吃喝的事了。」林澤說道。

「船上的飯菜很難吃嗎？」林清問道。

「頓頓是魚，吃兩天還好，吃多了，就會膩得吃不下。」

「那讓小林多備一些，肉什麼的也要。要是吃一路的魚，確實太可怕了。」

「你呀……」林澤寵溺地摸了摸林清的頭，「幸虧你是生在咱們林家，要是生在窮苦人家，可怎麼辦好？」

林清笑笑，心道：這不是有條件嗎？沒條件也沒辦法！

官船在徐州府停了一天，用來裝貨卸貨和上下人。

等到晚上，林清所在的三樓上來了四個人，而這四個人居然都是進京趕考的舉子，只不過不是同一科鄉試的。

林清本來還納悶怎麼一個官員都沒有，後來李狗子來送東西，倒是一語點破。

「林老爺，現在已是十月末，快十一月了，馬上要入冬。官老爺們無論外放還是回京，大多是春天夏天動身，很少有快入冬動身的，而明年是春闈，又是二月，冬裡難走，所以一般人多是趁著現在還沒入冬赴京，因此最近幾趟多是進京的舉子。」

林清點點頭，心道，怪不得一層樓五個人都是舉子。

因為都是舉子，又一同進京趕考，大家倒是也有共同話題。沒一日的功夫，幾人就互相通了姓名，時不時地討論功課。

不過，林清只參與了一次討論，就不再參加了。原因很簡單，當另外四人知道他鄉試吊車尾後，本來對他很熱情的，立刻就變得很冷淡。

林清也不覺得奇怪，畢竟他在那些人眼裡，鄉試都是撞了大運才中的，何況會試？再加上他是商賈出身，難免被人輕視。

既然對方不熱情，林清也懶得熱臉貼冷屁股，每天在屋裡看看書，閒著沒事和林澤去甲板釣釣魚，倒也悠閒自在。

林清還有另一個比較好的消遣，那就是每次船靠岸停一天時，他都會拉著林澤跑到碼頭所在的府城玩，倒是非常有趣。

「還去？」林澤聽說林清又要下去玩，無奈地扶額，「咱們不用每次船一靠岸就下去玩吧？你不讀書了，怎麼只想著玩？」

「讀萬卷書不如行萬里路嘛！」林清期待地看著林澤，大有你不陪我去，就是影響我增長見識的架勢。

林澤想起林清去一次吃一路的表現，嘴角抽了抽，「為什麼我覺得你是行萬里路吃萬里路？你確定是去增長見識，而不是增長肚子？」

「只要能增長，你管增長學識還是增長肚子幹麼？」林清耍無賴，用手死命拉他大哥，把他拖著往外走。

「去去去！」林澤整了整被林清扯鬆的衣服，暗自嘆氣：他弟弟要是變成球回去，他爹會不會揍他啊？

林清拽林澤下船是有原因的，因為現在停靠的這個碼頭非常有名，那就是揚州。

煙花三月下揚州，雖然現在是十一月，可林清表示：必須下！

林清無論是前世今生，都對揚州有極大的嚮往，可惜一直因為這樣那樣的原因從來沒去過，如今到了揚州，再不下船看看，豈不是一大憾事？

林澤在後面看著林清興奮得都快蹦起來了，忍不住搖搖頭。因為揚州靠近鹽城，鹽城是兩淮鹽場中極為重要的一個鹽場，所以從小到大他不知道到來過多少次揚州了，早就沒有任何新奇感。不過，想到林清是第一次來，林澤還是盡職盡責地給林清做起嚮導，省得他一不小心把自己弄丟了。

林澤知道林清遊玩的兩大愛好，就是玩和吃，故而在帶林清逛了揚州幾個有名的古蹟之後，就將他帶到了揚州最有名的酒樓。

「這個酒樓的淮菜是整個杭州最道地的，是從前朝傳下來的老字號，到現在據說已經是第十代了。」林澤一邊帶著林清上樓，一邊解說。

「那豈不是很有名？」林清驚訝地問。

「當然。這個樓的掌勺，就是這個樓的主人，也是揚州最有名的廚子。」林澤要了三樓一個靠大街的包廂，和林清一起坐下，「這裡視野最好，正好可以看到大街的人情風貌。」

他對旁邊的小二說：「來一桌你們這裡的招牌菜讓我弟弟嘗嘗。」

小二說：「客官稍等，很快就上菜了。」然後蹬蹬蹬地跑出去。

「淮菜清淡中和，養生適體，不用擔心你吃胖。」林澤笑著說。

「沒事沒事，吃胖就吃胖，我才不在意呢！」林清笑嘻嘻地說。

「你呀，要真變成大胖子，看你還這樣說嗎？」

正說著話，外面突然傳來一陣喧鬧聲，兩人從窗戶往下面看，林清愣了一下。

一個妙齡女子穿著孝服跪在地上，旁邊是一塊草蓆，上面躺著一個去世的老人。女子頭上綁了一根草，原來是在賣身藏父。

一個外地的舉子看得心中不忍，打算出錢買下，卻不想一個當地的潑皮也看上，兩人發生爭執，在下面鬧了起來。

林清呆愣的原因不是因為看到有人賣身葬父，而是因為那個舉子他認識，就是同船的四個人中的一個，名叫徐曾。

林清皺著眉頭看了半天，突然問說：「大哥，這個是不是仙人跳？」

林澤驚訝地說：「你居然看得出來？」

「這女子自稱窮苦良家女子，因為父親暴斃，無錢安葬，想要賣身葬父。」林清看著林澤說：「我記得窮苦人家都是一張草蓆就埋了，他身下不是有草蓆嗎？為什麼不能葬？再說，這女子一看就是十指不沾陽水，我還沒見過貧苦人家能養出這麼嬌滴滴的小姐來。」

「說不定人家本來家境不錯呢？只是父親病了才落魄了。」林澤反駁道。

「對，前面我說的都是猜測，說不定人家真是個大孝女，想要賣身把父親葬得好一點，可有一點絕對不對，這個女子一看就是豆蔻年華，以她的姿色，當初怎麼可能不被採選，而她之所以沒能被採選，只有一個可能，那就是她不是良家女。」林清說。

林澤笑道：「我還天天擔心你被騙，倒是大哥多慮了，這個女子應該是青樓女子。」

「看來大哥見過這種事？」林清問道。

「這個算不上什麼新鮮事，我小時候跟著爹爹來揚州，見過不少次。揚州的一些潑皮為了謀財，經常會讓一些青樓女子幫忙做局，騙外地人的錢。」

「當地的官府不管嗎？」

「這些潑皮本來就有些勢力，和官府的一些衙役也有關係，報官起不了什麼作用，而且這些潑皮都是揀著外鄉人騙，本地人他們是不會動的。」林澤解釋道：「而且，那位舉人要不是貪圖美色，也不會入了局。」

林清雖然和對方關係不好，可也擔心對方會出事，「那可有性命之憂？」

林澤笑道：「人家只是貪財，等那女子把那個舉人錢榨乾後，自然會消失不見。」

林清鬆了一口氣，「那等會兒還是隱晦地提點對方一下。」

林澤看了下面幾眼，說：「要提點也行，還是等上船再提點，萬一在下面被潑皮識破，被纏上很麻煩。」

林清點頭，他只是看在大家都趕考不易的分上提醒，可沒有把自己搭進去的打算。

等菜上來，吃了飯，又在外面買了些東西，兩人才回船上。

三樓其他四人有下去的也早回來了，而徐曾果真帶回了那名女子。

徐曾不僅帶回那名女子，還在自己房間擺了酒席，邀幾位同船的舉子，慶祝自己新納了一名妾室，連林清都邀請了。

「牡丹花下死，做鬼也風流，活該！」林清把徐曾的帖子扔在桌子上。

「怎麼，你不去提醒了？」林澤笑說。

「提醒啥？打擾人家洞房花燭嗎？」林清撇撇嘴。

「哈哈哈！」林澤笑道：「我就說，蒼蠅不叮無縫的蛋，要不是那個徐舉人好色，人家怎麼會設局圈他？」

林清叫來小林，讓他去徐曾那裡說一聲，說他逛得太累，早歇息了，晚上就不去了。

「這個女子一般會怎麼做？」林清有些好奇地問。

「當然是把那位徐舉人哄得團團轉，瞅準了徐舉人的錢財放在哪，等船下一次靠岸，直接捲了跑路，而且在下一個碼頭，必定有人在那裡等著接應。」林澤說道。

揚州到金陵的水路極近，第二天中午，官船就到了金陵碼頭。

林清和林澤正準備下船，就聽到旁邊上房的徐曾鬧了起來，原來他一覺醒來，不但發現自己剛納的妾室沒了，身上的衣物也被翻了個遍，據說連縫在內衣的金錠都一個不剩。

聽到徐曾的遭遇，另外三個與他關係好的舉子也鬧了起來，原來徐曾的這個「妾室」，今天早晨假借徐曾的名義，向他們各自借了二十兩。三人本來就和徐曾的關係不錯，又是老鄉，也沒多想，就借出去了。

「這還真是賊不走空啊！」林清說：「幸虧我昨晚沒去，要不，今早被借錢的，肯定也有我一個。」

林澤說：「這是順手牽羊啊！」

聽著幾個人鬧著要報官，林清搖搖頭，心道：路邊的野花不能採啊！

林清和林澤趁著那四個舉子在那裡嚷嚷著報官時，趕緊收拾東西，帶著僕從下了船，省得等會兒不小心被牽連。

他們可不想成為被圍觀的對象！

林清和林澤剛帶人下了船，就看到一個熟人迎了上來。

來的是沈茹之前隨身帶著的僕人，一見到林清，僕人連忙向林清行禮，然後說：「林公子，小的沈雙，見過公子。我家老爺估摸著公子快到了，就讓小的在這裡等公子。小的已經備好了馬車，還請公子上馬車。」

林清扶起沈雙，「辛苦沈管家了。」說著拿出一個打賞的荷包給他。

沈雙推辭說：「怎麼好讓公子破費？」

林清擺擺手，「給你你就收著，我只在來之前送了一封信，想必你等了好幾天吧？」

沈雙聽了這才收下，「老爺天天盼著公子來，小的怎麼能不盡心等著？」

沈雙指揮其他僕從把馬車從旁邊拉過來，讓林清和林澤上了馬車，接著又讓人把林清帶的東西都裝上，這才啟程回沈府。

林澤坐在馬車上，有些緊張不安地問林清：「咱們這是要去那位沈大人家？」

「嗯。」

「那位沈大人好像是位大官吧？」林澤忐忑地問。雖然當初林清說過一次，可這麼久，林澤早忘得差不多了，而且林澤也不覺得那樣的大官會記得他們，卻沒想到人家居然派了人親自來接。

「禮部侍郎本來是正三品，不過沈大人曾外放提督學政，升為了從二品，所以他現在是從二品禮部侍郎。」

林澤支支吾吾地說：「那我們這樣上門好嗎？人家是二品大員，我們只是商賈。」

林清笑了笑，知道他哥沒見過這麼大的官，安撫道：「沒事，他是我的老師，再說，人家都來請了，不去不是更不好嗎？」

林澤這才停止打退堂鼓，忙說：「那咱們上門，是不是應該準備禮物？」

林清點點頭，「頭一次上門，確實應該備禮。我讓你弟妹準備了一些，在後面帶著。」

林澤這才想起林清還帶了一大車土特產，當時他還納悶弟弟進京趕考帶特產幹什麼，原來是要用在這裡。

「可是，光土特產是不是太薄了些？」林澤說道：「要不，你加幾張鹽引？」

林清倒不覺得自己帶的土特產薄，他和沈茹相交多年，真不在乎這點東西，不過，想到沈茹家還有別人，第一次上門還是禮重些好看。

林清點點頭，「那我加幾張鹽引。」

林澤這才覺得安心些。

沈府在內城，林清的馬車大約走了半個時辰才到。

等到了沈府，沈茹還在禮部，來迎的是他的長子沈楓。

「林賢弟，早就聽父親說他在山省收了個弟子，一直沒能得見，如今可算是見到了。」沈楓笑著寒暄。

林清悲催地發現，自從他和沈茹演戲成了師徒，他的輩分就越來越小了，如今他已經和沈茹的兒子稱兄道弟了。

林清說：「這次赴京趕考，打擾恩師了。」

「怎麼會打擾呢？為兄正好明年也參加科考，咱倆正好作伴。」沈楓自來熟地說。

「沈兄也參加明年的會試？」林清驚訝地問。

「當然。」沈楓笑說：「我雖中舉比你早三年，不過三年前會試，父親說我火候不夠，就沒讓我下場，這不，我雖然癡長你幾歲，卻也還是個舉人。」

「沈兄能再多學三年，想必學識更扎實了，明年定能一舉中第。」

「借你吉言。」沈楓顯然對自己的學識很有自信，「對了，光說話了，你們一路趕來，想必很是辛苦。娘已經準備好了聽雨軒給你們，就等你們來住了。」

「麻煩師母了。」

「些許小事而已。」

沈楓帶著林清等人去了聽雨軒，安排好林清的住處，看到他雖然帶了不少僕從，卻擔心他對沈府不熟，還是撥了幾個家生子給他，這才告辭。

等沈楓走了，林澤才低聲說：「這沈府的大公子人真不錯，不但謙遜有禮，做事周到，而且一點都沒有看不起咱們。」

林清說：「這才是真正的世家公子。身為世家公子，從小學的第一件事就是如何接人待物。你看的那些有點本事就鼻孔朝天的人，在世家子弟眼裡，不過是暴發戶而已。」

林清突然正色道：「大哥，我知道以前你接觸的都是鹽商或者別的商賈，對當官的人有一種天然的畏懼和討好，只是，你要記住，你弟弟現在已經是舉人，咱們家現在已改換了門楣，你弟弟以後還有可能中進士，可能做官，所以你以後見了官，不必再畏畏縮縮。你應該恭敬，但不該覺得自己低人一等。」

林清從一見到沈家的人，就發現林澤的不對勁，心中一想，也明白了他大哥的不安，故而林清覺得有必要點醒他哥，不然他大哥一直畏手畏腳的，只會讓別人看不起，而看不起就容易受委屈。身為弟弟，林清絕對不允許他大哥因為他而受委屈。

林澤聽到林清的話，知道弟弟是在擔心他，心裡感動，猶豫了一下，還是說：「可是，我擔心給你添麻煩。」

「大哥，你千里迢迢地護送我進京趕考，怎麼能說給我添麻煩？再說，如果要委屈你才能讓我住下，那我寧願現在就搬出去。」林清說著，直接讓小林收拾東西，對林澤說：「我們出去住客棧。」

林澤連忙阻止林清。他知道林清住在這裡有多大的好處，不僅有一個二品大員護著，還有一個進士手把手教導，可他弟弟居然為了不讓他受委屈而想要搬出去，林澤眼眶微紅，說道：「好弟弟，我聽你的。放心，哥哥一定會直起腰。管他是大官還是舉人，我弟弟也是官身，我弟弟以後也會中進士，你哥哥我都不用巴結他們。」

林清這才放下心來，拍拍他哥的肩膀說：「大哥，你能這麼想我就放心了。咱現在不是行商，不用巴結當官的。咱們現在在京城，只是為了科考。咱們是來做天子門生的，你自己露怯，只會讓別人看不起，而別人看不起，就容易把你當成軟柿子，反而更容易出事。」

林澤這會兒想法也轉過來了，他一開始也是擔心不小心給弟弟招禍，才從進沈府開始，就事事小心，處處注意，不肯多說一句話，生怕惹沈府的人不悅，給他弟弟帶來麻煩。如今林清說開，林澤才覺得他進了誤區。他弟弟是沈大人的弟子，是被沈大人親自請來的。沈府沈大人是家主，只要他們做事有分寸，別人怎麼敢找他們麻煩？想到這，林澤的腰板頓時直了，他們不是上門乞討的窮親戚，真的沒必要卑躬屈膝。

林清看著他大哥的表現，點點頭。他大哥從小就是家族培養的繼承人，又怎麼會沒有傲骨？不過是因為一時氣短，眼下看開，又成了那個自信滿滿的大哥。

林澤放開了，也輕鬆不少，想到剛才沈楓的介紹，他說道：「這聽雨軒正好是西北角的一個獨立院子，還附帶出入的角門，想必準備院子的沈夫人也考慮到咱帶了人，才撥了獨立的院子給咱們。既然咱們要住的時間不短，也不好老是麻煩人家，不如你和沈大人說，咱們自己的花費自己出，省得讓人家破費。」

林清點點頭，「我正有此意，大哥和我想到一塊兒了。我的策論還欠些火候，所以沈，嗯，恩師打算在考前多指導我一下，我若搬出去，總是不方便，所以一直到明年考前，我大概都得住在這裡。這麼長的時間，一直用沈府的東西確實不方便，再說咱們帶的錢也夠用，還是用自己的更方便。」

林清說完，讓小林把他帶的土特產整理出來，又用紅封包了四張鹽引，讓林嫂子一起送到內院交給沈夫人，說是上門打擾實在不好意思，帶了些土特產給府裡換換口味。

林清和林澤兄弟倆用完飯，由於行了不少天的路，也有些疲乏，就雙雙洗漱，然後歇息了，打算睡個午覺，再起來收拾行李。

林清和林澤這邊送了禮，覺得自己終於可以住得心安理得，就放心入睡，卻不知道這個禮送到內院的沈夫人手中，沈夫人和兒媳蕭氏打開禮單一看，倒吸了一口氣。

禮單第一行明明晃晃寫著幾個大字：官鹽一千二百斤。

沈夫人和蕭氏：……

這到底是要求他家老爺辦什麼事，居然送這麼重的禮？

沈茹從禮部回家，剛進門，就看到自己派出去接人的管家沈雙來報，說人接來了，大公子送去聽雨軒了。

沈茹點點頭，聽雨軒是家裡西北角的一個獨立小院，雖然不大，但麻雀雖小五臟俱全，地方又僻靜，正適合林清安靜讀書，看來他夫人用心了。

沈茹剛準備換下官服去看看林清怎麼樣，就看到他夫人派來的人，說夫人有急事找他，請他務必過去一趟。

沈茹有些奇怪，他夫人有什麼事這麼急著找他，就去了內院，打算順便換下衣服。

沈夫人一看到沈茹，過來幫他把官服脫了，給他換上家常衣服，一邊換一邊說：「今兒老爺的學生林清來了，妾身安排了聽雨軒讓他們住下。」

沈茹點點頭，「聽雨軒僻靜，正是適合讀書，夫人用心了。」

沈夫人聽了很受用，笑著說：「老爺的同鄉哪次來，妾身不照顧得妥妥的？」

沈茹拍拍沈夫人的手說：「妳持家，我放心。」

沈夫人笑了笑，想到叫她丈夫來的目的，忙拿起林清送的禮單，猶豫地說：「今天夫君的學生住下後，送來了一份禮單。我本來以為是些土特產，也沒放在心上，可楓兒媳婦一打開，我們娘倆嚇了一跳。」

沈茹想到林清的性子，不大精通錢財瑣事，還以為林清送的都是土特產，不值錢，他夫人看不上，就說道：「清兒他不通人情往來，可是送得有什麼不妥當？是不是都是些吃的玩的？這些雖然不值什麼錢，可也是人家的一片心意。」

沈夫人白了沈茹一眼，「妾身在夫君眼裡難道就是這麼淺薄的人？夫君以前那些同鄉，哪次來帶過什麼值錢的東西，還不都是些土特產，可妾身何曾嫌棄過一次？哪次他們回去，妾身不是送盤纏送東西的？」

「那些人妳理會他們幹什麼？」沈茹除了林清，真不太喜歡原來那些老鄉。

「妾身知道夫君不喜那些人，不過那些人畢竟是夫君的老鄉，回去之後，難免會說起夫君，妾身不希望夫君的名聲在家鄉受損。」沈夫人說道。

沈茹知道他夫人說的是實話，這些年他在家鄉的名聲不錯，他的夫人起了很大的作用。

沈夫人看到沈茹不吱聲，就知道他不想贊同，但也不反對，也就不提這個事，於是又回到開始的話題，說：「妾身不是覺得您的學生送的禮輕了，恰恰相反，妾身覺得他送的禮實在太重了，妾身不敢收，才急急把老爺叫來。」

「太重？」沈茹有些奇怪，接過沈夫人遞過來的禮單，打開一看，也愣住了。

「官鹽一千二百斤？」沈茹被這個數字驚住了，「他怎麼拉來的？」

沈夫人見沈茹關注的重點不對，忙說：「不是現鹽，是鹽引。他用紅封包了四張鹽引，每張鹽引可以去鹽號提鹽三百斤。」

沈茹鬆了一口氣，「我還以為這傢伙真的愣得拉了一千多斤鹽來呢！就算這傢伙家裡開鹽號的，鹽確實算是土特產，也不能這麼拉啊！」

沈夫人見他丈夫一直沒說到重點，便提醒說：「不是斤數的問題，妾身管著家裡的柴米油鹽，如今鹽號裡的官鹽，一斤就要二百五十文，貴時甚至要三百多文。老爺，這可是一千多斤，全部算起來，可比您一年的俸銀還多，您這學生，不是要求您辦什麼大事吧？」

沈茹這才後知後覺發現這個問題。買鹽這種小事，身為從二品大員，他當然不會過問，他又不管著戶部，也不天天算帳，難免對帳目遲鈍些，聽了，也是一驚，疑惑地說：「他沒什麼事求我辦啊，就算求我辦事，以他的性子，也不會想起給我送禮。」

沈茹想到林清那跟正常人不一樣的腦筋回路，也不打算深思細究了，乾脆說道：「我拿著去問問他好了。」

沈夫人一愣，「直接問多不好？」

「沒事，我去問問。他那個性子，天生和別人不太一樣，有什麼事直接問就行，要不，你想破頭也跟他想的不一樣。」沈茹說完，拿著禮單去了聽雨軒。

被留下的沈夫人……

什麼時候收禮可以直接跑去問送禮的人是什麼意思了？

捌之章 急病難捨舊親朋

沈茹到了聽雨軒，林清才剛剛起來，正在院子裡活動身體。好長時間沒在陸地的床上睡了，由於睡得太舒服，他居然直接睡到了晚飯時間，結果不小心把脖子扭了。

「你怎麼了？」沈茹一進門，就看到林清在院子裡轉脖子。

「你來了。快過來幫我正正脖子，我脖子扭到了。」林清見院子裡沒別人，直接說。

「睡個覺你都能落枕。」沈茹好笑地說，還是過來幫林清整脖子了。

林清轉轉脖子，感覺好了很多，說：「想不到這麼多年了，你技術還是沒落下。」

「小時候有個三天兩頭落枕的好友，怎麼可能技術不好？」沈茹笑著說。

「那是我不適合睡硬枕頭，後來我換了軟枕頭就好了。」林清反駁道。

「那你這次怎麼又落枕了？我可記得我家的枕頭都是軟枕。」

林清不說話了。

他能說，他睡著睡著在床上亂竄，把枕頭拱掉了嗎？

沈茹見林清不說話，知道他八成不是睡多了，就是睡覺不老實，也不揭破，就轉移了話題，問道：「對了，你現在功課怎麼樣了？」

「四書五經絕對沒問題，這個向來是我的強項，策論我已經重點抓了，卻還是有點弱，到時我作幾篇，你幫我改改。」

沈茹點點頭，「會試策論是重點，一定要狠抓。」

他又叮囑了林清一些功課上的問題，才奇怪地看了一圈，說：「服侍你的人呢？怎麼沒有，楓兒沒給你使喚的人嗎？這孩子做事怎麼這麼不靠譜？」

「給了，你別賴孩子，我也帶了不少服侍的人，而且這次我哥親自陪我來的，我哥起得早，就讓你府裡的僕從帶著出去轉轉了。他們都去了，我懶得動才沒去。」林清說道，又想起他哥出去打算買菜放到小廚房，就說道：「我這次在你府裡可能要住到會試前，這麼長的時間，用府裡的難免不方便，所以我和哥哥打算我們這個小院的用度，我們自己出就好。」

「你和我還分得這麼細？」沈茹有些生氣。

「不是不是！」林清忙說：「我要是只住幾天，肯定提都不提，可我要住到明年二月，這中間還要過年，難免會不方便，再說，你也知道我帶了不少人，他們以前出身商家，到了這裡難免放不開，讓他們自己花錢吃喝他們也自在些，反正咱兩家也都不在意這點錢。」

沈茹也知道是這個理，嘆了一口氣，說：「你啊，行，就按你說的吧，反正這一世你也是個不缺錢的主。」

「那是。」提起這個，林清頓時開心了，「這一世，我好歹不用天天典當東西了，天天擔心下一頓沒飯吃了。」

沈茹想到林清的上一世，忍不住也笑了起來。

說到錢，沈茹想起禮單的事，就把禮單拿出來問說：「我剛剛看了你送的禮單了。」

林清一聽禮單，笑著說：「怎麼樣？我可是把沂州府所有的特產都給你帶了一份，我這朋友做得夠意思吧？」

沈茹想起了禮單下面幾行字：煎餅五十斤、大蒜二百頭、蔥三十斤、羊角蜜五斤、紅薯一百斤、棒子一百斤、蕎麥一百斤、板栗二十斤、花生一百斤、花生油一百斤……

他的嘴角抽了抽，在山省待了三年，他絕對相信林清把沂州府的特產給他帶齊了。

幸虧他夫人光被最上面的一行字鎮住，以為林清求他辦什麼事，要不，看到下面這些，八成又要被震一震。

沈茹看到林清一副你看我多想著你的表情，頗感好笑地說：「你這東西也就幸虧送我，要是送別人，別人能直接給你扔出去。」

「要是別人，我才不送這個，我就直接送錢了，那個多省心。你知道我為了給你準備這些土特產，可是費了幾天的時間。」林清說道。

沈茹聽了很感動，「放心，我到時把東西都放我書房院子的小廚房裡。」

「你不能獨吞，還有你夫人和你兒子的。」林清說：「我可是照著你家人數準備的。」

沈茹心道：難怪你上百斤地往這裡拉！

「對了，」沈茹想到鹽引的事，說：「那你既然準備了特產，還送鹽引幹什麼，居然還送了這麼多？」

「鹽引？」林清聽了一愣，他早把這事忘了，聽到沈茹說才想起來，「哦，對了，我想起來了，我本來想送那些特產就好，我哥說有點太薄了，不好看，叫我添上幾張鹽引，我就隨手抽了四張放上，怎麼了？」

沈茹：……

他就知道，林清這傢伙的腦子跟別人不太一樣。

「你知不知道那四張鹽引總共值多少錢？」沈茹問道。

「我哥說從鹽場拿，一張要十多兩，要是賣，每張可以超過五十兩。」

「我還以為你不知道價格呢！」沈茹說：「你既然知道價格，幹麼還送這麼重的禮？」

「不重啊！」林清疑惑地說：「才四張，就算加上那些土特產，也不到三百兩啊！」

沈茹差點被林清的話噎死，「還不重？你知道我每年的俸祿才多少？我現在是從二品，每年的俸祿才五百擔，而一兩銀子在金陵可買兩擔大米，你算算我一年的官銀才多少？」

「才二百五十兩？」林清吃了一驚，「你為官這麼多年，才這點俸祿？」

「你覺得呢？」沈茹翻翻白眼，「你一下子送了這麼多，把我夫人嚇了一跳，還以為你求我辦什麼大事呢？」

「可是，一年二百五十兩，你這一家老小怎麼夠吃？」林清還是不敢相信。

「當然不夠了，這只是俸祿，又不是實際拿的錢。我們每年冬天還有炭火錢，夏天有冰錢，逢年過節有歲銀，一年下來，這些就有上千兩銀子，而且，身為進士，我還有二千畝免稅田，這些才是大頭。再者，我們禮部雖然算是清水衙門，可每年私下再分個上千兩還是不成問題的。」

林清瞪直了眼，「原來俸祿才是其中最少的？」

沈茹嗤笑了一下，說：「你見過哪個當官的人靠俸祿過日子？要是只靠那點俸祿，大家早去喝西北風了。」

「原來是這樣，難怪當官的看起來都很有錢。」林清說道。

「我待的是禮部，禮部算是六部中的清水衙門，沒什麼油水，戶部錢才多，每年上萬兩都是小數，當然，最賺錢的要數鹽政，那些鹽官一年弄個幾十萬兩，都還算不貪的。」

林清想到光他林家每年就得論十萬兩地送，不由點點頭說：「那些鹽官確實賺錢，那你怎麼不弄個鹽官當當？」

沈茹聽了，直接笑了，「你以為鹽官是誰都能當上的？那可是個肥差，多少人搶破頭地往裡鑽，不過要是我真爭，也不是一點勝算都沒有。只是，那位置太打眼了，多少人盯著，稍有不慎，就是萬劫不復。我待在禮部雖然沒多少油水，可勝在安穩。」

林清連連點頭，「你說的對，還是安穩些好。錢再多，有命花才好。」

沈茹把四張鹽引遞給林清，說：「你上京才帶了多少錢，就這樣花，可別還沒到會試，就身無分文了。」

「我身上的錢夠了，送你的就是送你的，怎麼能讓你還回來？」

「跟我你還客氣什麼？」沈茹裝著生氣地說。

「我真的帶了不少，我來時，我爹光鹽引就給我帶了一萬斤，我想著你平日吃鹽都得要花錢買，才送你幾張，你要是還我，我以後還怎麼好意思在你家住下來？」林清看著沈茹非要還他，乾脆實話實說。

沈茹被林清嚇了一跳，「你爹給你這麼多鹽引幹什麼？」

「我爹怕我沒錢送禮唄！」林清還是明白他爹的意思的，他爹怕他沒錢送禮被刷下來。

沈茹嘴角抽了抽，「你爹還真不愧是做鹽商的，送禮倒是送得精。」

「沒辦法，鹽商不送禮根本混不下去。」林清攤手。

「那好，這鹽引我先替你收著，你要是缺錢，記得找我要。」

「放心放心，我真不缺錢。」林清不在乎地說。

兩人正說著，林澤帶著出去轉的人都回來了。

林澤看見沈茹，趕忙要行禮，沈茹擺擺手，讓林澤不必多禮，又和林清說了幾句話，看林澤在旁邊拘謹，就囑咐了林清幾句離開了。

林澤這才自在起來，對林清說：「弟弟，你猜我下午出去聽到什麼消息了？」

「什麼事？」林清問道。

「就是那幾個舉人，那幾個舉人居然真的報官了。」林澤笑嘻嘻地說。

「結果怎麼樣？」林清興趣頓時起來了。

「還能怎麼樣，官府雖然接了狀紙，卻沒什麼動靜，倒是那四個舉子，因為被風塵女子騙的事，名聲大噪，不過不是什麼好名聲罷了。」

林清搖搖頭，「貪圖美色，識人不清，光這兩點，以後就是這四個人洗不掉的汙點。」

「那個徐舉人本來還打聽你的。」

「打聽我幹什麼？」林清奇怪地說。

「當然是向你借盤纏。」林澤說：「不過，他後來打聽到你進了侍郎府，就沒敢登門，聽說四個人很是後悔，沒早知道你是禮部侍郎的弟子。」

「那現在這四個人怎麼樣了？」

「當然是住到山省的會館了。會館本來就是各省為了進京舉子建的，裡面不收錢，他們盤纏不夠，住會館是最好的選擇。」

林清聽了點點頭，也懶得管這些事。

林清在沈府住下後，就進入了全面備考的階段，每天和沈楓一起切磋策論，做各種會試題，然後兩人時不時被沈茹開開小灶，每天倒是過得充實又忙碌。

一轉眼，就到了臘月。

林清還是照例天天讀書、做題，而林澤已經開始準備年貨。雖然不在自己家裡，可林澤和林清顯然都不是委屈自己的主，該買的也買得毫不手軟。

這天，林清正在書房寫著沈茹出的一道策論題，就看到沈茹急匆匆地進來。

林清疑惑地看著沈茹，問：「怎麼了，什麼事這麼急？」

「當然是好事，而且是關於你的，我這不是急忙來告訴你嗎？」

「好事？我有什麼好事？」

「你妹妹可以出宮了，這難道不是好事？」

「真的？」林清手中的筆啪一下掉了，忙起身抓住沈茹。

「當然是真的。」沈茹笑笑，「今兒是臘月初八，本來就是喜慶日子，宮裡正在擺宴，恰逢此時邊關傳來捷報，原來邊關的楊大將軍出其不意，在臘月出兵，大敗關外的蠻族，還捉了蠻族的一個首領。邊關大捷，聖上龍顏大悅，席上的楊妃，楊大將軍的女兒，又恰好被發現懷有身孕，聖上雙喜臨門，就下令大赦天下，同時為了給楊妃祈福，下令放出一部分宮女。我幫你運作一下，相信你妹妹很快就會出來。」

「太好了！」林清雙手合十，「真是老天保佑！」

「那要不要我準備些什麼？要不要銀子？」林清又問道。

「放心，你妹妹本來就在書閣裡，雖然宮女歸後宮管，但其實還是禮部說了算，我跟管事公公說一句就行了，哪裡用什麼銀子？」

「那我妹妹什麼時候可以出來？」林清緊張地問道。

「年前應該就可以吧？既然聖上親自發了話，又是為楊妃祈福，自然越快越好。」

林清聽了，心裡歡喜，「謝天謝地，這真是太好了！淑兒已經進去快兩年了，我這心裡天天提心吊膽的，如今可算是沒事了！」

「我本來還想過些日子讓她裝病呢，如今倒是更穩妥。因為祈福出宮，這誰都說不出什麼不好。」沈茹說道。

「是啊是啊，真是多虧了楊妃娘娘這個時候懷孕，要不，真攤不上這樣的好事。」林清慶幸地說。

聽林清說到楊妃，沈茹眼中卻有一絲凝重。

林清問：「怎麼了，有什麼不妥嗎？」

沈茹搖頭說：「沒什麼，只是有些擔心。」

「擔心？」林清問道。

沈茹倒是不避諱林清，「只怕朝堂上又要亂一陣子了。」

沈茹知道林清不太清楚這些事，就說道：「楊妃是和你妹妹當初同一年採選入宮的，不過因為楊妃的父親是楊將軍，故一入宮就是妃位，而且楊妃長得極好，所以一入宮就得寵，甚至連原來的文貴妃都有些壓不住。如今楊將軍立了功，楊妃又懷了龍裔，一旦誕下皇子，只怕前朝後庭，這勢力又得變一變。」

「那對你有影響嗎？」林清擔憂地問。

他可不懂什麼勢力洗牌，也管不著，他只擔心沈茹會不會被捲進去。

沈茹嘆了一口氣，說：「只能儘量小心了，這個誰也說不準。好在禮部不是吏部，問題應該是不大。」

「那你一定要小心。」林清叮囑道。

沈茹點點頭，「放心，我在官場這麼多年，怎麼自保還是心裡有數的。明天我去書閣那邊一趟，你妹妹應該很快就能出來了。」

林清用力點頭，打算等會兒把這個消息告訴大哥。待林淑出了宮，再寫封信告訴他爹他娘，讓他們好放心。

沈茹回去後，林清興奮得做不下題，索性把卷子一扔，回聽雨軒去。

林澤正在指揮林嫂子帶著人熬八寶粥，打算晚上大家一起分著吃，畢竟是過臘八，怎麼能少了八寶粥？

看到林清回來，林澤有些奇怪地問道：「怎麼這麼早回來？你的功課做完了？」

「大哥，有個好消息！」林清一把抱住林澤，「妹妹要回來了！」

「什麼？」林澤一驚，道：「誰要回來了？」

「咱們的妹妹淑兒！楊大將軍邊關大捷，楊妃又懷有龍裔，聖上大悅，放出一部分宮女為楊妃祈福，沈，嗯，恩師說他幫忙運作，可以把妹妹弄出來。」林清一股腦兒倒出來。

「真的？」林澤喜出望外，「那咱要不要準備什麼？要不要備些銀子？你沒問問沈大人用不用錢打點一下？」

「我問了，恩師說不用，他一句話的事，他跟管事說一句就行了。」

「唉，果然朝中有人好辦事，這次真是多虧沈大人了。對了，」林澤趕忙把林清拉到一邊，小聲地說：「咱們要不要給沈大人送些禮，人家這麼幫咱們？」

「他就不用了。」林清隨口說。

「那怎麼行？光用人家的，怎麼能白用？」林澤覺得弟弟太不懂人情往來了。

「那你在今年的年禮裡多加一點吧！」林清想了想，說道。

林澤點點頭，「我叫林嫂子再在禮單上多加幾樣貴重的東西。」

兄弟倆商量完，就開始焦急又期待地等著。

過了兩日，宮裡果然傳來信，說出宮的宮女，如果家裡有人來接，可以到宮門外等候。

林澤和林清聽了，趕忙帶人去宮門外等著。

兩人一大早就等在宮門外，一直等到晚上，太陽快下山了，才看到一個側門緩緩打開，從裡面走出了一大批帶著小包袱的宮女。

林澤和林清一個個望過去，終於在人群中看到一個熟悉的身影。

林清揮揮手，高聲喚道：「淑兒！」

林淑聽到聲音，向聲音的來處看去，就看到宮門外的一輛馬車上，林澤和林清正站在上面，又蹦又跳地邊吆喝邊對她招手。

林淑眼睛一紅，向兩人跑去，一邊跑一邊喊道：「哥！」

林澤和林清從車上跳下來，也朝林淑跑去。

林清跑到林淑面前，一把抱住林淑，轉了個圈，然後放聲大笑。

林澤比林清慢了一步，看著林清抱著林淑開心地大笑，終於徹底鬆了一口氣。

林清把林淑打橫抱起，往馬車上走。

林淑看著周圍都是人，還有不少沒人接的羨慕地看著她，不禁有些窘迫地說：「哥哥，我自己能走。」

「放心，哥哥抱得動妳。」林清不容置疑地說。

林澤也在旁邊附和道：「淑兒，讓妳二哥抱著。他自從知道妳要出宮，這兩天就幾乎沒合眼，天天著急上火，連書都看不下去了。妳讓他抱著，他心裡就安穩了。」

林淑眼淚突然掉了下來，悶悶地「嗯」了一聲，就伏在林清的肩膀上。

林清把他妹妹放到馬車上，看到林淑眼上的淚珠，忙拿袖子給她擦擦，哄道：「怎麼哭了？今兒妳出宮，應該高興才是。」

林淑被林清這麼一說，眼淚反而怎麼也止不住了，抱著林清哇一聲就哭出來，「二哥，我終於出來了，我還以為再也出不來了！」

「不哭不哭，都過去了，都過去了」林清拍著林淑的背，輕聲安慰道：「哥哥以後會好好保護妳的，再也不會讓妳受委屈的。」

林淑抱著林清哭了一會兒，才漸漸停止。林清遞了條帕子給她，問道：「這兩年妳過得怎麼樣？」然後和林澤一起上了馬車，讓車夫往回走。

「有沈大人照顧，宮裡的嬤嬤和主管太監倒不曾難為我，活兒也比別人輕鬆，只是想爹娘和哥哥你們想得狠。」林淑哭了一場，感覺好了很多。

「沒受委屈就好。」林清聽了，這才放下心來。

林淑擦完臉，看著兩個哥哥，有些奇怪地問：「哥哥，你們怎麼這麼快就來了？沂州府到金陵我當初走了好些時間，前天聖上才下旨，我還以為你們接不了我了。」

林澤笑著說：「那是因為我和妳二哥一直在金陵。」

「你們在金陵做什麼？」

「當然是妳二哥來考進士，妳大哥我得來陪考。」

「考進士？」林淑吃了一驚，轉頭看著林清，「哥哥，你是舉人了？」

林淑在書閣待了兩年，可不是之前那個只會繡花和管帳的小丫頭，天天聽管事嬤嬤的教導，再加上看書，她倒是知道了以前許多不懂的事情。

林清點點頭，「妳現在有個舉人哥哥了，說不定等明年還能有個進士哥哥。」

林淑聽得喜出望外。經過這一次進宮，她可是明白了有權和有錢的不同。她爹費了那麼多錢，都沒能讓她落選，而沈大人一句話，不但讓宮裡的太監宮女都照顧她，這次出宮，書閣更是就放了她一個。

如今她哥哥居然考中了舉人，還要來考進士，林淑感覺自己簡直像在做夢一樣，生怕自己一不小心美夢醒了。

林澤三人回到沈府後，林淑看到眼前的聽雨軒，這才感覺到了一絲真實。要不是他哥哥考中了舉人，拜了從二品大員為師，又怎麼會住在侍郎府？

林清看著林淑愣愣的，笑著說：「我要備考，文章還欠些火候，所以就借住了老師家。我給妳準備了住處，就在我和大哥旁邊。」

「我們要在這裡住著嗎？」林淑問道。

林清點點頭，「本來應該送妳回去的，不過聽說現在北上的運河有一部分已經結冰了，陸路更不好走，我和大哥就商量先給爹娘去了信，等明年開春我考完，咱們一起回去。」

林淑點點頭。冬天趕路，不僅路上難走，還容易生病。雖然她很想爹娘，可也知道冬天趕路太危險，還是到明年春天再走更妥當。

林清和林淑商量妥當，就提筆寫了一封信，把林淑已經出宮的事告訴他爹他娘，然後派人從驛站送了回去。

林清和沈楓研討完考題，拿著卷子回到聽雨軒，進了屋，就看到林淑正在繡花，有些奇怪地說：「妳今天怎麼沒去找柔姐兒玩？」

柔姐兒是沈茹的小女兒。沈茹有一子二女，長女已經出閣，而幼女沈柔比林淑大一歲，已經定了人家，準備明年出嫁。

林淑出了宮，住進聽雨軒，自然要和主家打個招呼。林淑去向沈夫人請安時，和沈柔一見如故。兩人都是幼女，又都是嬌養著長大，能玩到一處，故而每天不是林淑去找沈柔玩，就是沈柔來找林淑玩，很少見兩人單著。

「柔姊姊的未婚夫今天來沈家送年禮了，柔姊姊偷偷去見他，我不好跟過去，就回來了。」林淑笑著說。

林清點點頭，今天是臘月二十七，正是女兒女婿給岳父家送年禮的時候，沈柔的婚事既然已經定下來，她的未婚夫身為新女婿，可不得來送年禮？而這時，女方都會安排兩個新人見見面，算是提前熟悉一下。

林清見林淑正在繡「鴛鴦戲水」的圖樣，問：「這是要送給柔姐兒的？」

林淑點點頭，「柔姊姊明年夏天出閣，到時我們就回去了，我沒法送柔姊姊，就想送她一個帳子。哥哥，你看我繡的這個怎麼樣？」

林清看了看，說：「繡得不錯，寓意挺好的，夏天正適合用。」

林淑很高興，「還好我進宮這兩年也常常繡個帕子什麼的，繡活也沒落下，要不然，繡了還真怕送不出手。」

林清不太能理解這些小女生做繡品送閨蜜的舉動，就像他當初不明白明明他是一個男老師，好多女學生畢業都送他摺的小星星一樣。那東西既不能吃，也不能用，除了放在辦公室桌子上的玻璃瓶裡當裝飾，想不出還有什麼用，但他也知道這是女孩子關係好的表現。

林清正和林淑說著話，就看到林澤穿著斗篷進了屋，林清忙幫他脫下來，說：「今兒天這麼冷，你還出去？」

「我這不是聽掌櫃說有一批新到的年貨，再加上這幾日都沒出去，在屋裡悶得慌，就正好出去溜溜。」林澤說完，又從懷裡掏出一封信，興奮地說：「我回來正好碰上送信的，爹娘的回信來了。」

「這麼快？」林清驚喜地拿過去拆開來。

林淑也放下手中的繡活，伸頭和林清一起看信。

林澤看著林清、林淑在看信，說：「咱們用了驛站送信，雖然貴些，可信是跟著官府的一些小報一起的，當然要快得多。這也就是冬天，要是夏天，早幾天就到了。」

林清看完信，把信遞給林淑，開心地說：「爹娘已經知道淑兒出來了，高興得不得了。這下好了，爹娘終於可以放心了，今年肯定可以過個好年。爹娘這兩年一到過節時就想起妹妹，娘天天背地裡掉眼淚，如今終於好了，娘再也不用傷心了。」

林澤拿到信時已經看過，點點頭說：「可不是？爹在信裡說娘知道妹妹出來了，高興得不知道幹什麼好了，要不是冬天不好趕路，娘都想動身來了。」

林淑看信的時候就在偷偷抹眼淚，聽到林澤這麼說，便道：「都是我不好，是我不孝，讓爹娘擔心了。」

林澤和林清忙過來哄妹妹，林澤說：「哪裡是妳的事，天下父母心，哪有不想子女的？別說妳，就是妳大侄子，我一天不見還想得慌呢！」

「就是，妳如今出來了，爹娘放心了。明年春天咱們回去，到時一家團聚，天天都能見面了。」林清說道。

「嗯嗯。」林淑用力地點頭。

兩人安慰完林淑，林澤就將自己買的年貨拿給林清和林淑看，又拿出一匹綢緞給林淑，「我在布莊看到這匹紅綢，就感覺適合妹妹，妹妹拿去做衣裳，肯定好看。」

林淑拿著銀紅色的細稠往身上一比，果然襯得膚色極好，高興地說：「謝謝大哥。」

林清也點頭，「咱們妹妹皮膚白，果然還是穿紅色最好看。」

林澤又拿出兩刀紙遞給林清，說：「我正好經過文寶齋，想到你喜歡那裡的宣紙，就給你帶了兩刀。」

「謝謝大哥。」林清趕忙接過。文寶齋的宣紙質地好，量卻不多，一直相當搶手。

林澤把買的東西給林淑和林清分完，年貨直接讓小林提到廚房，三人就開始歡歡喜喜地準備過大年。

……

過年的時光總是非常快，年過去了，正月也快出了。

一出正月，整個沈家頓時籠罩在緊張的氛圍中，原因是家裡有兩個要考會試的舉子。

沈茹每天從禮部回來，連後院也不去，就直接去書房給沈楓和林清開小灶，而沈夫人、蕭氏、沈柔和林淑也開始求神拜佛，四個人在七天的時間裡，將整個京城的寺廟拜了個遍，充分用行動解釋了一個詞：臨時抱佛腳。

二月初八這天，沈楓和林清都沒有早起，一直睡到了下午兩人才起身，洗漱吃過飯後，就去了書房，而沈茹也早早從禮部回來，在書房等他倆，待他倆坐下後才說：「明天是會試的第一天，今天晚上進場，會試和鄉試的流程差不多，你們都考過鄉試，我也不多說，東西都備好了嗎？」

沈楓和林澤點頭，他們的東西昨天家裡人就都備好了，並且檢查過不止一遍。

沈茹接著囑咐道：「會試和鄉試大體差不多，不過要更嚴一些，你們都過了鄉試，我也不用多說什麼，倒是要注意一點，鄉試是八月，那時雖然有點熱，卻不算難熬，而如今會試在二月，金陵的二月不會結冰，滋味也不好受，你們切記，一定要注意身體，千萬不要著了涼。萬一真的不小心身體不舒服，千萬不要硬撐著考下一場，每年會試都有因此而身子跨了甚至送命的人。」

沈楓和林清又是點頭，他們年紀都不大，還不到孤注一擲的時候，所以絕對不會為了科考去拚上性命。

沈茹繼續說：「這次的主考官是內閣大學士李老和都察御史王海，李老年紀比較大了，性子穩重，文風也是如此，而都察御史王海比較銳進，兩人都是聖上的心腹。」

「那我們做題的時候是求穩，還是求新？」沈楓問道。科考最怕的就是遇到兩個理念不同的主考官，這樣答題根本不知道該討好誰。

沈茹想了想，說：「他倆一個穩重，一個銳進，這個確實不好說，不過，兩人都是忠於聖上的，倒是可以從這個方面答題。」

沈楓和林清都傻眼了。

沈茹解釋道：「這兩人平時就不對盤，你們要想從文風上去討好，根本行不通，多半是討好一個得罪一個，所以你們乾脆就按平常的習慣下筆。那兩人忠君的思想是一樣的，要是題走社稷，記得往這上面靠。」

沈楓和林清這才恍然大悟，忙說：「我們記下了。」

沈茹又囑咐了沈楓和林清一些考場的注意事項，見時間不早了，這才讓他們去考場。

沈楓和林清各自提了考籃，上了馬車，陪著沈楓的是他家的管家，陪著林清的是林澤。

沈楓看著林清，有些羨慕地說：「有個大哥真好，可以陪著你，我就只有管家陪著，我爹也不肯送我。」

「恩師是怕你緊張，才不敢送你，再說，要是你爹來了，到貢院門口一站，只怕會引起騷動吧？」林清笑著說。

沈楓也知道讓他爹送考，不說他會更緊張，就是他爹被別的舉子瞅見，只怕光來討好的就能煩死他了。他爹畢竟是禮部侍郎，禮部又管著文教，連翰林院都屬於禮部，因此，對那些舉子來說，禮部侍郎真的是一個非常需要認真討好的大官。

「我還是挺羨慕你有個哥哥的。」沈楓說道。

「這個你是沒辦法了，就算師母再生一個，也是弟弟，你倒可以努力努力，你不是現在才有一個兒子，再多生兩個，下一輩不就有兄弟了？」林清打趣道。

林清只是隨口一說，沈楓居然聽進去了，還認真想了想，說：「師弟，你說的有理，等我考完了，確實得努力給我家小子弄兩個弟弟出來。我爹就我一個，什麼都得我扛，我不能讓我兒子也這麼辛苦。」

林清：……

他真的是隨口一說，人家還真當真了！

由於有鄉試打底，林清進號房倒是輕車熟路。

進了號房，林清本來還想像鄉試一樣直接接著睡覺，可等把桌板和椅子拼成床後，拿起角落裡唯一的一床破被子，他發現自己有點睡不著了。

南方的冬天和北方的冬天不一樣，北方是冷，南方是濕冷。

雖然現在已經算是春天，可也沒暖和多少，更沒乾燥多少。

他手裡的這床貢院提供的被子，又濕又冷。蓋著這床被子，他真不覺得他能睡得著，可要不蓋這被子，以現在晚上的溫度，明天鐵定會著涼發燒。

這是會試的號房，不是家裡，不能隨便換被子，而且，其他號房的被子肯定也是這樣，想換都沒辦法。

林清想了想，不打算先睡了，就坐在拼好的床上，過了一會兒，有貢院的僕役來敲了敲窗臺，遞進來一盆炭火和三根蠟燭。

林清起身接過，用考籃裡的火石把蠟燭點燃，然後引燃炭火，再把蠟燭滅掉。會試中的蠟燭只有三根，可得省著用。

炭火剛點燃了有煙，林清照例先燒了點熱水，等水燒開了，煙小了，才扯過被子，開始用炭火烤被子。

烤了大半個時辰，林清終於覺得手中的被子不那麼潮了，也因為炭火的作用，還有些熱呼呼的。林清點點頭，把炭火盆小心地放在離床稍遠的地方，防止晚上不小心燒到被子，然後自己爬上床，將被子從頭到腳一裹，保證不會吹到風，這才開始睡覺。

林清在這種艱苦的條件中，還是完美地發揮了他睡神的優勢，一覺睡到天亮，一直到陪考官發試卷敲他的窗子，他才磨磨蹭蹭地從被子裡爬出來。

接了考卷，林清揉了揉臉，讓自己清醒過來，然後拆開考卷。

今天是會試三場中的第一場，考的是四書文。

說到四書文，其實後世有個更響亮的名字，那就是八股文。

林清第一世雖然是個標準的理科生，歷史還是學了一點。歷史課本一提起八股文，就是通篇的批判，批判八股文禁錮思想，弄得林清以為八股文是什麼罪大惡極的東西。

可是，等林清進了學才明白，八股文只不過是一種文體。

八股文就是指文章的八個部分，文體有固定格式：由破題、承題、起講、入題、起股、中股、後股、束股等八個部分組成，題目一律出自四書五經中的原文。後四個部分每部分有兩股排比對偶的文字，合起來共八股，所以才叫八股文。

換句話說，八股文其實就是一種限定格式的議論文，只是一種文體而已。

因此，八股文和封建思想真沒什麼關係，而朝廷之所以在科考中推行八股文，也不是為了限制思想，最初的目的，其實是為了容易改卷。

對，八股文之所以流行，最大的原因就是為了方便改卷。

寫過文章的人都知道，一個標準格式的文章可比一個天馬行空的文章好判分多了，尤其還是科舉這麼重要的考試，排名關乎著以後的仕途，如果朝廷不給出一個明確的判分容易的標準，又怎麼可能服眾？

當科舉越來越重要後，就不得不有一個統一的標準，而這個標準就是八股文。

林清拿起考卷看著上面的題目，雖然很多舉子覺得八股文難做，林清倒挺適合這種根據格式做題的。看著上面幾句都是出自四書，他點點頭，這個他以前都練過，不用太擔心。

林清用了一天多的時間把題目答完，又用了接近一天才謄抄完，終於鬆了一口氣。

……

「怎麼樣？有沒有不舒服？」林清一出貢院，林澤就迎了上來。

「沒事，都還好。」林清說道。

林清看了一眼，沒看到沈楓，就問道：「沈楓出來了嗎？」

「還沒有，沈管家正在等。」林澤正說著，就看見沈楓也提著考籃從裡面出來，沈管家趕忙迎上去接人。

林清看著走過來的沈楓，除了有些累外，面色還好，就知道他考得也應該不錯，卻也沒問，省得增加壓力。

沈楓和林清兩人就這樣一直在考試、休息、考試、休息中度過了前兩場。本來一切都很好，可等最後一場時，林清就發現身子有點不對了。

林清進考場的下午還妥當，等進了考場，睡了一晚，第二天起來就開始頭痛。

他的心思原本都放在考題上，沒太注意，然後做了一天的策論，等到第二天一起來，他就發現自己開始起燒。

如今已經進考場了，貢院的門一旦落鎖，除非考試結束，否則裡面的人，無論考官和舉子，哪怕發生了天大的事都不允許出去。

好在燒得不算嚴重，林清從考籃中翻出備用的草藥吃了一些，希望能撐到考試結束。吃完藥，林清也沒有別的辦法，只能硬撐著接著答題。

可能藥起了些效果，他居然強撐著把題做完了。

答完了題，林清不敢再耽擱，趕忙往試卷上謄抄。他不知道明天身體會怎麼樣，萬一更嚴重了，沒法謄抄，這一天多豈不是白做了？

事實證明，林清的顧慮是對的，在他前一天晚上用掉剩下的兩根蠟燭，終於把考卷謄抄完，第三天他果然起了高熱，不但有高熱，甚至拉肚子。

林清有些慌了，可在號房裡，既沒大夫，又不能求救，他只能把草藥吃了，然後從衣服上撕了一塊布，用溫水浸濕，放在額頭上進行物理降溫。

由於沒有有效的治療和對症的藥物，等到第四天開貢院的門時，林清已經燒得迷糊了，身體更是軟得一點力氣都沒有，他甚至不知道考官是什麼時候收走他放在窗臺的考卷。

引舉子出來的軍士看到林清的樣子，倒是見怪不怪，直接來了兩個人，一人一邊，直接把林清架起來，將拖出了貢院門。

「小弟！」正在貢院門外等著的林澤看到被拖出來的林清，大吃一驚，連忙跑過來。

軍士看到是來接的人，就把林清遞了過去，簡單說了一下情況就回去了。

林澤看到半昏迷的林清，嚇得三魂丟了七魄，也顧不得沈楓還沒出來，直接把林清往馬車上一放，讓馬夫先將林清送回去。

沈管家見林清狀況有些不好，便讓馬夫先送林清回去，然後再回來接沈楓。

林澤謝過林管家，帶著林清快馬加鞭往沈府趕。

到了沈府，林澤抱起林清就往聽雨軒衝，一進門，對小林喊道：「快去叫成叔來！」

林澤現在無比慶幸林清小心謹慎的性子，及每次考試一定帶著大夫的習慣。這次進京比較遠，蘇大夫年紀大了沒法跟來，林清就重金請了蘇大夫的兒子蘇成跟著。

林淑一看到林清的樣子，也嚇了一跳，手中繡活一扔，跑到林清身邊，看著林清通紅的臉，用手一摸，叫道：「怎麼這麼燙？」

林澤給林清蓋上被子，這才說：「二弟在貢院考試時起了高熱，不知道燒了多長時間，軍士發現時，他已經昏迷了。」

林淑聽了身子一晃，立刻叫丫鬟打溫水來，開始給林清用布擦額頭。

蘇成來得很快，看到燒得迷糊的林清，話也沒說，拉起林清的一隻手就開始把脈。

把了一會兒，蘇成放下林清的手，說：「二公子這是風邪入體，引起了高熱，又沒有及時診治，才會導致昏迷。」

「嚴不嚴重？」林澤和林淑趕忙問。

「要是再燒一天，只怕就會引起別的病根，就是現在，恐怕也會嘔吐腹瀉。現在用藥，雖然沒有性命之憂，大傷元氣卻是避免不了。」

「成叔，您快點開藥，元氣那個，以後再慢慢補就是了。」林淑急急地說。

蘇成點點頭，寫了一個藥方，讓小廝去抓藥煎藥，又給林清施針。忙活了大半天，才在下午終於讓林清的高熱降下來，林清也終於從迷迷糊糊的狀態中清醒過來。

見林清清醒，林澤和林淑剛鬆一口氣，林清又開始上吐下瀉，聽雨軒又一陣兵荒馬亂。

林清剛從發燒中解脫，又不得不在蹲坑中度過。

當林清第二十次跑茅房後，不由仰天長嘆：老天，請賜給我一瓶點滴吧！

林清剛退燒清醒時，聽到蘇成說他可能因為高熱引發嘔吐腹瀉，還沒當一回事。雖然他當時有點上吐下瀉，也只是肚子難受，心道，吐出來拉完也就沒事了，畢竟當初他當老師的時候，經常有學生感冒引起腸胃炎，通常吊個點滴就沒事了。

於是，沈茹傍晚從禮部回來看林清時，問他要不要請個太醫，林清還覺得他大驚小怪，不就個拉肚子，怎麼就要勞煩太醫了？

沈茹有些擔心，看林清精神還好，蘇成的醫術看起來不錯，也就放心下來，叮囑了他注意身子，又送了些補品給他，就回去自己的院子去了。

沈茹走後，林清還是繼續拉肚子。其實一開始拉肚子時，林清還是覺得很舒服，因為他在沒拉肚子之前，一直很想吐，還吐過一次，可拉了一會兒肚子，就覺得胃裡舒服了很多，也沒有那種噁心的感覺，因此，林清一開始不僅沒當回事，還覺得拉肚子就是排毒，心裡想著這次拉肚子八成能瘦兩斤。

林清乾脆弄了個馬桶，在裡面放了草木灰，然後就坐在上面，心道：拉就拉吧，拉完了他再起來，省得麻煩！

然而，這一拉就壞事了。

林清最初有東西拉的時候還沒感覺，甚至還自娛自樂地拿了本書看，畢竟蹲廁所沒手機是一件很無聊的事，可拉到下半夜，肚子空了，開始拉水的時候，他就感覺不對勁了。

林清趕忙讓小林去叫蘇成，蘇成匆匆跑來，聽林清一說，把完脈，臉就沉了下來。

林清頓時覺得不妙。

蘇成把在門外守著的林澤和林淑叫過來，說道：「二少爺開始拉水了！」

林澤和林淑因為林清一直蹲坑，不好進去，只敢在外面守著，聽了頓時一驚。

林澤在幾個人當中年紀最大，經的事也最多，一聽蘇成說林清開始拉水，便知道事情的嚴重性，忙問道：「那現在怎麼辦？可用什麼藥？」

蘇成說：「用藥是必須的，不過拉水很危險，人缺水是不行的，所以現在二少爺必須得立刻大量飲水，最好是淡鹽水和糖水，不要太濃。」

林澤聽了，趕緊讓人去準備，蘇成也重新開了一個方子，讓人去抓藥煎藥。

林清暗暗點頭，雖然古代大夫不知道葡萄糖等的問題，可長期的實踐積累，對於許多東西的用途，還是能夠準確理解的。

林澤的小廝很快抱來兩個大罐子、一壺熱水，然後沖了兩碗鹽水和糖水。

林清端過來吹了吹就一飲而盡。

蘇成見林清還喝得下，鬆了一口氣，「快點接著喝，現在能喝下去是好事。」

林清雖然不知道蘇成擔心什麼，卻也知道多補充點水分和能量好，就接著喝。

半晌，小林把熬的湯藥端過來，林清剛要喝，可一聞著藥味，胃中犯嘔，差點吐出來。

蘇成看了，在林清身上施了幾針，林清才強壓著嘔意，把那碗藥灌下去。

蘇成看到林清終於喝了湯藥，剛要鬆一口氣，這口氣還沒吐完，就見林清一抽搐，哇一下，全都又吐了出來。

蘇成對林澤吼道：「快給他餵水！叫丫鬟去熬些米湯來，再把藥熬一份來，快！」

林澤和林淑看到林清吐了，手忙腳亂地幫著林清擦嘴的擦嘴，漱口的漱口，聽到蘇成大吼，林澤把林清交給林淑，轉身跑到門口，把林嫂子、丫鬟和小廝都叫起來，吩咐他們準備蘇成說的東西。

於是，林清整個晚上就在被灌藥、灌水、灌米湯，吐藥、吐水、吐米湯、拉水中度過。天亮時，林清整個人已經吐得和拉得身子癱軟了。

林清這時也慌了，他終於想起來，拉肚子在古代是會拉死人的。古代許多孩子之所以夭折，就是死在拉肚子上。

林清又想到前世他還是沈煊的時候，一個從沒見過的親哥哥，據說就是因為兩歲時拉肚子拉死的。他忽然渾身發冷，難道他也要死在這上面？

林清忍不住又想到了他的幾次穿越，每次都是他快成功時就不小心死掉，難道這次因為他快要中進士了，老天又看他不順眼了，想讓他再死一次？

想到上次他是中舉後，死在了第二年的二月，如今也正是二月，他感到了一陣極度的恐慌，難不成他的大限到了嗎？

林清越想越慌，越來越怕，到最後手都抖了起來。

林淑正在幫林清擦汗，見林清的臉色越來越白，手抖得更是厲害，嚇了一跳，連忙抱住林清，叫道：「哥，你怎麼了？成叔，快來看看我哥，他怎麼抖得這麼厲害？」

林澤本來正端著藥，驚得趕忙放下碗，撲到林清床前，一把攥住林清的手，看著林清抖得厲害，高聲喊道：「小弟，你怎麼了，看看大哥！」

蘇成跑過來，拉起林清的另一隻手就開始把脈。

林清聽到林淑和林澤大叫，才恍惚地反應過來，眼睛直直地看著林澤和林淑，虛弱地說道：「我是不是快死了？」

林淑一聽，抱著林清的手嚇得一抖，差點把林清摔掉。林澤趕忙扶住，使勁晃了晃林清，大聲喊道：「小弟，你說什麼胡話？你只是拉肚子，馬上就會好！」

林清抬起頭，愣愣地看著林澤，有些絕望地說：「哥，我好冷，我好難受，我是不是要死了，我好害怕……」

林澤快被林清嚇死了，「胡說！你很快就會好起來的，小弟，你別胡思亂想！」

他轉頭對旁邊的蘇成問道：「成叔，小弟這是怎麼了，怎麼開始說胡話了？」

蘇成摸著林清越來越亂的脈象，忙對林澤說：「你們快跟二少爺說話，二少爺自己被自己嚇著了。許多病患都是這樣，本來沒多大的事，卻因為害怕，差點把自己嚇死。」

林淑和林澤聽了，忙一左一右拉著林清說話，拚命跟林清說他馬上就會好，可林清彷彿置身在什麼都聽不見的狀態，無論林淑和林澤說什麼，他的臉色還是越來越蒼白。

林澤和林淑慌了，顧不得林清身子還弱，直接抓著林清使勁搖晃，想把他晃醒。

沈茹早晨起來，想到不知道林清怎麼樣了，就來到聽雨軒，打算看看林清再去禮部。結果一到聽雨軒，就看到眼前兵慌馬亂的情形，心中一驚，連忙往裡走。

沈茹還沒進門，就聽到林澤和林淑兩人焦急地叫喚，心道不好，連忙衝了進去。

一進去，沈茹就看到林澤懷中面如金紙的林清，被嚇得三魂丟了七魄，忙三步併兩步上前，問道：「怎麼了？」

林澤一看到沈茹，如同抓到一根救命的稻草，忙說：「小弟拉肚子拉了一晚，後半夜就開始拉水，天明的時候突然抽搐，現在神志都有些不清了。」

沈茹也慌了，「怎麼不早點告訴我？」

他讓身後的僕從拿了自己的名帖去請相熟的許太醫。

沈茹接著叫喚林清，叫了幾句，發現林清一點反應都沒有，心覺不妙，問蘇成說：「他怎麼沒反應？」

蘇成趕忙將剛才的話又說了一遍，沈茹知道這樣下去肯定不行，就對林淑說：「把妳頭上的簪子借我一下。」

林淑不知道沈大人要簪子幹什麼，還是從頭上擼下一根金簪遞過去。

沈茹拿著金簪，拉起林清的一隻手，狠下心，刺了進去。

林淑和林澤驚呼，立刻反應過來，忙又看向林清。

林清正覺得自己身體越來越冷，越來越沒勁，意識越來越模糊，耳邊雖然有嗡嗡聲，可也聽不清說什麼，驀地手中一痛，頓時有一絲清醒。

沈茹看著林清渙散的眼神開始恢復神采，當下高聲喝道：「快醒醒！」然後又狠心在林清的手背上戳了一下。

林清一個激靈，慢慢清醒過來。看著眼前的沈茹，一把抱住他，大哭道：「沈茹，我要死了，我快要不行了！我不想死，我好怕，我好痛苦，我不想死啊！」

「胡說，誰說你要死了？你只不過是拉肚子，哪有那麼嚴重？」沈茹喝斥道，同時給林清打氣，「真的沒那麼嚴重，很快就會好的！」

林清抓著沈茹，拚命地搖頭，哭著說道：「老天爺就是看我不順眼，他就不想讓我活，我每次剛好，他就……」

「林清！」沈茹大聲打斷林清的話，說：「我已經叫太醫了，太醫馬上就來，他一定會治好你的！」

沈茹怕林清再說出什麼胡話，就對林澤和林淑說：「你們照看了一晚了，身子也乏了，先去休息一會兒，吃些東西，我在這裡看著，等會兒你們再來替換。」

「怎麼能勞煩大人？」林澤忙說：「您還要上朝。」

沈茹搖搖頭，「今天不是大朝，只需要去禮部坐堂，晚去一會兒沒事。林清心裡慌，我在這安慰安慰他，等太醫來看過，我再走。」

林澤和林淑還是不放心，沈茹又說：「你們兩個要是都累倒了，誰來看護林清？我在這裡看著，你們難道還不放心？」

林澤和林淑不敢反駁沈茹，林澤想了想，才說：「那我兄妹兩個先去吃些東西，勞煩沈大人照看一下小弟。」

沈茹點點頭，林澤和林淑這才戀戀不捨地去偏房吃飯。

沈茹看林澤和林淑出去了，就把人都攆了，然後對林清說：「你在說什麼胡話？老天爺怎麼會跟你過不去？你又不曾做什麼壞事。」

「他就是跟我過不去！」林清吶喊道：「我每次剛活得好一點，他就想弄死我！」

林清突然洩了氣，癱在枕頭上說：「我是不是不該來考科舉？我上一世剛中了舉人，爹爹就去世了，然後我就要守孝。我明明在家裡安安穩穩地守孝，居然禍從天降，外族直接闖到我家裡一刀把我劈死，而這一次我只是考來考個會試，本來好好的，可一覺醒來就開始發熱，然後就是高熱。高熱好了，又開始拉肚子，你說，我是不是命不好？」

「胡說！你在想什麼呢？當年外族入侵，整個北方無一倖免，而這次你拉肚子，那是因為風邪入體，引起高熱，再加上你在號房裡吃得不好，才會這樣的。誰考會試出來，不是大病一場？」沈茹趕忙將林清從負面的情緒裡撈出來。

「我上一世死的時候，是中舉後的第二年二月，而現在也是中舉後的第二年二月。」

沈茹看著林清，驀然明白林清為什麼這麼恐慌了。他不是被這場病嚇到，而是這場病引起了他對於前世死亡的恐懼。他對於前世的死亡，從來沒有放下過，或者說，這已經成為他的一個心結了。

沈茹把林清扶起來，看著他的眼睛，認真地說：「沈煊，你看著我。人生有許多意外，有天災有人禍，人隨時都可能出事，可人不能認命，人一旦認命，就真的沒救了。阿煊，想想你現在的父母，想想你的夫人，想想你的女兒。你上次來信，不是還說你有了個女兒，說她有多可愛，心裡有多歡喜。你想想，你要是撐不住，你的女兒以後會怎麼樣？她就成了孤女，就算有爺爺奶奶看著，可在以後成親的時候，也免不了被人挑剔，被人說四角不全，難道你想讓自己的孩子以後都被別人同情，被別人看不起？」

林清想到小花生，心中一緊。

沈茹看有效果，忙接著說：「阿煊，你現在還沒兒子，你要是死了，你夫人現在就只有一個女兒，你覺得她能守得住你留給她的東西，你能保證她不受欺負？而等到小花生出嫁，你讓你的夫人怎麼辦？一直一個人守著嗎？」

林清剛想說讓她再嫁，可想到現在雖然朝廷允許改嫁，可大戶人家又有幾個改嫁的？想到他萬一不行了，嫣兒要給他守很多年，甚至會被人欺負，心中驀然一疼。

「阿煊，你記住，只要活著，哪怕有一絲希望，也要死命地活著，就算不為自己，也要為親人活著，要不，白髮人送黑髮人，有多痛苦啊！」沈茹說道。

林清想起了他娘，想起了他爹，想起了他哥，還有他妹，突然抬頭看著沈茹，說：「我知道了，就算老天看我不順眼，我也要努力地活著！我不能死，我不能讓我娘我爹我哥和我的老婆孩子為我難受！」

沈茹忙點頭，「你能這麼想就對了。」

正說著，沈雙帶著許太醫匆匆趕來，沈茹讓許太醫給林清瞧瞧。

許太醫為林清把了把脈，說：「病人這是邪氣入體，引發腸胃不適，現在腸胃負擔已經很重，才會進食就又吐出來。」

許太醫從帶來的藥箱裡拿出一瓶藥丸，「他現在不適合喝湯藥，先服這個，每次一粒。這個有舒胃平氣的功效，等他腸胃好一點，再給他吃湯藥。」

沈茹連忙從裡面倒出一粒，弄了些清水給林清服下。可能是藥丸味道輕，林清服下後，居然沒有吐出來。

沈茹林清見狀，頓時大喜。

沈茹對許太醫說：「他現在已經拉水，這該怎麼辦？」

許太醫顯然對此很有經驗，從藥箱裡拿出幾帖膏藥，一帖貼在林清的肚臍眼上，又用銀針在林清的幾個穴道上施針。

隨著許太醫的施針，林清不知是錯覺，還是膏藥起了作用，他覺得肚子暖洋洋的，過了一會兒，原本疼得抽搐的肚子居然慢慢不疼了，便意也沒那麼明顯了。

沈茹雖然不知林清感覺怎麼樣，可看到林清臉上不再冒冷汗，也知道應該是情況見好，便又問道：「感覺怎麼樣？」

「肚子暖暖的，感覺很舒服，不大疼了，也不想拉肚子了。」

沈茹鬆了一口氣，對許太醫道謝，並問道：「他這怎麼樣了？」

許太醫又給林清把了把脈，說：「不礙事，吃幾天藥，貼幾天膏藥就沒事了，只不過拉肚子拉得太厲害，導致元氣大傷，他這幾日最好只喝白粥，一點油星都不要有，等過幾日腸胃緩過來，再給他補補。對了，他的風寒還沒好，我再給他開些藥丸。」

沈茹光被林清的拉肚子嚇到了，這才想起林清的風寒還沒好。

許太醫開了藥方，又叮囑了林清要注意的事，這才起身告辭。

沈茹親自把許太醫送出府，這才回來看著林清說：「我一開始就說給你找個太醫看看，你不當回事，如今可吃了苦頭。」

林清這會兒已經止住腹瀉，心裡安穩了，也有心情說話，「我哪裡想到會這麼嚴重？不過這許太醫好厲害，居然幾顆藥丸、一貼膏藥就立刻見效。」

「許太醫是太醫署的老人，主治這些的，醫術當然高明，再說，要是沒真本事，怎麼能當太醫？天下的大夫，最大的期望就是能進太醫署呢！」沈茹說道。

林清點點頭，古代大夫的地位極低，只有當了太醫才算有官身，也難怪所有大夫都打破頭地想往裡鑽。

「而且，你別看只是幾粒藥丸和膏藥，這裡面的藥，用的藥材，可都是各地的貢品，這藥效可不是外面藥房的藥材能比的，何況，這裡面很多都是太醫署的祕方，外面想買也買不到。」沈茹補充說。

林清聽了，覺得也是，最好的醫術，用最好的配方，再用最好的藥，這確實不是外面的大夫能做得到的。

沈茹見林清緩過來了，林澤、林淑也來了，就匆匆離開，去禮部坐堂了。

林澤和林淑其實在許太醫看病的時候就來了，只是兩人沒敢出聲打擾，等許太醫走了，林淑跑到林清身邊，看著林清的臉色，又拉著林清的手，發現林清的手不抖了，頓時開心地對林澤說：「大哥，二哥不抖了。」

她又問林清：「二哥，你現在肚子感覺怎麼樣？」

林清笑了笑，說：「不難受了，也不疼了。」

林澤和林淑很是歡喜，林淑說道：「這位許太醫果然厲害！」

林澤也用力點頭，「這次也是多虧了沈大人，要不是沈大人請來了許太醫，小弟這次真的是要遭大罪了。」

「可不是？」林淑贊同地說，又按照許太醫說的，讓丫鬟去給林清熬粥。

等丫鬟把粥端上來，林淑給林清餵了小半碗，見林清眼皮打架，就給林清整了整床，讓林清躺下，接著放下簾子，這才終於鬆了一口氣。

林清躺在床上，睡意漸漸湧來，在睡著的那一刻，心中閃過了一個念頭——

他要學醫，在古代生病實在是太危險了！

（未完待續）

漾小說 190
天生不是做官的命（上）

國家圖書館出版品預行編目資料

天生不是做官的命/ 文理風著. -- 初版. -- 臺北市：晴空, 城邦文化出版：家庭傳媒城邦分公司發行, 2018.04
冊； 公分. --（漾小說；190）
ISBN 978-986-95528-8-2（上冊：平裝）
857.7 107003664

原著書名：《天生不是做官的命》，由北京晉江原創網絡科技有限公司授權出版。

城邦讀書花園
www.cite.com.tw

作者	文理風
封面繪圖	畫措
責任編輯	施雅棠
國際版權	吳玲瑋　蔡傳宜
行銷	艾青荷　蘇莞婷　黃家瑜
業務	李再星　陳玫潾　杻幸君　陳美燕
編輯總監	劉麗真
總經理	陳逸瑛
發行人	涂玉雲
出版	晴空 城邦文化事業股份有限公司 104台北市中山區民生東路二段141號5樓 電話：（886）2-2500-7696　傳真：（886）2-2500-1967
發行	英屬蓋曼群島商家庭傳媒股份有限公司城邦分公司 104台北市中山區民生東路二段141號2樓 客服服務專線：（886）2-25007718；25007719 24小時傳真專線：（886）2-25001990；25001991 服務時間：週一至週五上午09:00~12:00；下午13:00~17:00 劃撥帳號：19863813；戶名：書虫股份有限公司 讀者服務信箱：service@readingclub.com.tw
晴空部落格	http://blog.yam.com/readsky
香港發行所	城邦（香港）出版集團有限公司 香港灣仔駱克道193號東超商業中心1樓 電話：852-25086231　傳真：852-25789337 E-mail：hkcite@biznetvigator.com
馬新發行所	城邦（馬新）出版集團【Cite (M) Sdn Bhd】 41, Jalan Radin Anum, Bandar Baru Sri Petaling, 57000 Kuala Lumpur, Malaysia. 電話：(603) 9057-8822 傳真：(603) 9057-6622 Email：cite@cite.com.my
美術設計	洸譜創意設計股份有限公司
印刷	沐春行銷創意有限公司
初版一刷	2018年04月03日
定價	260元
ISBN	978-986-95528-8-2